Zehra Çırak: Der Geruch von Glück

W0049055

Zehra Çırak, geboren 1960 in Istanbul, lebt seit 1963 in Deutschland, seit 1982 in Berlin. 1987 erschien ihr erster Gedichtband, für den sie gleich mehrere renommierte Auszeichnungen erhielt. Seitdem hat sie zahlreiche Preise und Stipendien erhalten und ihr lyrisches Werk um Darstellungen und Performances auf der Grundlage eigener Texte erweitert.

Werke (Auswahl): Flugfänger, Gedichte (1987); Vogel auf dem Rücken eines Elefanten, Gedichte (1991); Fremde Flügel auf eigener Schulter, Gedichte (1994); Leibesübungen, Gedichte (2000); In Bewegung, Gedichte und Prosaminiaturen (2008).

Inhalt

I. Männer

II. Frauen

III. Zeit und Zonen

IV. Zustände

V. Nehmen und Geben

I. Männer

Mit einer Spezialvorrichtung, die er selbst gebastelt hatte, füllte Cornelius jeden Abend viele Liter heißes Wasser in seine durchsichtige Luftmatratze. Das dauerte gar nicht lange, in zehn Minuten hatte er soviel hineingebracht, dass sie zwar nicht ganz prall, aber doch so gut gefüllt war, wie er sie brauchte, um gut darauf zu liegen. Seit einigen Monaten konnte er nur noch auf diese Weise einschlafen: leicht wippend auf der warmen Unterlage. Es durfte auch nicht ganz dunkel sein, ein Nachtlämpchen am anderen Ende des Raumes auf den Boden gestellt, gab ihm ein wenig Licht.

Diese Einschlafschummerbeleuchtung erinnerte ihn an seine doch ganz ruhig und gemütlich verlaufene Kindheit. Auch damals konnte er nur mit einem kleinen Licht einschlafen, das vom Fußboden aus ein wenig Licht in den Raum abgab. Er brauchte immer die Gewissheit, dass er, wenn er nächtens die Augen aufmachte, sehen konnte, wo er war. Auch durften die Fenster nicht verdunkelt sein. Der kleine Lichtschein von der Straßenlaterne draußen beruhigte ihn sehr und machte sein Einschlafen zu einer wohlig sicheren Sache. So konnte er als Kind, bevor er brav einschlief, die Umrisse der Dinge und deren Schatten in seinem Zimmer noch erkennend, sich schöne kindlich frohe Gedanken und Pläne für den kommenden Tag machen. Diese Erinnerung half Cornelius zwar müde zu werden, aber ohne dabei seine Wassermatratze unter sich zu haben, schlief er dennoch nicht ein.

Etwa eine Viertelstunde lang döste er gewöhnlich auf dieser Wassermatratze oder er betrachtete auf dem Bauch liegend, bereits im Vorhof der Träume, die Bewegung des blubbernden Wassers unter sich. Manchmal färbte er das Wasser mit blutroter Farbe oder er gab als Beilage winzige Glitzersternchen hinein. Das machte die Einschlafphase besonders schön. Noch bevor das Wasser abgekühlt war, schlief er ein und durch bis in den frühen Morgen. Für einige Nächte hatte er einmal, auf einem Stativ befestigt, eine Kamera aufgestellt. Diese sollte, mit einer Zeitschaltuhr versehen, ungefähr drei Stunden nach seinem Hinlegen ein Foto von ihm machen. Nicht alle Bilder waren gelungen. Mal war sein Rücken zu sehen, mal das Gesicht auf die Matratze gedrückt. Ja, er schlief am besten ganz ohne Kissen. Auf einem dieser Fotos aber lag er auf dem Rücken und hatte ein so friedliches und ruhiges Schlafgesicht, dass er beglückt war, nun endlich die beste Lösung gefunden zu haben.

Ausgeschlafen und munter schüttete er jeden Morgen das erkaltete Wasser wieder zurück in die Badewanne. Dieser Aufwand, den er betreiben musste, um seinen guten Schlaf zu erhalten, machte ihm nichts aus. Er liebte diese zur Zeremonie gewordene Tätigkeit und freute sich darauf. Hatte er doch gut geschlafen. Das war das wichtigste überhaupt.

Anfangs fürchtete er um seinen Rücken. Für den konnte es ja wohl nicht die ideale Bettstätte sein. Aber nein, selbst seinem Rücken tat es gut. Durch das leichte Hin- und Herschaukeln im Liegen bewegte er seine Schultern oder seinen Hintern und das tat seiner Wirbelsäule wohl.

Cornelius hatte einiges ausprobiert, um seine Schlafstörung in den Griff zu bekommen. Jahrelang brauchte er irgendwelche Schlafmittel oder einige Schnäpse, um schlafen zu können. Doch er hatte große Furcht davor, von dieser Art Drogen völlig abhängig zu werden. So experimentierte er mit Möglichkeiten, die seine Gesundheit nicht angreifen konnten. Er nannte diese dann ›brave‹ Mittel. Natürlich gestattete er sich auch diverse, wie er sie nannte, ›unbrave‹ Maßnahmen, wie Pornofilme anzusehen oder sogar abendliche Spaziergänge mit Abstechern in ein ihm bekanntes Bordell zu unternehmen.

Eines der unbraven Mittel, das er eine Weile anwandte, war zur Sucht geworden: sich allein in seinem Bett den ihm gegebenen Langorgasmus zu verschaffen. Hatte er doch einmal beim nächtlichen Onanieren tatsächlich einen solchen Orgasmus gehabt, der ungewöhnlich lange andauerte. Fast drei Minuten lang war er in körperlicher Verzückung. Nur das Atmen fiel ihm dabei etwas schwer. Manchmal dachte er, er würde ersticken und es war ihm eine fast peinliche Vorstellung, an einem Langorgasmus zu sterben. Vielleicht wäre es ja aber auch der schönste Tod, den man sich wünschen konnte. Das, was er bisher für nur wenige Sekundenlängen kannte, dauerte erstaunlich lange, sodass er hinterher extrem zufrieden und total müde war und schnell einnickte. Der Vorgang überraschte ihn, und er dachte sich, dass dies vielleicht sogar der Normalzustand sei, von dem er bisher nichts gewusst und das Pech gehabt hatte, es vorher nicht so erlebt zu haben. Ach er, der arme ahnungslose.

Cornelius überlegte aber auch, ob das eventuell nur bei ihm so sei. Ob er, Cornelius, der einzige in dieser Hinsicht glückliche Glückspilz war. Diese Einschlaforgie, wie er es nannte, wandte er einige Zeit gierig und schon wieder nach etwas süchtig regelmäßig an. Er recherchierte zu diesem Thema und fand nirgends Hinweise auf ähnlich lange Orgasmen.

Doch so plötzlich wie dieses Wunder ihn überkommen war, so plötzlich war es nach einigen Wochen wieder verschwunden. Da konnte er noch so heftig daran arbeiten. Es wollte nicht wieder so sein. Aber das war vielleicht auch gut so, dachte er in dieser Phase doch den ganzen Tag über viel zu oft daran und fühlte sich fast schon geplagt davon. Eigentlich hatte er genug damit zu schaffen, von der quälenden Angst vor der Schlaflosigkeit verfolgt zu sein. Da brauchte er wirklich nicht noch eine weitere Zwangsschlinge um seinen Körper, die ihn beinahe verrückt machte. Er gewöhnte sich wieder daran, sich mit der vorherigen Orgasmuskürze zu begnügen und sich bescheiden daran zu erfreuen.

Das Schlechteste, was Cornelius bei der Suche nach der besten Ermüdungstaktik einfiel und was dazu führte, dass er in der Zeit, in der er es ausübte, nur schlecht und mit Unterbrechungen schlief, war das Experiment mit der Dichtung. Cornelius mochte Gedichte nicht. Er fand sie schrecklich langweilig und ermüdend. Er las einige Zeit alles, was er auftreiben konnte. Gefallen fand er nicht daran. Sie machten ihn auch nicht schläfrig genug. So beschloss er, selbst zuerst sehr kurze, aber recht bald immer längere Gedichte zu verfassen, das heißt, sie nur in Gedanken zu formulieren und auswendig zu lernen. Nachts im Bett während des Wartens auf den Schlaf, da reimte er sich Worte zusammen, sprach sie laut vor sich hin und wiederholte sie ständig. Er lernte die Sätze auswendig und veränderte sie zuweilen während des Vortragens, verbesserte sie in der Rückenlage, auf den Bauch gedreht oder seitlich an die Wand gehaucht.

Er lektorierte und kritisierte seine Gedichte im Halbschlaf, bis ihm dabei schwindlig und sogar übel wurde und er aufstehen musste, um diesen gesammelten Quatsch wieder aus seinem Kopf loszuwerden. Dann war er hellwach, saß nicht selten bis zum Morgengrauen vor dem Fernsehgerät und schaute sich Massen von unmöglichen Sendungen an. Später konnte er sich auch tagsüber nicht von den nachts ausgedachten Versen lösen. Sie hafteten in seinem Kopf wie ein Doppelklebeband an den Fingern, das man nicht mehr los wurde.

Damit sich Cornelius wieder von seiner, wie er sie selbst betitelte, klebrigen Dichterei befreien konnte, las er nun abends sehr lange in seinem Bett. So musste er sich ganz auf die Zeilen im Buch konzentrieren und hatte keinen Raum für die eigenen Worte im Kopf. Doch leider bedachte er dabei nicht, dass er sich langweilige Bücher dafür hätte aussuchen sollen.

Cornelius las am liebsten und fast nur erstklassige Kriminalromane. Doch diese Bücher sind spannend, und sie zerrten an seinem leicht erregbaren Gemüt. Er wollte und sollte doch schlafen. In dieser Zeit las er fast jede Nacht einen Krimi zu Ende, bis früh in den Morgen hinein. Am nächsten Tag hatte er nicht nur dunkle Ringe unter seinen Augen, Kopfschmerzen und Augenzucken gesellten sich nun auch noch dazu.

Also ließ er sich wieder etwas Neues einfallen, um seine nächtliche Ruhe zurückzuerlangen. Er hatte sich gedacht, dass er all seinen bereits verstorbenen Freunden und Verwandten kleine Berichte über sein Leben schreiben sollte. Viele, viel zu viele seiner Bekannten und Freunde waren vorzeitig an Krankheit oder Unglück gestorben. So hatte er eine lange Liste mit Adressaten, die er anschreiben konnte.

Cornelius war ein Mann ohne Familie. Ein ewiger Junggeselle. Ein ehemaliger Kneipenbesitzer, der mangels Gästen Pleite ging. Dabei war er gerade knapp über sechzig und hatte gedacht, noch einiges Neue und Schöne in seinem Leben zu entdecken. Doch schon in den letzten Jahren als Wirt litt er unter Schlaflosigkeit. Jetzt in seinem so genannten Ruhestand langweilte er sich die Tage über und quälte sich wach liegend in den Nächten. Mit einer bescheidenen Rente lebte er nicht ganz schlecht. Es reichte aus für ein bisschen mehr als nur das Nötigste.

Die Erinnerungen an die einzelnen Menschen, an die er zu schreiben gedachte, machten ihn traurig. Er dachte zurück an seine anstrengenden, jedoch sehr fröhlichen Jahre als Kneipeninhaber. Natürlich hatte er gewusst, dass ein Mann, der dreißig Jahre lang ohne regelmäßige größere Erholungspause eine

Gaststätte betreibt und immer bis spät in die Nacht rauchend und trinkend dabei ist, schneller aufgebraucht ist und vorzeitig zu altern beginnt. Cornelius war ein freundlicher und gutmütiger, aber auch trinkfester Kneipier, doch verließ er die *Pirouette*, wie er sein Lokal genannt hatte, niemals so betrunken, dass er die Selbstkontrolle verloren hätte, wie es manchen seiner Gäste passierte. Zuhause bei sich in der Wohnung angekommen, die im selben Haus nur zwei Stockwerke höher lag, trank er alleine oder in manch schöner Begleitung das letzte, ihm die ersehnte Müdigkeit bringende Betthupferl.

Schöne Zeiten waren das für Cornelius gewesen. Ja, er konnte sagen, dass er eine gottverdammt glückliche Zeit mit und in seiner *Pirouette* gehabt hatte. Als er sie schließen musste, war er lange niedergedrückt. Die schlaflosen Nächte aber waren lästiger als sein Groll über das früher als erwünschte Ende seiner geliebten Kneipe.

Einen einzigen langen Brief an einen seiner liebsten Stammgäste aus der *Pirouette* hatte Cornelius zustande gebracht. Er legte sich ein großes Küchenbrett auf sein Kissen und schrieb bäuchlings in recht weinerlichen und nostalgischen Erinnerungen an den guten, an einem Schlaganfall so unerwartet gestorbenen, lieben Freddi. Freddi, der Hundezüchter und Frauenkenner. Manch ein Bekannter unter den Gästen machte seine Späße und nannte ihn Freddi, den Frauenzüchtiger und Hundekenner.

Diesen langen, zehnseitigen, Tränen betropften Brief an den toten Freddi, den er in einer einzigen Nacht geschrieben hatte, warf Cornelius am nächsten Morgen mit neuen Tränen in den Augen in einen Topf und verbrannte ihn dort. Nein, das war keine gute Lösung mit dem Briefeschreiben an die Toten. Das machte ihn zu traurig. Traurigkeit und Schlaflosigkeit, beides zusammen ging schon gar nicht und damit war die Phase mit den Briefen abgeschlossen.

Der letzte und unheimlichste Versuch, bevor er die mit Heißwasser gefüllte Luftmatratze erfand, um seine Schlaflosigkeit auszutricksen, war das Experiment, die Nächte durchzuwachen, um tagsüber zu schlafen. Er hatte ja während des Tages nichts Besonderes zu tun und konnte seine Zeit einteilen, wie er es wollte.

Cornelius machte sich regelrecht ein Nachtprogramm. Er

richtete sich sein Abendessen nicht vor elf Uhr. In diesen wenigen Wochen stand er meistens noch kurz vor Mitternacht am Herd und kochte sich etwas. Er hörte Radio oder schaute sich Filme an. Dann ging er, um sich zu erfrischen, noch gegen vier Uhr früh duschen. Er trank Säfte und Tees, las Krimis und Zeitungen. Aber er legte sich nicht vor seiner sich gesetzten Zeit um genau fünf vor zwölf Uhr mittags ins Bett. Eine Weile lag er da und störte sich an den Alltagsgeräuschen von draußen und der Nachbarn im Hause. Aber es dauerte nicht lange und er wurde müde, hörte nichts mehr, sah noch das aktuelle Wetter vor dem Fenster ohne Gardinen. Er fühlte sich wie in Watte gepackt, seine Augen wurden so schwer, als ob sie zwei dicke Fäuste tragen mussten. Cornelius schlief.

Jetzt schlief er, wenn auch nicht seinen Nachtschlaf, so doch irgendeinen höchst nötigen. Dieser Schlaf war die ersten Tage sehr gut und lange. Am Anfang erwachte er erst gegen acht Uhr am Abend. Danach hatte er großen Hunger und machte sich sein Spätstück, das sich aus seinen Lieblingsfrühstücksbestandteilen zusammensetzte, wie Kaffee und Wurstbrot mit einem weichgekochten Ei.

In der zweiten Woche seines Tag-Nacht-Umbruches aber fing er an, Alpträume zu bekommen, solche schrecklichen Alpträume, an die er sich nach dem Erwachen genauestens erinnerte. Oft wachte er schweißgebadet und aufgeschreckt schon am Nachmittag auf. Dann lag er da, und wie unter Zwang erzählte er sich selbst das geträumte Schlimme wieder und wieder, als ob er es jemandem anderen mitteilte, und dieser Jemand ihn dann beschwichtigen und trösten und ihm sagen könnte: »Es waren doch nur böse Träume und sonst nichts, du armer, dummer Cornelius.«

Ach, was war das für eine böse Zeit der Alpträume, als räche sich die Nacht am Tage und der Tag an Cornelius. Der schrecklichste der Träume in der dritten Woche dieser Plagezeit war der, der ihn dann auf den Gedanken mit der Wassermatratze brachte. Cornelius hatte sich, wie schon angewöhnt, kurz vor Mitternacht ein leckeres Nachtmahl bereitet. Er trank nicht mehr regelmäßig, doch in dieser Nacht gönnte er sich schon beim Kochen einen guten Cognac. Er hatte sich ein Straußenfilet in die Pfanne gelegt, das brutzelte vor sich hin, während er sich in einer anderen Pfanne peinlichst gesäuberte, frische Pfifferlinge anbriet. Mit Parmesankäse überstreut wollte er sich diese Pilze zusammen mit einem Tomatensalat, den er mit Knoblauch, Zitrone und Olivenöl angemacht hatte, zugute kommen lassen. Alles schmeckte köstlich und es gab dazu »Das Fenster zum Hof«, diesen besonders spannenden Film von Hitchcock. Sogar einen Nachtisch hatte er sich zubereitet. Schon am frühen Abend hatte er verschiedene Beeren in Kirschwasser eingelegt, um sie nachher mit Vanilleeis zu essen. Das tat er dann auch und er schaute sich um elf Uhr vormittags noch einen Dokumentarfilm über das geheimnisvolle Leben in den Meerestiefen an. Das Wasser, die Wassertiere, das Leben und Ruhen in den Abgründen der Ozeane beeindruckte ihn ungemein. Wie vorgenommen, legte er sich an diesem schönen langen Nacht-Mittag endlich um fünf vor zwölf in sein Bett. Er hatte ein gutes Gefühl.

Das gute Gefühl fing mit einem Schaukeln an. Cornelius schaukelte sich im Bette liegend in den Schlaf. Doch bald betrat er den Korridor zum Alptraum. Hier war es noch angenehm und als ob er wach wäre, als würde er sich nur wünschen, er schliefe und träume. Aber er schlief ja tatsächlich und der Traum kam ihm noch schleppend, aber hinterrücks und seiner bösen Absicht bewusst, immer näher.

Der Alptraum packte Cornelius im schönsten Tiefschlaf. Er setzte sich wie ein Teufel auf Cornelius' Nacken und hielt sich mit scharfen Krallen an den Händen fest, die in seine Augen bohrten. Cornelius dachte, es sei ja nur ein Traum und wenn er wirklich wolle, wache er auf. Das hatte schon ein paar Mal geklappt.

Aber der Teufel hatte sich diesmal nach vorne auf Cornelius Mund geschwungen und führte mit messerscharfen Füßen auf seinem Gesicht einen Teufelsstepptanz auf. Cornelius Gesicht war nur noch der Tanzboden für die boshafte Gier des Tanzteufels. Cornelius schrie laut, aber er wachte davon nicht auf. Einige Nachbarn wunderten sich vielleicht darüber. Doch keiner hatte näheren Kontakt zu ihm. Also drehten die Nachbarn sich um und sagten sich wohl: Was für ein Lärm im Hause an einem so friedlichen Nachmittag da draußen! Cornelius rief im Traum: »Nein, nicht weghören, hier drinnen ist mein Schrei, kommt und nehmt mir diesen bösen kleinen Todeswicht vom Gesicht.«

Cornelius träumte weiter, nein, keinen schönen oder neutralen anderen Traum. Der gemeine grinsende Teufel war nun von Cornelius' zerschnittenem blutigem Gesicht abgesprungen, hatte sich auf seine Brust gekrallt. Dort, wo Cornelius dachte, dass sein Herz sitze. Oder hoffte er nicht sogar, dass seine Seele dort einen Unterschlupf hätte und sich zu wehren wüsste? Jede Seele muss doch ihren Standort verteidigen, ihren Seelenwirt schützen und treuleibig bei ihm wohnen bleiben bis zum Ende.

Doch Cornelius sah im Traume zu, wie seine feige Seele hellgrün leuchtend sich unter seinem rechten Unterarm hervorquetschte, mit einem Hops auf seine Knie sprang und dann auf dem Boden der Seelenlosigkeit angekommen sich auf und davon machte. Feige Seele!

Cornelius Augen waren seelentreu, seine Ohren und sein Mund, sogar sein Penis waren bisher immer seelentreu. Seine Arme und Beine, alle Glieder, und auch das, was er unter der Haut in sich barg, waren seelentreu und folgten der Seele auf der Flucht auf und davon. So ging alles, was er an und für sich war, von ihm fort. Cornelius bestand fast nur noch aus einem Kopf mit verstümmeltem Gesicht, mit nur noch der Nase. Der Teufel, nun unter dem Bett verkrochen, lachte sich eins und hatte ein Gesicht, das aussah wie das von Cornelius im Wachzustand. Aber das konnte er nur sehen, weil es ja ein Traum war und Cornelius diesem Traum jetzt zusah wie vor einigen Stunden noch dem Hitchcockfilm.

Alles hatte ihn verlassen, er schaute blind und horchte und roch fast gefühllos um sich herum. Er selbst war ja gar nicht mehr vorhanden. Alles, was Cornelius war, war fortgerannt mit seiner Seele, die ihn verlassen hatte. Diese verfluchte, nur sich selbst treue Seele. Wo steckte sie nur mit all seinen Körperteilen?

Cornelius hörte sich atmen, er hörte sich schnarchen, er hörte sich schreien. Er hörte seinem Traum zu. Cornelius roch die Angst, die wie ein mit Pisse abgeschreckter Teufelsbraten stank. Cornelius spürte etwas Warmes, Feuchtes an seinen Oberschenkeln. Ach ja, er freute sich, dass er überhaupt wieder Oberschenkel hatte. Oh, welche schlimme Angst und Pein hatte dann doch noch Erbarmen mit ihm gehabt! Cornelius erwachte wirklich und wahrhaft. Er tastete sein Gesicht ab. Alles war unversehrt. Er umarmte sich selbst.

Cornelius hatte sich vollgepinkelt. Aber er war glücklich, aus diesem Alptraum erwacht zu sein. Er fasste sich an den Kopf und schlug sich auf die Stirn, um zu spüren, dass er lebendig und wach war. Er ging ins Badezimmer, seine Blase platzte beinahe. Obwohl er sich vollgemacht hatte, war noch unheimlich viel Flüssigkeit in ihm, die raus musste. Als ob er tagelang nicht uriniert hätte. Er erleichterte sich und trank dann sehr durstig Unmengen von Wasser aus dem Hahn.

Blass und mit zittrigen Händen und Knien ging er in den Räumen umher. Draußen war es bewölkt und düster, er wusste nicht, ob es Tag war oder Nacht. Er legte sich auf den Boden und drehte seinen Kopf hin und her, schluchzend vor lauter Glück, dem schlimmen Traum entkommen zu sein. Auf dem Bauch liegend und sich mit einer Hand an einem Tischbein festhaltend, entdeckte er, mit dem Kopf auf dem Boden, unter dem Bett eine schon fast vergessene, alte, durchsichtige Luftmatratze. Sie lag ganz friedlich und vor sich hin summend da. Sie summte: »Nimm mich doch, mach mich doch voll, erfülle mich doch mit deinen Tränen.«

Mit einem Griff fischte er die Luftmatratze hervor. Er setzte sich auf und faltete die Matratze auseinander, glättete sie mit Streicheleinheiten. Sie war noch intakt, hoffte er und dachte, er müsse sofort ausprobieren, ob sie keine undichten Stellen hatte.

Den Alptraum und seine nassen Folgen wie mit einem Wisch aus seinem Kopf verdrängt, beeilte Cornelius sich, die Luftmatratze ins Badezimmer zu bringen. Er hatte genug Krempel zuhause, da würde er sicherlich etwas finden, um eine geeignete Abfüllvorrichtung daraus zu basteln. Während er suchte und fand, was er benötigte, und während er diverse Schläuche ineinander steckte und endlich das heiße Wasser in seine Matratze laufen lassen konnte, pfiff er eine fröhliche Melodie. Erfreut stellte er fest, dass sie tatsächlich keine undichten Stellen hatte.

Glücklich schleppte er die Matratze in sein Schlafzimmer. Dort hatte er einige Möbel hin und her geschoben, um einen guten Platz für seine neue Schlafstätte zu schaffen. Cornelius war aufgeregt und konnte es nicht erwarten, seine neue Liegestätte auszuprobieren. Noch war es viel zu früh für ihn zum Schlafen, doch er legte sich auf die Matratze und testete die Unterlage. Er probierte alle möglichen Schlafstellungen, die er kannte, und hoffte auf baldige Schlafenszeit. Es war inzwischen kurz vor Mitternacht. Essen und trinken und nachdenken wollte er nicht mehr. Bloß kein Risiko eingehen und sich eventuell den Magen oder den Kopf mit Unnötigem füllen.

Cornelius sagte sich, wenn er diese Nacht auf dieser Wassermatratze gut und gesund schlafen würde, dann wäre er gerettet. Doch wenn er wieder nur wach liege und leide, dann, so schwor er sich, wollte er sich ohne Wenn und Aber die eine besondere Schlaftablette geben, die schon lange in einer Schublade geduldig wartete. Bisher war er viel zu feige, um sich selbst damit ein Ende zu machen. Diese spezielle Tablette hatte er sich einst in seiner Kneipenzeit aus illegalen Quellen besorgt für den Fall der Fälle. Und dieser Fall wäre dann, wenn der neue Versuch scheiterte, für ihn eingetreten.

Wenn es aber gut ging und er endlich seinen Schlaffrieden zurück erhielt, dann war Cornelius bereit, weiter zu leben, neue Lebenslust und Freude aufkommen zu lassen und eventuell einiges in seinem gerade so trostlosen Leben zu verändern. Trotz der vielen anderen Sorgen und Nöte, die ihn plagten. Die hatte er fast vergessen oder besser gesagt gut verdrängt, weil die Schlaflosigkeit ihn am schlimmsten quälte. Cornelius war sehr einsam. So nach und nach hatte er inzwischen alle Kontakte zu seinen früheren, noch lebenden Freunden abgebrochen. Verwandte hatte er nicht in seiner Nähe. Cornelius war des Lebens müde. Cornelius war in Dauertrauer. Cornelius war aidskrank. Doch wenn er wenigstens schlafen könnte, dann wäre er immerhin von einem *bösen* Ungemach befreit. Allein die Vorstellung, von zumindest einer Plage erlöst zu sein, machte Cornelius große Hoffnung.

Cornelius schaukelte und horchte auf das leise Blubbern in der Matratze. Es war seit langer Zeit das erste Mal, dass Cornelius seinem Schlaf ganz ruhig gegenüber stand. Ein Duell zwischen Wachen und Schlafen, auf das er gespannt war. Er hatte ein gutes Gefühl, jetzt öffneten sich seine Lungen und er atmete ganz tief ein und aus. Er schnupperte und roch den Schlaf, noch war er nicht nah genug, aber er näherte sich mit einem so angenehmen Geruch. Das roch wie der wunderbare Duft, den der Kopf eines Babys ausströmt. Das roch nach gut und neu und friedlich und glücklich. Am stärksten aber roch es nach Angstende.

Cornelius sang sich selbst ein Schlaflied. Er schaukelte sich immer langsamer, er sang immer leiser, er roch den Schlaf immer intensiver. Braver Schlaf, komm lasse dich nieder, auf mein müdes Haupt.

Nur die, die schlafen können, singen frohe Lieder, wenn überhaupt.

Die Dinge, die über Pop lachen

Pop, der weißhaarige, aber von Gesicht und Gestalt hervorragend geratene Aktionskünstler verschüttet beim Balancieren zweier bis zum Rand gefüllter Tee- oder Kaffeetassen, von da nicht weit, nach dort nicht nah, einige Schlückchen des Trinkgutes, dazu noch heiße Spritzer auf seine Hände, die am zittrigsten da werden, wo gerade die Tür offen steht, um ihm Einlass zu gewähren in einen großen hellen Raum, den er bisher als den seinen dachte. Doch jedes Mal, wenn er Besuch hat, fühlt er sich fremd in seinen eigenen Räumen. Er hasst Besuch. Irgendwie schaffen sie es aber immer wieder, ihn daheim anzutreffen.

Seine Räume sind von draußen gut einzusehen, und er verachtet jede Art von Fensterbekleidung. Er will sich nicht verstecken. Das wäre lachhaft.

Die unebene Türschwelle in sein ihm gedachtes Reich lacht ihn Hohn. Sie weiß, dass er bei sich selbst nur zu Gast ist. Tatsächlich wohnt er in einer anderen Welt. Die ist tief in seinem Kopf und da gerät zum Glück niemand hinein. Das wäre geistiger Hausfriedensbruch. Das wäre ja noch schöner, wenn jedermann wüsste, was er in Wirklichkeit von seinen Mitmenschen denkt und wie sehr er diese reichen Leute beneidet, die ihn wie eine Diva behandeln. Wenn seine Bewunderer wüssten, dass er viel lieber ein reicher Mäzen wäre als ein armer Künstler, der sich furchtbar anstrengen muss, um dieses dumme Volk zu belustigen und zu begeistern. Und in welch engen Geisteszustandsräumen er sich bewegt und lebt. Und wie er leidet unter dem Druck der Öffentlichkeit, die ihn einerseits verspottet, aber andererseits auch wieder in den verehrten Künstlerhimmel hochlobt. Schrecklich dieses Auf und Ab. Die gute Miene, die die meisten seiner Kollegen dabei machten, kann er nicht auflegen.

Ungebetene Besucher wie dieser da zum Beispiel machen ihn nervös und wütend. Unverschämt, einfach so aufzutauchen, unangemeldet vor der Türe zu stehen. Es gibt tatsächlich noch Menschen, die glauben, sie seien jederzeit willkommen, nur weil sie einem hin und wieder aus einer Not geholfen haben. Ja, Menschen mit ehrenvollem Geld in Überfluss und überschüssigem Gutmenschgehabe.

Wie es einem denn so gehe, ob alles in schöpferischer Ordnung sei, wollen sie wissen und sich bloß erkundigen, ob man ihre Hilfe benötige. Sie wären ja jederzeit bereit, einem aus der Patsche zu helfen, sie wüssten doch, wie schnell so eine Bredouille einen erwische und in eine missliche Lage bringe. Sie hätten gar nichts dagegen, wenn man sie einweihe in seine Sorgen und Qualen. Sie würden sich doch freuen, einem begabten Künstler etwas Gutes zu tun. Hau endlich wieder ab, das wäre etwas Gutes, faucht es in Pops Kopf. Und er muss an das viele Geld denken, das ihm von so einem bereits gegeben wurde. Nicht auf Pump, nein, geschenkt für die Zeit, die er dann notgedrungen mit so einem verbringen musste. Sich gelangweilt ellenlange Vorträge über die Kunst anhören, bis das Geld der Mäzene aufgebraucht war und er sich für eine geraume Zeit endlich wieder in seine künstlerische Schmollecke verdrücken kann. Derzeit braucht er aber das Geld von so einem nicht. Er ist gerade mal nicht in Geldnot. Er nennt das für sich »Schonzeit«.

Pop spürt, wie sehr er von allem Möglichen ausgelacht wird, allein durch das Vorhandensein dieses Besuchers, der ihn gerne Freund nennen möchte. Der sensible Besucher bemerkt Pops Bemühungen ums Schlechtmenschsein und fühlt sich etwas beleidigt. Auch weiß er, was die vielen leeren Schnapsflaschen, die überall herum liegen, zu bedeuten haben. Er hat einen ungünstigen Zeitpunkt für seinen Besuch erwischt. Er weiß, dass Pop sein abweisendes Verhalten später Leid tun wird, spätestens wenn kein Geld mehr da ist, weder für solch ein Gesicht, das er heute macht, noch für den Schnaps, den er dazu benötigt. So war es immer gewesen.

Die bekleckerte Untertasse lacht Pop aus. Und es sind auch seine Hände, die ihn auslachen, weil sie heiß getroffen sind, Hände, die ihrem Selbstschutz bewusst treu sind, aber Pop zum Trotz, weil dem das etwas peinlich ist, wieder einmal heftig gezittert haben. Pop hat sich viel Zeit gelassen beim Zubereiten des Getränkes, wollte er doch die Geduld des Besuchers ausreizen und ihn ärgern.

Der Drehstuhl, in den Pop sich plumpsend fallen lässt, lacht ihn aus. Pop dachte, der Stuhl sei höher. Aber der Gast, der gerade eben noch darauf saß, hat ihn aus Gewohnheit niedriger gestellt. Der Gast ist eben kürzer geraten als Pop. Und sein Besuch wird Pops schlechter Laune wegen ebenfalls kurz geraten.

Der unruhige Gast, der vor Pops Eintritt in den Raum aufgestanden ist, schaut in dessen grimmiges Gesicht, erkennt die Lage und bricht mit traurigem Gesicht auf, noch bevor er seine Tasse Tee oder Kaffee ausgetrunken hat. Der sonst so geduldige und gutmütige Mäzen kann heute den vergrämten Gastgeber nicht ertragen. Zwei Schlückchen trinkt er aus purer Freundlichkeit; und er erschnuppert das Parfum seiner Frau. Hier riecht es nach ihr, sie war hier, sagt ihm seine Nase. Der Gast geht mit erlogenen Ausreden und der Hoffnung, die nächste Begegnung werde besser geraten. Er lügt schlecht, und der Gastgeber verträgt es gut.

Pop stellt sich an sein großes Atelierfenster. Das Fenster lacht ihn aus. Weiß es doch, dass er es gleich öffnen und dem davoneilenden Gast noch einige Beschimpfungen nachrufen wird. Pop bleibt jedoch lange wie angewurzelt hinter dem geschlossenen Fenster stehen und weiß nicht, ob er nun zufrieden ist oder doch auf das leise an ihm nagende schlechte Gewissen hören sollte. Unsicher geworden beschwichtigt er sich selbst.

Aah, wieder einen Gönner und Bewunderer vorerst losgeworden. Einer weniger in seiner Liste der heutigen Belästigungen. Was die nur alle von ihm wollten? Pop weiß, dass er ein begehrter Künstler ist. Seine vom Leben gelangweilten Gönner und Förderer schmücken sich gerne mit ihm. Jeder, der sagen kann: »Hey Leute, ich habe heute Pop getroffen«, auch wenn es nur dazu taugte, um von ihm wieder fortgeekelt zu werden, wird beneidet. Pop macht sich absichtlich rar unter den Menschen. Nur bei seinen Auftritten, einmal im Monat, da können es ihm nicht genug sein, die ihn hören und sehen.

Pops Kunst ist, über das Geld und die Reichen in seiner bösen und trotzdem irgendwie komischen, zynischen Art zu schimpfen, Menschen zu beleidigen. Kaufen kann man seine Kunst sonst nur in der Form von Geldgaben. Dann darf man eine gewisse Zeit mit ihm verbringen und mit ihm sprechen. Darf ein wenig labern für teures Geld. Davon lebt Pop und das nicht schlecht. Obwohl er weiß, dass er ein Scharlatan, ein Schmarotzer und ein Lügner ist, steckt er das Entgelt dafür gerne ein. Nur kann er sich selbst inzwischen nicht mehr leiden. Er findet sich zum Kotzen.

Er würde gerne über die Dummheit der Menschen lachen, die auf seine sogenannte Kunst-Art hereinfallen; noch lieber würde er über sich selbst lachen. Aber das hat er irgendwo auf dem Weg zu seinem wenn auch nicht weltweiten, so doch etwas mehr als nur lokalen Erfolg verlernt. Pops Geheimnis ist sein Mienenspiel und seine Stimme, seine in der Nacht geträumten skurrilen Schimpfattacken, die er bei nüchternem Tageslicht den immer noch weiterträumenden Menschen ins Gesicht schreit. Das alles in wohlklingende, aber bitterböse Worte gepackt. Ihm ist fast alles erlaubt und seinem Publikum ebenso. Er steckt gerne Kritik ein und stört sich nicht an der Beschimpfung seiner Person. Sollen sie doch über ihn sagen, was sie wollen. Das interessiert ihn alles nicht.

Nur eines lässt er nicht zu: dass seine Auftritte in Bild oder Ton aufgezeichnet oder seine Worte gedruckt werden. Das Haltbarkeitsdatum seiner Besonderheit, das weiß er, wird mit seinem Lebensende ablaufen. Das macht ihn nicht traurig und auch nicht müde, das weiterzumachen, was er kann und wofür er Anerkennung erntet, Erfolgserlebnisse.

Pop glaubt an ganz andere Dinge, wie zum Beispiel an die Macht des Handwerks, an die Arbeit der alten Meister der Künste. So ein Metier beherrscht er leider nicht, hat keine Begabung dafür, mit seinen Händen etwas herzustellen. Was er von sich gibt, ist nur heiße Luft, die kein Verweilen und Bleiben verspricht. Wie aus einem Luftballon mit Quietschen herausgelassene böse Luft, die eine Nebenwirkung des Lachens ist.

Eine für ihn erfreuliche Nebenwirkung seiner Kunst ist die Geilheit der Frauen auf ihn. Sie sind ganz verrückt danach, mit ihm ins Bett zu gehen. Mit Pop gefickt zu haben, ist eine besonders feine Neuigkeit für die Spatzen auf den Dächern, die es so schnell wie möglich weiterpfeifen sollen. Die schönsten und nettesten Frauen sucht er sich dafür aus. Manchmal sind auch reiche dabei, die ihn dann für eine Weile aushalten. Einige verheiratete Frauen, deren Männer ihn bewundern, hat er schon in seinem Bett gehabt. Auch das bleibt kein Geheimnis, da die gehörnten Ehemänner sogar stolz darauf sind, dass ihre Frauen von Pop gepoppt worden sind. Immerhin erlaubten sich diese

Ehemänner zum Ausgleich ihrerseits ebenfalls Seitensprünge. Das erzählen sie wiederum Pop, der das dann großartig finden soll, um sie bei guter Laune zu halten. Dabei wird ihm ganz speiübel, was noch verstärkt wird, wenn diese wunderbaren Frauen sich über ihre Männer nicht lustig machen wollen.

Die Frauen sind sehr feinfühlig und lassen nicht etwa einen Umschlag mit Geld bei ihm liegen. Nein, sie versorgen und verwöhnen ihn mit kulinarischen Delikatessen, von denen sie wissen, dass er sie liebt. Oder mit ausgewählten Kleidungsstücken: Kaschmirpullovern oder Seidenhemden, lauter edlen Dingen. Auch ausgesucht gute Bücher sind dabei. In diesen Stunden mit den Frauen und deren willigen Körpern, die geübt und gierig in der Liebe sind, hat er seine seelenruhigsten Momente. Da kann er sogar manchmal gemeinsam mit den Frauen über das Leben der anderen lachen.

Der schöne Pop ist so schmal, ja dünn und zierlich gebaut, dass die Frauen bei ihren Umarmungen und Küssen Angst bekommen, ihn zu erdrücken. Sie bewundern seinen prächtigen Schwanz und staunen nicht schlecht, was er damit alles anstellen kann. Die Frauen kennen sich und einige sind sogar miteinander befreundet. Jede von ihnen gönnt der anderen das besondere Erlebnis mit Pop. Er wiederum bewundert diese Frauen, von denen keine der anderen die Abenteuer mit Pop neidet und die ihn ohne Zicken und Eifersüchteleien miteinander teilen. Das sind wirklich herrliche Wesen, jede für sich eine Bettkönigin. Und er fühlt sich derart geschmeichelt, dass er sich sogar erlauben kann, nach den wilden Vergnügungen und Sexspielen an ihren Brüsten angesaugt ein wenig melancholisch, aber glücklich zu weinen.

Die Frauen sind davon so angetan und gerührt, sie lachen ihn niemals aus. Im Gegenteil, manchmal weinen sie mit ihm, aus lauter Solidarität mit Pops Gemütslage. Diese Begegnungen enden immer mit freundlichen Worten und liebevollen Gesten, ohne Palaver oder Getue.

Hinterher, wenn er wieder allein ist, beschleicht ihn mitunter ein merkwürdiges Gefühl der Reue, das er aber nicht lange an sich nagen lässt. In solchen Momenten bekommt er einen friedlichen Hunger nach Leben. Er legt sich dann hin und hört sich zufrieden und etwas müde die Celloklänge an, die aus der Entfernung zweier Häuser durch sein Fenster hereintönen. Ein

Nachbar, den er nicht kennt und von dem er auch nicht genau weiß, wo er wohnt, übt wieder einmal fleißig und begabt Bachs »Air«.

Und ausgerechnet an solch einem Nachmittag muss er gestört werden von diesem Besucher, der einem aggressiven, bösen und schwatzhaften Pop zu begegnen erhoffte. Gut, böse war er ja geworden, aber reden wollte er heute nun doch nicht. Und irgendwelchem Blödsinn zuhören schon gar nicht. Diesen Herrn ist er recht schnell los geworden. Sein schlimmstes Gesicht hat er ihm geboten. Und der hat es kapiert, ist schnell wieder gegangen.

Natürlich hatte Pop selbst auch den orientalischen Duft des Parfums seiner Besucherin der letzten Nacht in der Nase, diese Gerüche hängen immer lange in seinem Atelier. Pop konnte sich gut vorstellen, warum sein ungebetener Gast ihn heute so bald wieder verlassen hat. Eigentlich bekümmert ihn so etwas gar nicht. Darüber machte er sich keine unnötigen lästigen Gedanken.

Pop bemerkt aber an den Bauchschmerzen, die ihn jetzt ein wenig plagen, wie er seine friedliche Stimmung verliert. Das macht ihn hungrig. Das macht ihn geschwätzig. Er beschimpft sich selbst.

Die Pfanne, in die Pop sich auf Wurstscheiben einige Eier hineinschlägt, lacht ihn aus. Nicht Hunger ist es, was in dazu treibt. Wut und Besserwissergehabe machen diesen aggressiven Appetit aus. Pop will sich still, leise und möglichst heimlich aus diesem Alltag verschwinden lassen. Er will sich auflösen, immer weniger und weniger werden, zuletzt nur noch ein vor sich hin keifendes, laut die Welt beschimpfendes Staubkörnchen sein. Ja, bis zum endgültigem »Paff« und weg ist er. Hinterher weiß keiner mehr, dass er jemals überhaupt da gewesen ist.

Eierfetzen, in reichlich Butter gebraten, spritzen Pop ins Auge, gespenstisch, was der böse fette Blick ihm gibt. Pop hat noch immer nicht genug von diesen Warnungen. Nein, er hört nur auf sich selbst. Auf seine Halsschlagader und auf seinen guten Geschmack, auf seine Nase, die ihm sagt, sie wolle sich dem Inhalt der Pfanne nähern. Er hört sich selbst wieder sagen, wie gut es sei, auf den eigenen Bauch zu hören. Sein Bauch sagt ihm: »Geh zum Kühlschrank, hol dir ein kaltes Bier, trink es zu deinem Pfannengericht und sei zufrieden.«

Nach dem Essen überlegt Pop sich, ob er mit heftigem Weinen und Jammern oder mit einer Stunde Davonlaufen oder mit Extremsex diese Kalorien wieder wegbringen kann. Aber er ist müde und träge. Er hört noch, wie die Pfanne über ihn kichert. Er kann sich sogar vorstellen, dass der Besucher, den er erfolgreich losgeworden ist, sich brüstend und über ihn, Pop, lustig machend, irgendwem von ihm erzählt und sich krumm lacht; ihn, den Superpop, einen genialen Künstler, aber doch besoffenen Idioten schimpft, auf dessen Schlechtergehen er einen trinkt, damit er, der Förderer, selbst bald wieder nötig wird für seinen Pop.

Durch das endlich offene Fenster hört Pop Gelächter aus den anderen Wohnungen, auf der Straße wird auch gelacht. Alle wissen Bescheid, was für ein Dummkopf er ist, was für ein menschenverachtender Griesgram, verbittert und ausgelaugt von seiner eigenen schlechten Laune. Er bekommt Bauchschmerzen. Er hat die Wurst zu scharf angebraten und viel zu viel davon gegessen. Sein Bauch rät ihm, aus dem Hause zu gehen, noch grummelnd Straßen auf- und abzuwüten, ihm bekannte Wege abschreiten, um zur Ruhe zu kommen, um irgendwohin zu geraten, wo Frieden auf ihn wartet. So geht er denn. Aber die friedlichen Dinge lachen über ihn. Sie haben sich geschworen, ihm das Leben schwer zu machen. Da macht er mit. Das kann er gut.

Später, wieder zu Hause in seiner Selbstschutzhöhle, will er Ablenkung. Er telefoniert, ruft mit ihm verkrachte Menschen an. Pop erzählt ihnen seine Meinung von Dingen, die ihn eigentlich nicht berühren. Er macht das mit Begabung. Er nervt. Dennoch belustigt er sie eine Weile. Da sie wissen, dass Pop klug ist, hören sie ihm eine Weile zu, vielleicht, um doch noch etwas Gescheites und Neues für ihr eigenes langweiliges Dasein zu erfahren. Irgendwann im Laufe des Telefonats erzürnt er die Angerufenen absichtlich, und die Angerufenen erzürnen durch Gegenwehr ihn. Eigentlich sind sie ihm sonst nie im Sinn, nur in diesem Moment und eben drum, so wie die Angerufenen sonst auch nicht an Pop denken, wenn er sie nicht gerade angerufen hat.

Das Telefon lacht Pop aus. Das Kabel zwirbelt sich belustigt zusammen, von fünf auf zwei Meter kurz, aus lauter kabelhafter Gemeinheit. Das Kabel weiß nichts von Pops Sorgen und Ängsten, es leitet nur die Stimmen und Klingeltöne weiter. Klingeltöne der Verfluchten, die gerade nicht da sind, wenn er sie schon mal anruft. Da haben die aber Glück gehabt.

Oft erreicht Pop zu später Stunde doch noch einen mit ihm bereits verkrachten Jemanden, den er seit Jahrewigkeiten nicht angerufen hat. Der, den er jetzt an der Strippe hat, hört sich aber ganz schlecht an, der arme Kerl, der ist ganz besoffen von seinem Selbstmitleid. Der ist wirklich kurz davor, wegen einer üblen Krankheit, wie er erzählt, seinen Lebenssuppenlöffel abzugeben. Mensch, der ist sogar jünger als Pop selbst, der arme Tropf am anderen Ende der Leitung. Da fließen Tränen, das hört er, da ist etwas am Ende seiner Kräfte, das spürt er, da ist ein Schluchzen und dann eine Stille, das erwartet er. Doch plötzlich lacht diese arme Kreatur über sich und ihre Situation und Pop glaubt sogar, einen Ablacher gegen sich selbst darin zu hören. Das erschreckt ihn ein wenig. Das macht ihm aber sonst nichts aus. Das stimmt ihn sogar irgendwie friedlich in seiner eigenen ausweglosen Lage.

Der angerufene alte Bekannte legt auf. Nein, das war kein Mäzen, das war ein Künstlerkollege aus der Jugendzeit. Pop hört in den Tuut-tuut-Tönen der Leitung ein ganz leises, aber wimmerndes und krankhaftes Lachen. Er legt sachte den Telefonhörer auf.

In seinem Zuhause hat es aufgehört, Pop auszulachen. Die Wände schweigen, die Türen und Fenster schweigen. Die Decke dreht sich um auf seinen Rücken und schweigt. Der Boden dreht sich um auf seinen Bauch. Die Kleinigkeiten drehen sich zur Seite, um zu schweigen. Die Luft in den Räumen steht auf und legt sich auf Pops Nacken. Er geht zur Toilette, um zu kotzen. Endlich hat er sich übergeben. Sich erleichtert. Und jetzt kann Pop mit den Dingen um sich herum mitschweigen.

Allein die Toilettenseife, die er noch drückt, bevor er sich zum Schlafen hinlegt, gibt einen bösen Ton von sich. Das hört sich an wie ein Lachen aus der Tiefe. Pop hat keine Bauchschmerzen mehr. Er denkt sich in den nächsten Tag hinein, den er auf jeden Fall lächelnd beginnen will.

Besserwisser

Weil solche Menschen in Friedenszeiten versagen, taugen sie für Kriege, und weil der Krieg zu nichts Gutem taugt, verdirbt sich der Besserwisser den Frieden. Tausend Siege lang habe er teilgehabt am Kriege als Täter und als Opfer auch. Dieser Sieger war dazu bestimmt, nicht zu fallen. In nur hundert Friedenszeiten war er dabei als Täter, auch als Anstifter für die Kriege der kommenden Zeiten, war nicht dazu geboren, nichts zu wissen oder nichts zu sein. Alles, was zu wissen war, flog ihm zu, und noch ist keiner erstunken, nur weil er erlogen war.

Mit dem Abrakadabra der Herrscher habe er sich geduzt, der Besserwisser, und geküsst und auf Brüderschaft getrunken, nebst Schwesterleien habe er nur eines nicht gewusst: wie schön das Böse ist, das doch das Unheilvolle.

Kaum wieder auserkoren zu leben, ist ihm die Lust am Guten abgestorben. Das Gute konnte nicht wachsen und gedeihen. Auf Verderb und Verdruss gebettet lag es im Walde auf Moos und zählte die noch zu schlachtenden Bäume.

Die Menschen, die gehen irgendwann von sich aus ein, dazu brauchen sie weder Kriege noch Frieden. Du gütiger Besserwisser, du, lautet ihm dann das heisere Schimpfen.

Besserwisser ruhte sich derweil auf Totenschädeln aus. Die waren kein sanftes Ruhekissen. Auch taugten sie nicht als warme Decke, ob im Guten oder im Bösen gestorben. Ewig war ihm diese Härte in seinen weichen Knien verhasst. Besserwisser wurde seiner selbst nicht müde, konnte sich selbst gefallen oder nicht. Das war nicht sein Wunsch, immer nur dabeisein, sich etwas nehmen, um es sich selbst zu geben.

Und die großen Besserwisser wussten es schon immer besser als die noch kleinen. Die blieben aber leider nicht nur Kindlein, sondern wuchsen zu unendlicher Masse heran. Und hatten üble Fratzen statt liebliche Wangen in ihren Menschengesichtern.

Besserwisser schwört, er habe immer gelogen und darauf verwette er sich selbst. Der Mensch sei nur der für sich selbst Auserkorene, das Selbstvernichtende an sich. Als käme es ihm überhaupt noch darauf an, etwas ganz anderes sein zu können.

Der vom Besserwisser verdrossene Mensch ist am Ende ob seiner Worte oder seiner Taten. Wortwörtlich hat er sich selbstverschuldet seine Hölle gebaut, seinen Himmel vertan.

Und die vielen Alten und Weisen, ob weiß ihr Haupt oder schwarz ihre Haut, speckig glänzend ihre Talare. Die Engel der Ungerechtigkeit haben sich nach ihnen schielend umgeschaut. Nur Tiere kennen den Wahn des Besserwissens nicht, sie fressen hungrig, um zu leben oder werden es hungrig getan.

Aber die Pflanzen sind auch gar bedauernswert, sie schmecken dem Menschen so außerordentlich gut. Vegetarier liebkost der Mensch sich dann. Ach, wäre er doch ein Pflänzchen, er hütete sich ängstlich und dann wäre es ebenso um ihn getan.

Wo hat denn seine Ohren der Gott der Pflanzen, der Gute nimmersatte Mann im Grünen, mit Naturbart aus Algen und rapsgelbem Haar.

Und seine Göttin, die Seherin, mit göttlichem Verlaub, die wollte auch in eingepflanzten Menschen nichts Gutes sehen, sie war wohl blind, die böse Alte.

Nicht zu vergessen die unschuldigen Dinge, die durch Menschenkopf und Menschenhand gemacht, diese Hilfsmittel zum Überleben.

Ach gar nicht erst zu vergessen die Religionen, so schön viele, so schön bunt und so schön blutig sie auch sind. Und aus dem blauen Planeten könnt' doch mit ihnen so schön ein blutroter werden.

Die Friedensapostel in den Bäuchen der Besserwisser, sie rufen wichtige Gebote aus. Ei, ganz lustige, in sich so nichtige. Zwischendrin beim Bluthusten geht in Gottesliebe ihnen dann aber glaubhaft die Puste aus.

Die Künstler und die Wissenschaftler, flüstert ein vorlauter Engel dezent, ach, vergesst sie bitte nicht. Die Dichter und Denker, die Weltenumschmückler, vergesst bitte die Künstlermenschen nicht, oh erkennt, sie sind doch die allerbesten Gutmacher und Übeltäter.

Und doch ihr ahnungslosen Besserwisser-Überleber, kein Trost sollte euch verwehrt sein. Der Mensch, der Lebensangeber, ist zu allem, was da Mensch heißt, bei Fuß bereit. Er geht auf großem Fuße in Strümpfen der sieben Todeszwerge als Märchengut, als Märchenböser, als Berichterstatter seiner selbst. Aber immerhin: er weiß es ja, er weiß es ja immer besser.

Besserwisser werden immer noch gesucht, sie können sich gerne selbst erfinden. Besserwissers Tod ist nur der Eine, und zwar, wenn er ganz allein und außer ihm gar nichts mehr ist.

Mein Bruder war Maler, Kunstmaler. Er stand sogar im Telefonbuch, auch im Branchenverzeichnis war er zu finden, auf Seite 785, bei Maler und Tapezierer, mit dem Vermerk man solle nachschlagen auf Seite 587, bei Maler-Kunstmaler. So ging er sicher, dass ihn keiner für einen Tapezierer hielt.

Mein Bruder war ein Umstandsmensch. Er vermied jegliches Geradeaus. Bis er sein Malzeug zusammenlegte, um zu malen, räumte er stets alles auf und weg, was ihm bei der Suche nach seinen drei Pinseln und seinem Papier im Wege lag. Dann suchte er den richtigen Behälter für Wasser. Diese Gefäße warf er jedes Mal nach Gebrauch in den Abfall.

Mein Bruder malte Aquarelle, am liebsten tat er dies in der Badewanne. Wenn er, was nicht selten vorkam, ein Ölbad nahm, dann streckte er sich aus und versuchte sich sogar als Mit-Mund- oder Mit-Fuß-Maler. Seine Badewanne machte er niemals sauber. Die Spuren seiner Arbeit inspirierten ihn zu sehr. Nach dem Bad beim Abtrocknen wischte er als letztes und besonderes I-Tupferl mit einem Frottiertuch das Bild trocken. Die Frottiertücher sammelte er, und erst wenn sie vollständig bedruckt waren, legte er sie sorgfältig in einen Koffer. Wenn er gerade kein Tuch mehr hatte, setzte er seinen luftgetrockneten Hintern auf das Bild und blieb ein Weilchen sitzen. Dann stellte er sich vor den Spiegel und schaute über seinen Rücken hinweg auf zarte, kaum erkennbare Farbtöne. Dabei wurde ihm warm ums Herz, und er glaubte wieder an sich selbst. Ja, mein Bruder war sehr kritisch mit sich. Er versuchte, nicht allzu sehr zu leiden. Sein Verständnis für sich selbst war schon enorm, um nicht zu sagen grenzenlos.

Nach langem Klingeln öffnete mir mein Bruder die Tür, und ich erkannte an seinen noch feuchten Brusthaaren, die er, unbekleidet wie er war, mit sich trug, dass er wieder ein besonderes Aquarell vollbracht hatte.

Mein Bruder zeigte mir immer seine neuen Bilder. Ich hängte sie an die Wäscheleine und sprach mit ihm darüber. Die Bilder gefielen mir nicht besonders, ich war mehr für die Muster auf den Frottiertüchern. Aber mein Bruder sagte, und damit zitierte er, ich weiß nicht wen: »Nicht das üble Ziel ist der Weg, sondern der Weg das übliche Ziel«, oder so ähnlich.

Jetzt, da mein Bruder verstorben ist, und ich mich um seinen Nachlass bekümmere, glaube ich, dass nach den vielen, die so sehr Gefallen und Wert in seinen Bildern gefunden haben, noch viele andere dazu kommen werden. Es ist schon merkwürdig, was sie über ihn von mir wissen wollen. Alles habe ich ihnen berichtet und gezeigt, nur seine Wohnung selbst habe ich trotz guter Angebote und vieler Bitten nicht freigegeben. Zuerst werde ich die Badewanne ordentlich saubermachen und die Frottiertücher, die er verwendete, gut waschen. Dann dürfen sie kommen und sehen und staunen.

Ich denke, damit werde ich dem vielgeliebten Zitat meines Bruders gerecht. Ich weiß, dass mein Bruder sich darüber freuen würde, so wie er sich freute, als ich ihm vor seinem Tod versprach, seinen letzten Wunsch zu respektieren: Ihn nicht mehr zu baden, und die Spuren auf seinem Gesäß zu belassen. Er hatte sich gerade beim Absitzen eines noch feuchten Bildes einen Krampf geholt, der ihn das Leben kostete.

Möwen, gesteinigte

Saß auf einem kleinen Felsen, an einem um diese Uhrzeit noch menschenleeren Strand an der Nordsee, ein nachdenklicher Junge namens Max. Er schaute auf die zahllosen Steine, die um ihn verteilt lagen. Steine, so groß wie seine Faust. Steine, worauf in weißer Schrift geschrieben stand: »Bitte nicht werfen.« Auf all diesen Steinen dieselben Worte. Sie waren erst in diesem Frühjahr im Rahmen eines Künstlerprojektes zum Motto ›Natur-Kunst am Strand‹ durch eine Künstlerin der Gegend dahin geraten. Max baute mit diesen Steinen einen Kreis um sich herum, einssechzig im Durchmesser, gerade so groß, dass er sich darin ausstrecken konnte. Mit seinen vierzehn Jahren war er nicht besonders lang. Aber seine Wut auf sich selbst war enorm gewachsen an diesem Tag. Heute hatte er zum ersten Mal eine Verabredung mit einem Mädchen namens Viola, in das er sehr verliebt war. Hier am Strand sollte er sie treffen und mit ihr schwimmen gehen. Max hatte verschlafen. Eine ganze Stunde kam er zu spät. Nicht um neun Uhr am Morgen, sondern um zehn war er vom Rennen ganz außer Atem am Treffpunkt angekommen. Natürlich war Viola nicht mehr da. Er setzte sich auf einen Felsen und überlegte sich Ausreden oder Geschichten, die er ihr erzählen könnte, damit Viola ihm die Verspätung verzieh. Dass er einfach nur verschlafen hatte, wollte er ihr nicht eingestehen.

Möwen flogen in seinem Blickfeld. Er lag auf dem Rücken und schaute zu, wie sie sich immer näher an seinen Kreis heranwagten. Er griff sich einen Stein und warf ihn so hoch er konnte. Keine Möwe getroffen. Der Stein fiel wieder herunter. Natürlich traf er, der wie alle die Aufschrift »Bitte nicht werfen« trug, Max.

Der erste Stein war noch auf seinem Bein gelandet, der zweite schon auf seinem Kopf. Der dritte, den er warf, nun endlich eine Ausrede gefunden und gar nicht mehr wütend auf sich selbst, landete beim Herabstürzen auf seinem Gesicht. Das bisschen Blut, das er mit Brennen auf den Lippen spürte, war gar nicht schlimm.

Die Möwen lachten. Sie schrien und machten sich lustig über ihn. Max hatte nun genug Spuren eines Verspätungsgrun-

des an seinem Körper und er stand auf. Der kühle Nordsee-
wind trocknete schnell seine heldenhaften Tränen. Eine Schlä-
gerei um seine Ehre als mutiger Junge hatte ihn aufgehalten.
Das ist eine würdige Entschuldigung für ein verpasstes Rendez-
vous. So dachte er.

Als er danach Viola anrief, um seine Verspätung zu erklären und sich zu entschuldigen, stotterte er doch ein wenig. Das
Mädchen war sehr verliebt in Max und hatte sich Sorgen um
ihn gemacht. Sie war am Morgen zwar nach einer halben Stunde des Wartens traurig wieder fortgegangen, aber nach einer
weiteren halben Stunde eiligst an den Strand zurückgekehrt.
Viola hatte ihn schon von Weiten auf dem Boden liegen sehen
und beobachtet, was er dort tat. Sie blieb hinter einem Strand-
korb versteckt und schaute zu, wie Max sich mit seinen Stein-
würfen nach den Möwen selbst verletzte.

Er tat ihr zwar Leid, doch sie war fasziniert von seiner
Selbstquälerei. Viola genoss dieses merkwürdige Bild, das er
darbot und wollte gar nicht wissen, warum er das tat und was
es bedeuten wollte. Sie mochte ihren Max so, wie er war. Eben
mit seinem Sondergebaren.

Von Stadt aus Land in Sicht

Stadt – Land – Flucht

Ein Mann namens O. Selbiger geht aus seiner Wohnung hinaus in die Geschehnisse. Der Mann steht mitten in der Großstadt an einer Ampel und wartet darauf, die verkehrsreiche Straße bei gegebenem Licht zu überqueren. So beim Beschauen und Warten auf das grüne Ampelmännchen versinken seine Gedanken an seinen Traum der vergangenen Nacht.

Im Traum war er ein Arzt und quälte sich mit den Wunden eines Bauern ab, der war einen Hügel heruntergepurzelt und hatte sich an allerlei Stellen verletzt. Nun war das nicht sehr schlimm, und mit geübten Handgriffen versorgte er diesen Bauern, der nicht aufhörte, wirres Zeug zu reden. Er sei ein Opernhaus, eine Autobahn, ein riesiger Marktplatz. Er sei die Stadt, die Stadt, rief er immer wieder.

Warum O. Selbiger in diesem Traum ausgerechnet Arzt war, das wusste er selbst nicht, schließlich war er im wahren Leben ein Dichter, der, vom Lande kommend, in der Großstadt seine Zukunft suchte. Und warum gerade ein verrückter Bauer sein Patient war, konnte er sich auch nicht erklären. Er machte seine Arbeit im Traum und dabei blickte er, den Bauern mit beschwichtigenden Worten beruhigend, in den Traumhimmel, wo Störche vorbei flogen. Das erinnerte ihn wieder an etwas anderes, an ein Tagebuch oder so etwas. Der Traum verlief wie ein Film, den er bereits zu hören, doch nicht zu sehen bekam. Stimmen riefen ihm plötzlich Warnungen zu: Achtung! Hallo, passen Sie doch auf!

Der Mann, der bei rot über die Ampel gelaufen war, und das Hupen der Automobile, die ihn beinahe anfuhren, nicht hörte, machte einen Sprung rückwärts, als sei er gerade aus dem Tiefschlaf aufgewacht. Erschrocken lief er zurück in seine Wohnung.

Diese Stadt macht ihn krank, er wird sich einen Tag Ruhe gönnen müssen, er wird heute noch eine Reise antreten, er wird flüchten aufs Land. Er kennt da ein Dorf und eine Gaststätte, wo er übernachten kann, er wird gleich ein Zimmer bestellen und den nächsten Zug nehmen, er hat noch eine Stunde

Zeit, und dann wird er sich wie schon so oft mit Spaziergängen und Landschaftsbetrachtungen erholen. Ja, so wird er es machen.

Der Mann besteigt am Bahnhof Zoologischer Garten einen Zug. Diese Stadt, die er so sehr liebt und die ihn doch krank macht, muss überwunden werden. Das gelingt ihm nur so, da hilft keine andere Medizin. Aus Erfahrung weiß er, dass ihm oft ein Tag genügt, um sich wieder nichts Anderes und Schöneres vorstellen zu können als das Leben in dieser Stadt.

Der Mann hat Hunger, er hat Kopfschmerzen, es ist voll und laut im Zug. Bevor es Abend wird, kann er das Dorf noch erreichen. Er fährt ganz in Gedanken, seine Augen saugen durch das Zugfenster die Landschaft auf.

Landschaftstraum

Kaum hat er den sehnsüchtigen Blick in die Weite geworfen, kommt die freudige Erwartung der Landschaft auf, auf Wälder und Gewässer. Endlich ist Nahrung für die weit aufgerissenen Augen vorhanden, sie trinken jeden Baum, jede Pflanze und verschlingen die wunderschöne Landschaft hastig. Die könnte überall sein, sie bringt jeden dazu, sie zu bewundern. Ganz gleich in welcher Jahreszeit und zu welcher Stunde, die Landschaft und ihre Besonderheiten sind ein gefundenes Fressen für das Auge und das Gemüt. Man müsste schon besonders ignorant durch die Landschaft gehen, um nicht zu erkennen, wie tröstlich und wunderbar sie ist, wenn sie nur gelassen wird, das zu sein, was sie bleiben will.

O. Selbiger führt gelegentlich, besonders auf Reisen, Tagebuch: »Ich komme gereizt und müde an meinem Reiseziel an. Die Reise war beschwerlich, der vollen Züge und meines Unwohlseins wegen. Kopfschmerzen, Fußweh und einem leeren, verstörten Magen habe ich es zu verdanken, dass ich – auf dem Land angekommen – seine Schönheit nicht genießen kann. Ich gehe eilig in das Gasthaus im Dorf und lege mich gleich in meinem reservierten Zimmer, obwohl es noch früher Abend ist, schlafen. Essen, trinken und die Augen aufreißen, das werde ich am nächsten Morgen nachholen können. 24 Stunden stehen mir zur Verfügung. Das ist mir nicht zu wenig, das muss ausreichen, um in der Stadt wieder meine anstrengende Arbeit aufzunehmen, das Stadtleiden zu ertragen und meinen Stadtkummer zu überwinden. In dieser Nacht träumte ich von einem anderen Leben, ich sei ein Mensch vom Lande und hätte noch keine Minute meines Lebens in einer Großstadt verbracht, nur vom Hörensagen wüsste ich, was das ist, ein Großstädter. In diesem Traum bin ich anderer Dinge wegen unglücklich, und ich weiß nicht, ob mich das erleichtert oder ängstlich macht. Ich erkenne mich nicht wieder in diesem Traum, und weiß doch, dass ich es bin, von dem ich träume. Mein Körper fühlt sich an wie aus anderen Dingen geschaffen. Alles ist so viel mehr, als ich je sein wollte. Ich weiß nicht, was das soll.«

Alp-Traum-Landschaft

»Ihr Leute, lasst euch sagen, ich bin ein Mensch vom Lande und hatte nur Sorgen wie einer vom Land, der, die Jahreszeiten befolgend, sie in der Natur erlebt. Meine Freude war aufwachen, arbeiten, essen, trinken, ländlichen Ausschweifungen nachgehen, friedlich einschlafen und vom nächsten Morgen und seinen Aufgaben Bescheid wissen.

Jetzt hilft kein Schnaps, kein Baldrian, kein liebender Körper unter der Decke, den wohlverdienten und gewohnten Schlaf zu bringen. Denn mir träumte, ein Wahn, ich sei ein Großstädter. Meinen neunzig Meter hohen Beinen war ein Opernhaus als protziger Hintern gewachsen, der mir von den vielen Besuchern einwärts getreten wurde. Meine Arme: Alleen. Meine Adern: U-Bahnlinien. Autogebahnt meine Haut, und die Hände so groß und gefährlich wie kundengeile Einkaufszentren. Meine Augen wie zwei an Freudenhäusern offen gelassene Türen, jeder geht und kommt, wie er will und kann. Ich leide.

Großkotzig mein raumreicher Mund, der gerne, über sieben Hügel hinweg Stadtkerne ausspuckt, das Sagen hätte. Meine Ohren, gewaltige Marktplätze. Stadtteilgroß mein mächtiger Bauch, worin mit unverschämter Rücksichtslosigkeit im fliegenden Wechsel geparkt und gepicknickt wird. Ein stattlicher Friedhof mein trauriger Kopf, und meine Füße, ein jeder ein

Dom, märchenhaft wie aus einem Stein gehauen. Nur meinen Rücken, den weiß ich nicht zu messen, der erscheint mir nicht in diesem Alp. Wie gerne würde ich ihn auf meinem Bauche tragen wie ein Schild worauf stünde: das träumst du nur, das ist nicht so. Diese Alptraumstadt, das bist nicht du.

Aufgewacht.

Auch kein Trost, zu wissen, dass es noch größere Städte gibt, in Wirklichkeit und in den Träumen anderer. Kein ruhiges Dasein mehr unter dem Dach meiner Bescheidenheit. Keine Hilfe, wenn Kuhaugen mich treu und fragend ansehen. Hund und Katz und auch das Geflügel mit seinen guten Landeiern können mich nicht ablenken und den Tag Tag sein lassen, damit die Nacht wieder zur Nacht wird wie früher. Und mein Hausarzt hat keine bessere Idee, als mich für eine Therapie zu einem Spezialistenkollegen in die nächste Großstadt zu schicken. Nein, wie ich leide!«

Landschaftsbild

Der vom Lande stammende und in der Großstadt lebende Mann G. Benn erläutert in einem Brief an die gnädige Frau G. Hindemith, warum er es vorzieht, auf eine sonntägliche Fahrt aufs Land zu verzichten. Unter anderem schreibt er: »Oh, gnädige Frau, ferner habe ich manchmal die Empfindung gehabt, als ob man auf die Natur nicht direkt zufahren soll, im Vorbeigehen sieht man an ihr das Beste. Denn die Natur heute hat vielfach etwas Unnatürliches und Wind und Wetter wirken übertrieben, wenn man etwas müde ist, gibt sie einem mancherlei. Auch ist in ihr ein Licht, das Sonnenlicht, verbreitet, das einem die Augen ungeheuer schwer macht, wenn dazu noch Gespräche kommen, kann sich ein Strom von Vernichtung durch die Persönlichkeit bewegen.«

Aus seinem Schlaf und seinen Träumen erwacht und in seinem Bett sitzend, liest O. Selbiger in einem Buch, das den Titel »Das gezeichnete Ich« trägt und worin Briefe eines Dichters mit dem Namen G. Benn veröffentlicht sind.

O. Selbiger hat einen langen und – wie er hofft – schönen Tag auf dem Lande vor sich. Er will sich weder von seinen Alpträumen der vergangenen Nacht noch von literarischen

Warnungen beeinflussen lassen. Er frühstückt mehrere Landeier auf einmal, und er bricht auf, endlich seinen lang ersehnten
Spaziergang durch die Natur zu machen.

Sonniger Vormittag, angenehme Temperatur, die Augen
klar und wach, der Schritt locker und beschwingt, die Hände
hinter dem Rücken verschränkt, auf den Lippen ein Lächeln.
Dies ist keine Sünde. O. Selbiger ist glücklich. Als er sich die
vor lauter Freude laufende Nase abwischen will und dabei sein
Taschentuch aus der Hosentasche zieht, fällt ihm sein Wohnungsschlüssel auf den sandigen Weg.

Daran, als Schlüsselanhänger befestigt, ein Minihandy
hängt. Eines, das zwar nicht als solches funktioniert, aber doch
auch Töne von sich geben kann. Vogelgezwitscher ist zu hören,
wenn ein Knöpfchen gedrückt wird. Dieser Verlust bleibt dem
Spaziergänger aber unbemerkt, seine Gedanken ganz bei sich
selbst und den Dingen um ihn herum, bemüht er sich, einiges
in Worte zu fassen. Selbstgesprächsversunken zitiert O. Selbiger sich selbst. Er macht sich Gedanken über die Natur, Sätze
wie: Ein Landleben in einem guten und auch schönen Lebens-
land mit Land am Leben erhalt! Dieser Einhalt, heute Nachhal-
tigkeit geheißen, wenn anerkannt, kann die Zukunft glückli-
cher machen.

So vor sich hin sprechend und seinen Spaziergang wieder in
die Richtung des Dorfes lenkend, übt der Mann seine Betrach-
tungen mit Augen und Worten. Er bemerkt, wie sich das noch
gute Wetter verändern will.

Heftiger Landregen

Zwei Bauersleute schieben einen Teflonkarren einen Hügel
hinauf. Der Hügel erwacht aus seinem lanschaftlichen Schlaf,
und des starken Regens wegen beendet er seinen Stillstand. Er
beginnt, sich auszustrecken, sich zu verteilen und seine Lage
zu ändern.

Die Bauersleute purzeln abwärts, lassen den Karren los. Der
Karren rollt in ein Moor und versinkt, so ist er die Bauern endlich los. Der Karren, ein Mitbringsel einer Besuchergruppe aus
der Stadt, der Karren fühlte sich fehl am Platze wegen seines

Materials. Ja, auch ein Karren hat ein Innenleben, ganz gleich, womit er gefüllt wird.

In Kenntnis der Gefährlichkeit des nahen Moores flüchten die zwei Bauersleute in eine andere Richtung. Angekommen und von den um sie zitternden Armen ihres Nächsten aufgefangen, fallen sie in eine Woge von Vorwürfen und stehen beleidigten Gesichtern gegenüber. Einer der Bauern hat sich verletzt, an Ellenbogen und Knien blutet es. Er sitzt in seiner Stube und lässt sich von geübter Hand verarzten. Die geübte Hand des Arztes, der zufällig gerade im Dorfe als Besucher weilt, klopft dem Bauern nach erledigter Wundversorgung beschwichtigend auf die Schulter. Der Bauer bedankt sich mit einigen Gläsern Wein und ein paar Geschichten vom Landleben, die er nicht unbescheiden von sich zu geben weiß. Er ist bekannt im Ort als guter Erzähler, vor allem von unwahren Begebenheiten.

Auch der Besucher aus der Großstadt ist in diesem Dorf bekannt und gerne gesehen. Das, was er über die Stadt zu erzählen weiß, ist den Landleuten unverständlich und nicht ganz geheuer, aber sie glauben ihm aufs Wort. Nur einige der ganz alten Dorfbewohner betrachten ihn und seine Großstadtgeschichten misstrauisch und ungläubig. Der Arzt verspricht, das nächste Mal Verstärkung aus der Stadt mitzubringen, um den Karren aus dem Moor zu bergen.

Die Dorfgemeinschaft bedauert und beschimpft den Verlust der Teflonkarre. Die Karre solle auf dem alten Marktplatz als Mahnmal aufgestellt werden. Die Dorfbewohner wollen sie mit Dingen befüllen, die Besucher aus der Stadt aus ihren Taschen verlieren: Schlüssel, Brillen, Geldbörsen und allerlei städtischer Müll hat sich bereits angesammelt.

Landende

Die Hühner auf dem Land gehen mit den Hühnern schlafen und stehen am nächsten Morgen mit den gleichen Hühnern wieder auf. Echte Landeier sind gut und teuer.

Es ist spät in der Nacht, nirgendwo im Dorf brennt Licht, selbst die im Schlafe Sprechenden geben Ruhe und haben nichts mehr zu sagen. Die Natur macht ihre Geräusche, und irgendwo auf einem sandigen Weg fällt von einem Baum ein schwerer Kiefernzapfen zu Boden, eigentlich nichts Ungewöhnliches, doch dieser Zapfen fällt auf einen kleinen Gegenstand, der da verloren zwischen Sand und Laub und Nadeln liegt. Ein Vogelgezwitscher ertönt mitten in der Nacht und dauert an. Kein zweiter Zapfen fällt wie der erste und gebietet den unnatürlichen Tönen Einhalt. Das Leben einer Batterie überdauert in seltenen Fällen eine Nacht.

Der Morgen graut, und Nebel macht sich breit, um die Sonne zu begrüßen. Die Vögel der Umgebung hatten eine unruhige Nacht.

O. Selbiger sitzt nach getaner Erholung im Zug und fährt zurück in seine Stadt. Er macht sich Notizen über den Landaufenthalt. Als der Zug an einem Dorf vorbeifährt, erkennt er beim Suchen nach schönen Dingen Leute auf einem Marktplatz. Sie stehen vor einer Karre aus merkwürdigem Material. O. Selbiger nennt sie so für sich Teflonkarre und schreibt es auf. Die Karre war größer als eine Badewanne, nur den Inhalt konnte er nicht sehen. Der Zug ist in Fahrt.

O. Selbiger braucht ein Taschentuch und greift in seine Hosentasche. Plötzlich denkt er, dass etwas fehlt. Aber er weiß nicht, was er vermisst. Beim Durchsuchen seines Rucksacks bemerkt er, dass er seine Reiselektüre im Zimmer des Gasthauses liegen gelassen hat. Und fragt sich, ob derjenige, der das Buch findet, es wohl lesen wird.

Wir haben uns endlich wiedergesehen, haben die ganze Nacht durchgeplaudert bis zum Sommersonnenaufgang. Dann sagte der Freund, er wolle schwimmen gehen.

Nahe meinem Hause liegt ein kleiner See. Der Freund ist zu Besuch aus dem Ausland, wohin ich mich gelegentlich sehne. Er schenkt mir Trostgeschichten von dort. In seinem Land, da gibt es keine Seen. Deshalb schwimmt er hier so gerne täglich in der Früh.

Eine Plastiktüte voller Wüstensand war des Freundes Geschenk an mich. Er hat es mir auf ganz besonderer Weise übergeben, so dass ich es besser genießen kann und er sich an meiner Freude darüber selbst erfreuen kann. Es gibt ein kleines Holzfloß auf dem See, es hat gerade genug Platz, um sich darauf zu setzen. Ein Glasgefäß hat er da abgestellt, darin Wüstensand soviel wie aus einer vollen Plastiktüte, ohne ein Körnchen zu verlieren, auszuschütten ist.

Das schwimmt nun seit einigen Tagen auf dem See nahe meinem Hause. Der Freund schwimmt große Kreise um das Floß herum, so als sei er die Ringe, die entstehen, wenn ein Stein ins Wasser geworfen wird. Er sagt, in diesem Glas, da möchte er wohnen, mitten in dem Wüstensand von zuhause, hier daheim bei mir, bei seinem Freund. Dieser Wunsch, über den ich mich im Besonderen freue, ist das eigentliche Geschenk an mich.

Sommersonnenuntergang. Bevor wir uns zum Schlafen niederlegen, erzählen wir uns noch gegenseitig die Träume der vergangenen Nacht. Der Freund beginnt mit den Worten: Einerseits, von hier aus war es, haben wir heute Nacht eine Schiffsreise gemacht. Eine Schiffsreise zu den arabischen Emiraten. Die Reise war, weil wir aus Ungeduld durchgeschlafen haben, medikamentös und durch Träume geschaukelt kurz. Wir haben das Unterwegs nichts erlebend durchlebt, kein bisschen Meersalz auf unseren Lippen hat uns dazu bewegt, auf das Schiff zurückzuschauen, das wir verließen.

Andererseits von dort aus, erzählt der Freund weiter, haben wir einen Flug gemacht. Einen Flug zu den Allgäuer Alpen. Die Reise war, da wir geduldig und wachsam, drogenfrei und geistesgegenwärtig reisten, unendlich lang. Wir haben das Unterwegs erlebnisvoll vergessen. Ein bisschen Höhenangst in unseren Augen hat uns betäubt, um von den Niederungen wegzuschauen, aus denen wir kamen.

Einerseits von hier aus und andererseits von dort aus begaben sich Leute auf den Weg, um ihrerseits Geheimnisse zu suchen und Rätsel zu lösen. Unterwegs wollten sie sich nicht begegnen und angekommen, haben sie sich verpasst. Reisen heißt immer irgendwo die Füße abstreifen und die Nase dort hineinzurecken, wo es anders riechen könnte. Das ist das Ende meines Traumes, sagt der Freund, und ich erzähle ihm von meinen Fernweh-Träumen, die in Nichts den seinen gleichen. Ich träume meine gewöhnlichen Reiseträume, meistens sehe ich mich in einem Reisebüro irgendwo im Ausland und versuche mich irgendwohin in ein anderes Land günstig und schnell weiter zu buchen.

Wir lauschen den Geräuschen, die vom See her leise zu uns dringen, und bevor wir einschlafen, frage ich den Freund, wo er das Schwimmen lernte.

Im Mutterleib, in der Wüste, auf einem Floß, in seinen Briefen an mich und in seinen Träumen, dort, antwortet er mir.

In der restlichen Zeit seines Besuchs reden wir Tag und Nacht über Entfernungen. Bald, wenn er wieder zu Hause ist und ich ihn trösten kann mit Worten über sein Wüstenfloß auf dem See bei mir daheim, werde ich selbst den Freund besuchen.

Der Geruch von Glück

Kleine Geheimnisse halten jung

Flavian hatte noch einige Stunden Zeit, bevor er sich auf den Weg machen musste, um Ella vom Flughafen abzuholen. Er lag in der Badewanne, las in einem Buch herum und überlegte, ob die Zeit auch noch für ein kleines Nickerchen im warmen Nass reichte. Das Ticken der Uhr machte ihn schläfrig. Ja, er war dann gleich eingeschlafen. Doch bald darauf, das Wasser kühlte schnell ab, erwachte er fröstelnd und schaute auf die Uhr an der gegenüberliegenden Wand. Es waren tatsächlich nur zehn Minuten vergangen und er stieg nach einer langen heißen Dusche aus der Badewanne.

Beim Abtrocknen seines Unterkörpers rubbelte er mit dem Handtuch kräftig an seinen Oberschenkeln und plötzlich, voller Schreck, entdeckte er sein erstes weißes Schamhaar. Auf seinem Kopf hatte er mit seinen zweiundvierzig Jahren schon einige graue Stellen, die störten ihn überhaupt nicht. Doch ein weißes Schamhaar! Verschämt rupfte er das weiße Haar mit einem Ruck heraus, schaute nach, ob sich noch weitere um sein Geschlecht herum versteckten. Flavian war sehr wütend über dieses weiße Schamhaar, es beleidigte und verunsicherte ihn. Er glaubte, er sei noch jung oder jung geblieben für sein Alter. In Flavians gut geschnittenem Gesicht befanden sich natürlich ein paar feine, zwar sichtbare, aber nicht des Wegredens werte Fältchen. Die meisten Menschen hielten ihn für eine Handvoll Jahre jünger, als er wirklich war. Er überlegte, ob er Ella davon erzählen sollte und entschied sich, es nicht zu tun. Sie würde sich nur über ihn lustig machen und ihn einen eitlen Gockel nennen; sie würde sagen, das arme weiße Schamhaar hätte doch wohl auch eine Daseinsberechtigung an seinem verschämten Ort, so wie die grauen auf seinem eitlen Kopf. Das wären sicherlich ihre Worte.

Nun, so gut kannte er sie, und sie würde sich nicht scheuen, bei dieser Gelegenheit wieder anzufangen, über ihre Gelenkschmerzen zu klagen. Ella war sich für diese Schmerzen, die sie von Zeit zu Zeit fürchterlich plagten, mit ihren fünfunddreißig Jahren noch viel zu jung.

Er gab es gerne zu, in manchen Dingen war er gewiss eitler als Ella. Das lag bestimmt daran, dass Ella eine Naturschönheit war. Und das Bemerkenswerte daran war, dass Ella diese Schönheit niemals für ihre Zwecke ausnutzte.

Eitler Gockel, ja, da hätte Ella recht damit, ihn so zu nennen. Aber Flavian würde ihr von seiner unangenehmen Entdeckung, diesem üblem Haar in seiner Lebenssuppe, nichts erzählen. Es machte ihn irgendwie kleiner und verwundbarer.

Es war, als hätte er mit dem weißen Schamhaar zugleich eine neue Uhr entdeckt, die seine Stunden anders zählte. Die unerbittliche biologische Altersuhr. Flavian war eigentlich gesund und zufrieden mit seinem Leben. Nur wenn er wütend, aufgeregt oder verwirrt ist, kehrten manchmal die Zuckungen, die körperlichen Ticks zurück, die er als Kind einstudiert und irgendwo im Kopf gespeichert hatte, wenn auch nur für ein paar Minuten, aber doch lang genug, um ihn jedes Mal an seine schöne Kindheit zu erinnern. Besonders großen Spaß hatte er bei den Besuchen bei seiner Großmutter in dem kleinen Dorf, das eine knappe Stunde Zugfahrt von der Stadt entfernt war. Dort hatte er seine Ticks geübt und lieben gelernt. Selbst als er schon über die Pubertät hinaus war, und seinen Körper, wie er meinte, gut im Griff hatte, überraschten ihn nicht selten und meistens in peinlichen Situationen seine alten Marotten. In den meisten Fällen überspielte er sie mit Komik und mimte dann eine Weile den Possenreißer, um das Lachen im Halse der anderen nicht in ein mitleidiges Lächeln zu verwandeln.

Die Spiele seiner Kindheit mit sich selbst hatten sich verselbständigt und ihn im kindlichen Glauben gelassen, er sei etwas Besonderes. Dass dies nur eine Störung seiner damaligen kleinen Psyche war, wusste er natürlich. Er hatte viele Stunden mit Gesprächen und Therapien verbracht und sich mit Humor an die Erinnerungen herangetastet, wie die Ticks begonnen hatten, und sie belasteten ihn damals wie heute überhaupt nicht. Nur die anderen, heute wie damals, hatten manchmal ihre Probleme, damit umzugehen. Es konnten Monate, ja wie des Öfteren schon geschehen, sogar Jahre vergehen, ohne dass er an sie dachte oder von ihnen heimgesucht wurde. Und wenn er einmal jemanden mit ähnlichen Ticks sah, sei es ein Kind oder ein Erwachsener, lächelte er nur ein wenig und fühlte sich wie ein Eingeweihter.

Aber sein Gehirn gab die damals einstudierten Spielereien nicht auf. Die Speicherplatte seines Kopfes machte, was sie wollte. Nun hatten sie ihn seit langer Zeit wieder einmal eingeholt. Daran war nur das weiße Schamhaar schuld. Flavian warf den Kopf in den Nacken und riss seinen Mund auf. Als er das Haus verließ und zur Bushaltestelle lief, war es schon wieder vorbei.

Während der halbstündigen Busfahrt durch die Stadt zum Flughafen erinnerte er sich wieder einmal an seine Kindheit mit den sonntäglichen Besuchen auf dem Land bei seiner Großmutter, von der er ahnte, dass sie seine Geheimnisse, seine Spiele und Macken kannte. Seine Großmutter beschwerte sich nie über seine Ticks. Als hätte er eine Videokassette in seinen Kopf geschoben, sah er einen dieser Sonntage wie einen Stummfilm vor Augen. Dabei erzählte er sich selbst in Gedanken das Gesehene, als ob er es von einem Blatt ablesen würde, auf dem ein Teil seiner Kindheit geschrieben stand.

Die alten Bilder im Kopf

Sie sind eine Kleinstfamilie, bestehend aus Mutter, Vater, Kind und der Katze Lila. Sie fahren in einem langsamen Zug aufs Land, um die Großmutter zu besuchen. Lila, die Großstadtkatze, wird dort im Garten herumstreunen können, Flavian etwas frische Landluft abbekommen, die Mutter Gelegenheit zum Beschwerdeplaudern mit der Großmutter haben, der Vater die wochentägliche Bürohockerei mit ein bisschen Gartenarbeit ausgleichen, die Großmutter wird sich über den warmen Familienanschluss freuen und die Nachbarsleute über den Neuigkeitenaustausch von Garten zu Garten.

Auf dem Lande ist es wie immer schön, besonders an den Sonntagen und erst recht an einem solchen. Es ist ein erster Mai und Flavian hat Geburtstag. Hier auf dem Lande ist es ruhig und friedlich, das sonnige Wetter lässt die Gesichter wohlwollend schauen.

Lila inspiziert ihr bekanntes Wochenendrevier und kümmert sich nicht um die Nachbarskatzen, die wie bei jedem Besuch neugierig, aber ländlich schüchtern auf den Bäumen herumsitzen, über die Trägheit der Großstadtkatze und ihr verwöhntes Dasein tratschen. Die Katze lässt ihr lilafarbenes strassbelegtes Halsband in der Sonne glitzern. Die Katze ist Grau. Nur an den Pfoten mischt sich Weiß ins Fell, so dass sie lilafarben scheinen. Daher ihr Name.

Großmutter hatte ihn gefragt, was er denn einmal werden wollte, wenn er groß ist. Flavian sagte, er wolle ein Feuerwehrauto sein. Ungehindert laut sein Tatütata von sich geben. Ein Feuerwehrauto war nicht unter den Geburtstagsgeschenken. Dafür aber ein Fotoapparat. Den hatte er sich gewünscht.

Flavian, der achtjährige Kleinstfamiliensohn, sitzt auf der Gartenmauer, das Gesicht den umliegenden Sonnenblumenfeldern zugewandt, und übt seine Macken für die kommende Woche. Sein neuester Tick wird sein, dass er, den Kopf nach hinten werfend, seinen Mund aufreißt. Seine Lehrerin wird ihn wieder mitleidig ansehen und mit seiner Mutter sprechen wollen. Die wird ihn anschreien und ihm befehlen, den Kopf still zu halten. Sein Vater wird sich gar nicht darüber aufregen und wie immer sagen, er habe als Junge auch seine Ticks gehabt, das ginge vorüber mit der Zeit.

Flavian führt neuerdings Tagebuch über seine Macken. In diesem Jahr, von Januar an, hatte er wöchentlich wechselnd folgende Ticks zu verbuchen: Erste Woche: mit dem Knie an die Ellenbogen stoßen. Zweite Woche: kurz vor den Gesichtern der Leute in die Hände klatschen. Dritte Woche: ständig mit den Augen blinzeln. Danach eine Woche lang Bettnässen. Dann sieben Tage lang das Essen ganz lange im Mund behalten und es, ohne zu kauen, runterschlucken. Und die Woche darauf mit lila bemalter Nase Katze spielen, um vom Vater endlich ausgiebig gestreichelt zu werden. Sieben Tage lang dauernd aufs Klo gehen und ganz lange darauf warten, bis irgendetwas kommt. In der Zeit von 168 Stunden Schluckbeschwerden spielen. Eine Woche lang sich ständig am Bauchnabel kratzen. In der darauffolgenden Woche der Mutter, wann immer es geht, mit den Zeigefingern in den Ohren bohren. Die nächsten sieben Tage immer wieder die Hände des Vaters erwischen und sie so lange ganz fest drücken, bis er schimpft. Hinterher eine schmerzvolle Woche lang die Lippen wund beißen. Und dann von Montag bis Freitag in der Schule die Lehrer mit einem geschlossenen und einem aufgerissenem Auge anstarren. Die Woche hinterher nach jedem Satz ganz leise pfeifen. Dann sieben liebe lange Tage fortwährend mit den Schultern zucken. In der sechzehnten Woche Baby spielen. Siebzehnte Woche: stottern. Plan für die achtzehnte Woche: schwerhörig sein. Das übt er gerade und bekommt dabei auf der Gartenmauer sitzend einen leichten Sonnenbrand. Bei diesen Übungen macht er seine ersten Fotos von sich selbst.

Die Großmutter hat einen Kuchen gebacken, oh ja, seinen Lieblingskuchen mit Rosinen und Nüssen, und sie ruft zum Kaffeetisch hinein. Gerade übt Flavian jedoch, schwerhörig zu sein, und wartet deshalb ruhig, bis seine Großmutter kommt und ihn lächelnd abholt. Er fotografiert sie.

Flavians Mutter hat wieder geweint und ihrer eigenen Mutter ein weiteres Mal die Ohren strapaziert. Sie hat über den Vater und über Flavian geklagt, und über ihr schwer zu ertragendes Leben als Erzieherin, geklagt über die so komplizierten und anstrengenden Kinder in der Kindertagesstätte für Verhaltensgestörte; sie erschöpfen ihre Kräfte und sie fühlt sich krank. Auch das Verhalten ihres Flavians bereitet ihr Kummer. Sie schämt sich, ihn therapieren zu lassen. Deshalb geht sie selbst in eine Therapie und hofft, dass es ihr hilft, ihm zu helfen. Jetzt möchte sie aber erst einmal den ländlichen Sonntag und den Kuchen genießen. Sie lehnt sich in ihren Stuhl zurück, schließt die Augen und lauscht den Geräuschen dieses friedlichen Nachmittags nach. Das Weinen hat sie müde gemacht, aber auch versöhnt mit den Ihren. Ihr Gesicht hat einen lieblichen Ausdruck. Der Kaffee duftet und sie hört die Stimme ihres Mannes. In freundlichem Tonfall spricht er im Garten mit dem Nachbarn. Flavian fotografiert den Gartenzaun.

Über den hinweg erzählt Flavians Vater dem Nachbarn, was es in der Großstadt Neues gibt. Über das, was sich in ihren Gärten tut, haben sie ja bereits ausgiebig geplaudert. Jetzt werden sie noch schnell etwas über das schöne Wetter sagen und sich, ein wenig wohliger, strecken, in den blauen Maihimmel schauen und darauf warten, dass die freundlich klingenden Frauenstimmen sie zu Kaffee und Kuchen in die gemütlichen Stuben hineinrufen.

Die Großmutter ruft ihr bekanntes »Hallo, meine Lieben, der Kaffee ist fertig« und ihr »Miez Miez« miezt auch die Katze Lila herbei. Jeden Sonntag um diese Uhrzeit hat die Großmutter ihre Bestzeit, Bestform – was Gesundheit und Frohsinn angeht. Dann sind ihre Lieben bei ihr und die Einsamkeit der vergangenen Wochentage ist beinahe vergessen.

Flavian sitzt am Tisch, wirft den Kopf nach oben und reißt den Mund auf, ein Stückchen Kuchen fährt hastig mit der Gabel hinein. Üben, üben, üben, denkt er sich. Die Mutter trinkt ihre dritte Tasse Kaffee und schaut sich alte Fotoalben an, manchmal lacht sie leise und murmelt Namen von Leuten und Orten vor sich hin. Während die Kuchenstücke so in den Mündern der Menschen verschwinden, beobachtet Lila genauestens, wohin sich die besonders großen Kuchenkrümel des in eifriges Training verfallenen Flavian verteilen.

Der Vater liest in der Zeitung, gleich wird er dabei einnicken. Die Großmutter sitzt wie immer ein wenig krumm und betrachtet die Innenflächen ihrer Hände, sie erzählt mit leiser Stimme, wie es früher so war. Dabei krault sie Katze Lila, die den Jungen Flavian beobachtet und manchmal ahmt Lila Flavian nach, wirft den Kopf nach oben, reißt das Maul auf und gähnt dann mit leerem Maul. Flavian fotografiert die Hände der Großmutter und Lilas Maul.

Lila ist eine gute Katze, so verschmäht sie auch nicht die reichlich zu Boden gefallenen Kuchenkrümel, die sie sich schmecken lässt, während die Menschen, wieder unruhig geworden, hin und her laufen.

Der Abend nähert sich mit dem laufenden Uhrzeiger oder andersherum: der Uhrzeiger holt den Abend herbei. Vor Einbruch der Dunkelheit fahren sie mit dem Zug zurück nach Hause in die Großstadt, um den Sonntag mit Vorbereitungen für den Wochenanfang zu beenden. Flavian und Lila schlafen im Zug ein. Die Mutter macht heimlich ein Foto von den beiden.

Montags besucht die Großmutter das Grab ihres Mannes. Sie erzählt ihm den vergangenen Sonntag mit all seinen Einzelheiten. Die Ticks des Enkels erwähnt sie aber wieder nicht. Großvater soll sich wegen der Ähnlichkeiten mit sich selbst keine Gedanken darüber machen. Er fände dann womöglich keine friedliche Ruh'. Von Großvaters Grab gibt es keine Fotos.

Flavian träumte im Bus mit offenen Augen. Er hätte jetzt gerne Lila bei sich. Die arme Katze ist nicht sehr alt geworden. Es war wieder ein Sonntag und Flavians zwölfter Geburtstag und sie waren wieder bei der Großmutter, da war Lila plötzlich verschwunden und sie suchten sie überall im Dorf. Flavian wünschte sich damals sehr, sie würden Lila wieder finden und dass das Wiederauftauchen Lilas sein Geburtsgeschenk sei. Auf alle anderen Geschenke wollte er verzichten. Es wäre immerhin ein neues Fahrrad dabei gewesen. Aber Lila blieb verschwunden. Die Großmutter rief dann einige Tage später in der Stadt bei ihnen an und erzählte, dass ein Nachbar die Katze Lila, erschlagen und blutig im Gebüsch liegend, gefunden hatte. Keiner wusste, wie das geschehen war. Alle waren entsetzt und traurig darüber. Nur Flavian konnte sich nicht so recht von diesem Schreck erholen, ein neuer Tick hatte ihn damals im Griff. Er miaute und miaute, tagelang. Dann bekam er einen kleinen Hund von seiner Großmutter geschenkt. Das miauen hörte auf. Flavian wollte nicht, dass der junge Hund ihn nachahmte und eines Tages etwa auch mit dem Miauen anfing. Dem Hund gab er den Namen Alil.

Rückkehr mit Sturmwarnung

Ella saß nicht, wie sie es sich gewünscht hätte, an einem Fensterplatz, sondern am Gang in einer der hinteren Reihen. Die Sonne schien und es herrschte klare Sicht. Ideales Flugwetter. Der Rückflug von Lissabon nach Frankfurt würde keine drei Stunden dauern. Schade, dass nicht sie, sondern der ältere Herr neben ihr am Fenster saß. Wenigstens war der mittlere Platz frei geblieben und so hatten sie mehr Ellenbogen- und Beinfreiheit. Ella reckte ihren Hals, um zu schauen, wie voll die Maschine ist. Alle Fluggäste saßen schon und waren, vom Flugpersonal überprüft, angeschnallt, bereit zum Abheben. Nicht einmal die Hälfte der Plätze war besetzt, aber nicht ein einziger am Fenster schien noch frei zu sein. Also hatte es keinen Sinn, sich umzusetzen. Ella flog furchtbar gerne, gerade das Starten und Landen mochte sie besonders, und die wunderbare Sicht hinunter auf das Land, das Meer oder auf die Wolken. Flugangst kannte sie nicht, in einem Auto auf der Schnellstraße zu fahren, machte ihr mehr Angst. Schade, heute hatte sie Pech mit ihrem Sitzplatz. Also blieb ihr wieder nur das Lesen.

Der ältere Herr neben ihr las in einer Zeitung und auf dem Sitz zwischen ihnen lag bereits eine aufgepflückte Ausgabe der »Zeit«, der »Bildzeitung« und eines ihr unbekannten portugiesischen Blattes. Wie konnte man nur, dachte Ella, die »Bild« und die »Zeit« gemeinsam lesen. Zwei so unterschiedliche Blätter müssten doch von zwei sehr unterschiedlichen Köpfen gelesen sein. Der Mann war zwischen siebzig und achtzig Jahre alt, sehr konservativ gekleidet, ein kleinkariertes hellblaues Hemd mit dunkelblauer Strickweste und grauen Kordhosen, eine typische Alt-Männer-Kleidung. Er war grauhaarig und hatte sonnengegerbte, aber hellbraune Haut.

Ella war froh, dass sie die Hälfte des Flugs bereits hinter sich hatte. Das Lesen hatte sie ermüdet und sie war hungrig. Das Flugpersonal verteilte endlich die angekündigten Speisen und Getränke. Es gab sogar warmes Essen, eine Art Lasagne in Tomatensoße, dazu Brötchen mit Butter, Obstsalat und einen kleinen Kuchen für den Kaffee, der noch serviert wurde. Sie trank zu einem Glas portugiesischen Rotwein ein stilles Wasser, das in einer ungewöhnlich kleinen 200-Milliliter-Plastikflasche gereicht wurde. Während sie sich dachte, dass die Flasche eine Größe hatte, die sich gut für die Handtasche eignete, sprach sie der ältere Herr am Fensterplatz an. »Würden Sie mir bitte Ihre leere Plastikflasche schenken? Ich habe zwar auch eine, aber wissen Sie, ich sammle diese Flaschen, weil sie so schön klein sind.«

Ella gab ihm das leere Fläschchen. »Ich bin neugierig«, sagte sie, »warum sammeln Sie die denn?« Der Mann rückte seine Brille von der Nase auf die Stirn und fing sehr zögerlich zu erzählen an. »Wissen sie«, sagte er, »ich fülle Lebertran darin ab und den verschenke ich dann. Das hier ist eine so ideale Größe, die gibt's auch in Portugal in keinem Supermarkt zu kaufen und ich lebe in Brasilien, da findet man solche Fläschchen sowieso kaum.« Ella erfuhr, dass der Mann seit mehr als sieben Jahren eine Lebertran-Kur machte. Jeden Morgen trinke er eine Stunde vor dem Frühstück den Saft einer frisch gepressten Orange vermischt mit einem Esslöffel Lebertran. Das allein habe ihm seine Gelenkschmerzen genommen. Nichts anderes hätte geholfen. Ein altes indianisches Naturrezept, das hatte er irgendwo gelesen, dessen gute Wirkung selbst Ärzte bestätigten. Und nur weil es nicht bei allen helfe, also nur bei achtzig statt bei hundert Prozent der Leidenden, werde es nicht offiziell als Arzneimittel anerkannt. »So ein Blödsinn!«, sagt er. »Natürlich stecken doch auch da nur die wohlbekannten Interessen der Pharmaindustrie dahinter. Aber ich habe die Rezeptur schon sehr vielen Menschen empfohlen und ihnen Lebertran geschenkt. Die meisten sind wirklich geheilt von ihren Schmerzen.«

Noch mehr erzählte er über sein Wissen über Lebertran, *Oleum jecoris aselli* sei der lateinische Name. Ob sie denn wüsste, dass dieses ekelhafte Zeug doch wahrlich Gold wert sei!

Ganz euphorisch geworden, aber seine Stimme etwas senkend, schwärmte er weiter, so als lese er alles von einem unsichtbaren Beipackzettel ab. Es klang wie auswendig gelernt. So informierte er sie, die leeren Fläschchen in beiden Händen immer mit einem leisen Klick-Klack aneinander schlagend: »Dieses gelbliche Öl wird aus frischer zerkleinerter Leber vom Kabeljau, Dorsch oder Schellfisch gepresst oder durch Erwärmen mit Wasserdampf gewonnen. Lebertran besteht zu fast hundert Prozent aus leicht verdaulichem Fett und enthält neben Jod und Phosphor die Vitamine A und D. Lebertran ist ein exzellentes Stärkungsmittel, besonders bei Kinderkrankheiten und Unterernährung sowie zur Verhütung von Rachitis, ja, und äußerlich sogar als Wundsalbe anwendbar.«

Ella staunte nicht schlecht über diese Auskünfte. Sie wusste eigentlich kaum etwas über Lebertran und hatte noch nie welchen schlucken müssen. Als errate der Mann ihre Gedanken, fragte er: »Wissen Sie, wie Lebertran schmeckt?« Und als sie dies verneinte, lächelte er nur und meinte: »Je stärker die Schmerzen sind, desto eher kommt man auf den Geschmack.«

Als hätte sie nur darauf gewartet, endlich damit herauszurücken, erzählte Ella nun von den Gelenkschmerzen, die sie seit über zehn Jahren plagten. Sie nenne sie Wanderschmerzen, erklärte sie dem älteren Herrn, weil sie einmal am Daumen, einmal am Knie oder plötzlich in den Schultern oder am Fuß auftraten. Der ältere Herr nickte. »Ja, bei mir war es tatsächlich genauso. Es war unerträglich. Und dann begann ich, Lebertran einzunehmen. Als ich nach drei Wochen spürte, wie meine Schmerzen nachließen und schließlich verschwanden, war ich von der Kur überzeugt. Aber man muss es eben streng durchziehen, sonst hilft es nicht. Ich schwöre darauf, trotz des unangenehmen Geschmacks. Daran muss man sich auch erst gewöhnen. Meine erwachsene Tochter hat ähnliche Schmerzen. Ich habe sie gedrängt, den Lebertran zu trinken, aber sie konnte sich nicht dazu überwinden. Sie sagt, er ginge ihr nicht den Hals hinunter, sie könne ihn nicht schlucken.«

Ella sagte mit einem bitteren Grinsen: »Die Schmerzen Ihrer Tochter sind dann wohl noch nicht schlimm genug, um sie den Geschmack vergessen zu lassen.« »Ja, das sehe ich auch so«, sagte der Mann. »Als ich vor sieben Jahren nicht einmal mehr die Finger um das Lenkrad meines Autos bekam, da war ich an dem Punkt angelangt, den Lebertran an die Schmerzen heranzulassen.«

Während der Mann erzählte, revidierte Ella ihren ersten Eindruck, er sei konservativ und recht langweilig. Ella fragte ihn: »Wollen Sie nicht die Flugbegleiter um einige Fläschchen bitten? Die räumen gerade das Essgeschirr und die leeren Flaschen und Gläser ab.« Dann, ohne seine Antwort abzuwarten, fragte sie eine Stewardess, die gerade bei ihnen vorbeikam, nach einigen dieser Fläschchen. Aber natürlich ginge das, sagte diese, und brachte ihr gleich fünf leere Fläschchen.

Der Mann lächelte fröhlich, bedankte sich herzlich bei Ella, und als sie ihm noch ihre Duty-Free-Tüte für die Fläschchen gab, hörte sein Gesicht nicht auf zu strahlen. Nun hatte er sieben Stück, das fand er, wie er mehrmals hintereinander beteuerte, sehr schön, sehr schön. Er entfernte mit geübten flinken Fingern die Ettiketierung, so dass die Fläschchen jetzt leer und blank waren.

Ella erzählte ihm währenddessen von ihren vielen vergeblichen Besuchen bei Ärzten wegen der ominösen Gelenkschmerzen und dass keiner ihr bisher habe helfen können, trotz der vielen Untersuchungen. Sie müsse wohl damit leben, habe ihr sogar einmal eine Ärztin gesagt. Der ältere Herr riet ihr, sich mit dem Lebertran anzufreunden. Der Körper brauche einige Zeit, um sich daran zu gewöhnen. Aber der Erfolg, der sich nach einigen Wochen einstelle, mache es leichter, den Lebertran, wenn auch nicht unbedingt zu mögen, so doch zu akzeptieren. Sie werde es erleben, wenn sie es nur durchhielte.

Für Ella stand fest, dass sie diese Kur ausprobieren wollte. In der noch verbleibenden halben Stunde Flugzeit tauschten sie sich noch über weitere Krankheitsbilder aus und sie erfuhr, dass auch anderes quasi als Nebeneffekt geheilt werden könne. Zum Beispiel die Atemwege, und zwar sowohl die Nasen- und andere Nebenhöhlen als auch die Bronchien.

Ella war ganz froh, mit dem Mann ins Gespräch gekommen zu sein und empfand es als Schicksalsfügung für ihre Wanderschmerzen. Sie erzählten sich noch, wohin sie weiterfliegen werden. Sie nach Hause, nach Berlin, er für zwei Monate nach Amerika zu seiner Tochter, die dort lebte. Sie kamen gar nicht auf die Idee, sich einander mit Namen vorzustellen, als wäre es selbstverständlich, auf solchen Flügen anonym zu bleiben.

Als sie nach der Landung in der üblichen Hektik ihre Sachen zusammenpackten und aus dem Flugzeug ausstiegen, wurden sie, bevor sie sich richtig verabschieden konnten, von der Menschenmenge getrennt. Im Frankfurter Flughafengebäude winkten sie sich aus einiger Entfernung noch zu. Dann gingen sie in unterschiedliche Richtungen.

Wie immer, wenn sie beruflich verreisen musste, hatte Flavian sie vom Flughafen abgeholt. Jetzt auf der Nachhausefahrt mit dem Bus erzählte sie ihm von dem älteren Herrn, dem sie auf dem Flug von Lissabon begegnet war, und von seinen Erfahrungen mit Lebertran. Flavian, der solchen Heilmitteln sonst skeptisch gegenüberstand, war von dem Lebertranrezept gleich begeistert. Oh ja, er kannte seine Ella mit Schmerzen nur zu gut. Das waren dann auch für ihn immer sehr anstrengende Tage, die oft zu großen Streitereien führten. Ella war unleidlich und gereizt, wenn sie ihre Wanderschmerzen hatte, die immer ohne Anlass und ganz plötzlich kamen und genauso abrupt wieder vergingen. Manchmal humpelte sie drei Tage lang, weil ihr ein Knie oder ein Fußgelenk wehtat und dann, wie von Zauberhand von den Schmerzen befreit, konnte sie am nächsten Tag unbehindert sogar tanzen oder mit ihrem üblichen Eilschritt durch die Gegend laufen.

Wie immer wenn sie von einer ihrer Reisen nach Hause zurückkam, fragte Ella, während sie noch die kleine Reisetasche auspackte: »Und du, Flavian, was hast du die Tage so erlebt? Gibt es etwas Neues?« Flavian berichtete Alltägliches, das mitzuteilen nötig war. Dass er sein erstes weißes Schamhaar an sich entdeckt hatte, verschwieg er, so wie er es sich vorgenommen hatte. »Nein, sonst nichts Neues«, sagte er und kratzte sich heftig am Bauchnabel.

Der Krach, die Stille, das Feuer

Ella ging ohne einen Laut, der ihrem untröstlich verschlossenen Mund entweichen oder den die festen, eilenden Schritte ihrer Füße verursachen könnten, auf einem sandigen Weg um den See herum, bereits seit einigen Stunden, nämlich seit die Sonne aufgegangen war, immer die gleiche Strecke. Gänzlich in ihre lautlose Klage versunken, mit im Weinen geübten Augen, Ohren, die von den bösen Worten übersättigt waren und den so arg beleidigten Händen, die sich ganz und gar in den Tiefen der Taschen eines schweren Gedankens verkrochen hatten.

Der Streit war ihr dieses Mal viel stärker als sonst in die Knochen gefahren und in die Seele gestürzt, so dass sie, ohne darüber nachzudenken, wohin es sie treibe, einfach die Türen zugeworfen und auf und davon gegangen war.

Der Streit, der in der Nacht begonnen und bis ins Morgengrauen angedauert hatte, endete, nein: fand seinen Höhepunkt in dieser traurig verwerflichen Handgreiflichkeit ihrer beider angetrunkenen Gemüter, die eine solche Zerstörung gesucht und sie gefunden hatten.

Flavian schlug sie erst, nachdem sie ihn getreten hatte, mit ihrem Fuß an seine Hüfte, er stolperte und fiel auf den Boden. Da trat sie ihn noch einmal, nun fester als zuvor, in den Rücken. Flavian stand auf und schlug ihr mit der festen flachen Hand auf den Hinterkopf, den sie ihm, schon im Weggehen begriffen, angeboten hatte. Sein Schlag war heftig, aber ihre nicht minder. Nun war eine Grenze überschritten, ein neues Land aufgetan, ein Gebiet, in dem es weder Angst vor dem anderen noch Mitleid mit ihm gab. Es war Zeit zu gehen. Er schwieg noch etwas, sie war bereits dabei, sich zu entfernen. Wankend hatte sie gerade noch nach Mantel, Handtasche, Schlüssel und Portemonnaie gegriffen und hatte die Wohnungstür, ihren traurigen Mut betonend, zugeknallt.

Unterwegs schnell davonlaufend, ihre Füße festen Schrittes, als ob sie bei einem letzten Abmarsch sich selbst überholen wollten, schrie sie immer wieder lautlos seinen Namen. Mal mit einem Schimpfwort versehen, mal mit einem tief eingeatmeten »Ach«.

Flavian rief sie täglich mit verschiedenen Kosenamen, diese jetzt zurückzusehnen, wäre unangebracht. Ella gab ihm manchmal Kosenamen, diese nun wegzudenken, wäre des Wortes Krieg wegen genauso wenig angebracht.

Es war einmal ein Anfang gewesen und sie lebten schon viele, viele Jahre miteinander, ja, zehn Jahre und das so eng, und noch viel mehr. Sie waren sich alles und noch viel mehr als alles. Sie waren Mann und Frau, schon ein Leben lang, ein Leben lang und noch viel länger. Sie liebte ihren Mann, als wäre er ihr Kind. Warum hatte sie ihr Kind geschlagen? Sie liebte ihren Mann wie einen Vater, wie einen besten Freund, wie einen Geliebten. Warum nur, warum hatte sie ihn geschlagen?

Der Sandweg und dieses Abschreiten der Zeit um den See herum erinnerte sie an einen Tag mit ähnlichem Leerlauf in Kopf und Fuß, den sie vor einigen Jahren zurückgelegt hatte. Damals hatte ein harmloserer Streit mit einem besseren Wortgefecht sie in den Park geführt. Sie mochte den Park. Hier war sie nach ein paar Runden friedlicher geworden und wieder nach Hause zurückgekehrt.

Nach Hause, in die alte Welt, wollte sie nun nicht mehr. Die neue Welt, die sich aufgetan hatte, wenn auch mit schlechteren Türen, die wollte sie nun testen. Dazu brauchte es außer der Wut, die sie immer größer werden fühlte, und der Traurigkeit, die schwer auf ihr lastete, einen sehr langen Atem.

Sie blieb prompt stehen, sog die Luft tief ein und hielt den Atem an, so lange es ging, wie beim Tauchen unter Wasser und mit geschlossenen Augen. Sie war eine gute Schwimmerin, aber sonderlich lange unter Wasser zu bleiben, das gelang ihr nicht. Sie hätte wahrscheinlich lernen müssen, tauchtauglich zu atmen, doch dazu hatte Ella weder die Lust noch die Geduld. Jetzt, mit dem Kopf an der frischen Luft, versuchte sie, es besser zu machen. Sie zählte, ohne sich zu beschummeln, wie viele Sekunden sie die Luft anhalten und wie lange sie ausatmen konnte.

Die Übung tat in der Lunge weh. Doch als der Schmerz nachgelassen hatte, begab sie sich in die Hocke, das Kinn auf die Knie gestützt, und zündete sich eine Zigarette an. Sie hatte schon lange den Gedanken, sich auf diese Weise ganz langsam das Leben zu nehmen. Noch durfte man im Freien rauchen, wenn nicht gerade ein Tag oder ein Ort, an dem Waldbrandgefahr bestand oder ein Schild, das eine Stelle unter freiem Himmel als Nichtraucherzone auswies, es verboten. Noch gab es diese Demokratie der menschlichen Unvernunft, die, sich selbst den meisten Schaden zufügend, andere Demokratien zur Weißglut brachte. Wie auch immer, die Glut der Kippe würde gleich sorgsam gelöscht und der kalte Stummel in dem stets mitgeführten und von den meisten Nichtrauchern bewunderten Handtaschenaschenbecher gesteckt oder die noch glühende Zigarettenkippe ins Wasser geworfen werden. Dort, schon nicht mehr hörbar, würde sie verzischen. Der See war still und nahm die Welt lautlos in sich auf.

Kein Mensch war zu sehen, es war Sonntag und die ganze Stadt schlief noch. Nicht einmal ein Frühaufsteher-Jogger war unterwegs. Kaum ein Vogel war zu hören, kaum ein Autogeräusch aus der Ferne.

Auch in ihrer Seele war es so still wie in der Tiefe eines Sees. Und die Seele nahm manchmal mehr, als sie vertrug, in sich auf. Der berühmte Tropfen, der den See überlaufen und die Seele auslaufen lässt, war gefallen.

Als sie an einer Treppe ankam, die zu dem Park am See führte, erinnerte sich Ella wegen der Terrazzostufen an ihr Elternhaus und daran, dass ihr einmal jemand gesagte hatte, Katzen und Steine seien zeitlos.

Als kleines Mädchen war sie die Treppen des Neubaus hinauf und hinab gerannt und um die senkrechten Treppenstangen gewirbelt, die schmal und gut zu greifen waren. Dabei hatte sie damals die wertvolle Zeit für Steintreppenbeschau noch nicht gekannt und auch die für Erinnerungsspiele war noch lange nicht gekommen.

Nur wenn sie langsam und mit Bedacht die Treppe zur elterlichen Wohnung hinaufgestiegen war und mit gesenktem Kopf auf ihre Füße geblickt hatte, hatte sie die Silhouette einer daumennagelgroßen schwarzen Katze gesehen. Auf Etage zwei war die Katze in der vierten Treppenstufe aus Terrazzo eingefangen, ein Zementboden mit Steineinlage, auf immer und ewig dort eingeprägt. Leicht und flink und Kind war sie, bis sie irgendwann einmal groß genug war, um natürlich und einfach aus dem Elternhaus auf und davon zu gehen. Den Eltern und der Steinkatze hatte sie ihren trotzigen jungen Buckel dargeboten. Weit weg von diesem öden Ort ihrer friedlichen Kindheit gelangte sie dann in ihr neues Leben, ins neue unruhige Großstadtleben.

Jährlich ein- bis zweimal besuchte Ella ihre Eltern. Diese fanden das natürlich viel zu selten, wie es für Eltern eben so ist, die ihre Kinder lieber in ihrer Nähe haben. Ella sah sich im Treppenhaus ihrer Eltern die Stufen hinaufgehen. Nichts hatte sich hier verändert. Die schwarze Katze stand unbewegt seit Jahrzehnten in den Stufen gefangen. Jedes Mal bei den Besuchen in diesem Hause hatte Ella den kleinen, aber schweren Reisekoffer mühsam hoch geschleppt und, als hätten sie eine Verabredung, eine kleine Pause bei der in Stein gebannten Katze gemacht. Sie grüßte unbewegt und doch beteiligt, für sie war die Zeit still und steinhart. Alles hatte sich verändert, selbst die Eltern waren nicht mehr die, die sie einmal gewesen, waren Großeltern und einfach nur zu Mann und Frau geworden fürs Kind. Was die schwarze kleine Katze alles erzählen könnte. Familiendramen. Womit sie, die ins Weite entschlüpfte Ella, kaum mehr etwas zu tun haben mochte. Die Katze hatte alles aufgenommen, alles eingespeichert auf ihrem Buckel, das Kindergetrippel, die Elternfüße und Ellas Schritte bei ihren späteren Besuchen. Jetzt im Park auf den Steinstufen am See suchte sie irgendetwas, das Ähnlichkeit mit dem Schattenriss der Katze hatte.

Als Kind und Jugendliche vertrat sie sich die Füße und den Zorn bei einem Rundgang um den Fußballplatz, der von den Fenstern ihres Kinderzimmers zu überblicken war. Jetzt in der Großstadt war es der See mit Parkanlage. Der See war von den Fenstern ihres nun wieder zerstrittenen Zuhauses aus nicht zu sehen.

Während Ellas dreitägigen Lissabon-Aufenthaltes hatte Flavian in einem Anflug betrunkener Eifersucht und Wut alle ihre Tagebücher verbrannt, die sie seit mehr als fünfzehn Jahren schrieb. Sorgsam hatte sie alle Hefte aufbewahrt. Nach dieser Entdeckung hatte Ella mit nicht geringerer Wut die alten Negative von Flavians Fotoarbeiten verbrannt. So hatten sie beide ein Stück Vergangenheit des anderen vernichtet. Hatten sie etwa auch Glück dabei zerstört?

Lieber als es versinken zu lassen im Brunnen des Vergessens, wollte sie sich an alles erinnern. Besser leben mit der Qual, es zu benennen, besser als dass sie den Schmerz ertrüge, wenn er sie überfiel und plötzlich zwischen Kopf und Schulter abwärts seinen Platz einnahm. Diesen schmerzhaften Klumpen im Halse, der ihr Atemnot bereitete und sie an den dünnen Rand der Verzweiflung trieb. Der Klumpen im Hals weitete sich dann aus, er trieb ihr Tränen in die Augen, Schmerzenstränen, die sie zurückzuhalten versuchte, wenn es ihr auf der Straße widerfuhr. Und es passierte immer nur auf der Straße beim Laufen und Grübeln und beim Betrachten der Dinge, an denen sie entlang- und vorbeilief.

Geschähe es nicht auf offener Straße, sondern irgendwo, wo sie keiner sähe, sie würde in einen lauten Weinkrampf fallen und der Kloß im Hals hätte keine Chance, nur noch eine Sekunde länger in ihr zu wachsen. Doch bisher hatte es sich nur draußen inmitten der Stadt und der Leute ereignet, die an ihr vorbeigingen, ohne zu ahnen, was ihr gerade so zusetzte. Sie richtet dann ihren Blick zum Himmel oder auf die Straßenlaterne oder die Pflastersteine. Sie vermied jedweden Blickkontakt, sie lief schneller, sehnte das Ende der Attacke herbei. Sie atmete mit ganz langen, durch die Nase geschnauften Zügen, weil es merkwürdig aussähe, wenn sie in ihrer Atemnot auf der Straße den Mund plötzlich lautlos aufreißen würde. Sie wusste, dass diese Attacken nur kurze Zeit anhielten, zwei Minuten vielleicht. Aber jede Sekunde davon war schmerzhaft, nicht nur für ihren Körper. Besonders das, was leichthin Herz genannt wurde, wollte bei diesen Halsklumpen-Attacken zerspringen und in tausend Stücke zerborsten in den Himmel spritzen. Raus aus dem Körper, der so schwach ist und ohne Verlass.

In einer Hauseinfahrt versteckt oder hinter einem geparkten Auto in gebückter Reifenbeschauhaltung erledigte sie den Anfall. Danach war scheinbar alles wieder in Ordnung mit dem Hals und mit der Seele, danach blieb außer einem kleinen Schweißausbruch nichts davon zurück, was ihr noch an den Hals gehen könnte. Einmal hatte sie versuchte, auf die Körper-Seelen-Ereignisse neugierig geworden, probeweise so eine

Halsklumpenattacke herbeizuzwingen, aber es gelang ihr nicht. Nur ein paar aus den Tränendrüsen gedrückte Tröpfchen kamen herbei, kullerten die Wangen hinunter. Das Atmen aber blieb friedlich.

Die Dinge des Lebens belästigen sie immer häufiger. Sie drängen sich in ihren Kopf und wollen unbedingt erwähnt werden. Schon am Morgen zum Beispiel, soeben aufgewacht und den Blick auf die hohe weiße Decke gerichtet, fing es an. Diese Decke eines Zimmers einer Altbauwohnung in einem zentralen Bezirk einer Großstadt bedrängte sie, von ihr zu erzählen, von den vielen Augen, die schon auf sie geschaut hatten, lange bevor Ella das getan hatte. Ob man die vielen imaginären Löcher, die von den Blicken in die Decke gebohrt wurden, wohl ertasten konnte?

Sie stellte sich vor, wie in diesem Zimmer vor vielleicht einhundert Jahren, Menschen sitzend, stehend oder liegend zu der Zimmerdecke schauten, gelangweilt, aufgeregt oder auch einfach nur, um in das Weiß zu blicken, in dem eine Fliege so wie jetzt bei Ellas Blick in ihrer Zeit entlanglief oder im Zickzack oder in Kreisen umherflog. Ein kleiner schwarzer tanzender Punkt. Jeden Morgen war ihr das Aufwachen eine Mühe, aber eine kleine Hoffnung auf den Mittagsschlaf ließ sie dann aufstehen und ihren Tag beginnen. Eine Mittagsruhepause ist so wohltuend, besonders wenn der geliebte Mensch friedlich daneben liegt.

An einen solchen Mittagsschlaf erinnerte sie sich jetzt, als sie in die Bäume des Parks sah, und als hörte ihr jemand zu, sprach sie leise vor sich hin, erzählte sich selbst noch einmal, wie es dazu kam, dass dieser eine in ihrem Gedächtnis haften blieb.

Es war an einem schönen Tag im Sommer. Sie hatten sich, wie immer wenn nichts Wichtigeres es zu verhindern mochte, hingelegt, um ein wenig zu lesen und dann ein halbes Stündchen eng aneinander geschmiegt zu schlafen. Sie hatte die Wand im Rücken und die Fensterfront im Blickfeld. Er war ihr zugewandt und hatte bereits die Augen geschlossen. An seinen Fingerspitzen der Geruch von frisch geschnittener Sellerieknolle, gemischt mit dem Eigenduft seiner Haut und einem Hauch von Tabakrauch. Zusammen kochen, essen, rauchen und dann eine Mittagspause. Am besten noch bei bewölktem Himmel, der vom Bett aus zu sehen ist, Wolkenwanderungen, leisem Regen, etwas kühlem Wind, der durch das offene Fenster in Richtung des Bettes weht, so war das gemeinsame Kuscheln unter der leichten Decke am schönsten.

Es war Ende August und ihrer beider liebste Jahreszeit, der Herbst, rückte in diesem Jahr schon sehr früh mit Temperaturen heran, die wenig mit der in diesem Monat sonst üblichen Hitze zu schaffen hatten. Nach acht Wochen großer Hitze und Dürre war der Hochsommer, an dem sie beide sehr gelitten hatten, von ihnen aus gerne vorbei. Neunzehn Grad zeigte das Wetterthermometer an und sie freuten sich über die Abkühlung und schon auf den Herbst.

Halbgefrorenes Daliegen, nannte sie das, kombiniert mit ein wenig übertriebenem Frösteln, gespieltem Zähneklappern. Auch das Sich-aneinander-Reiben und viele kurze Vogelschnabel-Küsse gehören dazu, eine Wonne, die durch den Körper zog. Beim Mittagsschlaf war sein Kopf dicht neben dem ihren, seine rechte Hand war an ihr Gesicht geschmiegt. Sie schnupperte und versank in diesen Geruchsrausch, der sie glücklich machte.

Er schlief bereits, doch das Schnuppern und die Sauggeräusche aus ihrer Nase, weckten ihn leider wieder auf. Aber auch die andere Lust aneinander war erweckt.

Jetzt wurde anders umschlungen, Beine und Bäuche gerieben, die Hände gingen die geübten Wege am Körper des anderen spazieren und fanden die Stellen, welche Müdigkeit vertrieben und des Körpers Hunger nach Erregung und Befriedigung erweckten.

Also war er vergessen, der morgendliche Streit, das Beleidigtsein und die vergeblichen Versöhnungsbemühungen an diesem leicht bewölkten Vormittag, dem das gemeinsame, aber schweigsame Kochen folgte. Beim friede- und fleischvollen Essen fielen die ersten gleich freundlichen Worte. Mit der Mittagspause vor Augen gab es noch einen Nachschlag. Und eine Zigarette. Danach endlich ein wenig Schlaf. Die Liebe und ihre natürlichen Düfte hatten den Selleriegeruch vertrieben, damit auch die Wolken, drinnen und draußen. Und auf das Bett schien nun Augustsonne, die wieder zu ihnen gefunden hatte.

Ella war durstig geworden nach dem vielen Laufen im Park. Sie hatte das Bedürfnis nach einem großen Schluck kaltem Wasser. Oder besser noch nach Schwimmen im klaren Wasser, das dabei geschluckt werden konnte. Eigentlich begann ein neuer Tag mit frischem kaltem Wasser im Gesicht am schönsten, auch wenn es nicht aus einem romantischen Bach stammte oder aus einem See, der klar und kühl und still einlud. Das Wasser, das aus den kalten Rohren des Badezimmerwasserhahns kam, schmeckte ihr ebenso gut.

Das Badezimmer war fast immer der erste Ort am Anfang eines neuen Tages. Egal was an diesem neuen Tag auch immer geschehen wollte, das Badezimmer war treu. Das Leben fand auch im Badezimmer statt. Stückchenweise. Man deodorierte sich, rieb sich mit feinen Cremes oder duftenden Ölen ein, wusch sich mehr oder auch weniger ausgiebig, je nach Reinigungsvorlieben. Die konnten von fast krankhafter Herumschrubberei an sich selbst bis zu extremer Scheu im Umgang mit Wasser und Seife gehen. Doch man fühlte sich leben.

Das Leben schien im besten Falle eine lebenslang währende Abfolge von Schritten ins Wasser hinein und aus ihm hinaus zu sein. Da spielte es keine Rolle, ob eine Dusche oder eine Badewanne oder eine große Schüssel, die man aus einer bereitgestellten Kanne gefüllt hatte, die Sauberkeit versprachen.

Ohne Wasser kein Leben. Alles andere kam danach. Einmal sich einer Wasserandacht hingeben. Die Hände ins fließende kalte Wasser halten, sie reiben und durch das Wasser gleiten lassen, es zwischen den Fingern, am Handgelenk entlang und auf die Unterarme fließen lassen. Dabei die Augen nicht schließen, das Wasser betrachten, ohne daran zu denken, woher es kommt, wohin es geht.

Eigentlich sollte ein neuer Morgen etwas Erfreuliches sein. Der Tag beginnt, ausgeschlafen oder nicht, Hauptsache er schreitet daher wie ein Frühstück, auf das man nicht gefasst war, das mehr biete als man sich erträumt hat. Es riecht nach Morgen und noch kitzelt in der Nase der Geruch vom Ende des Tages davor.

Aufwachen und dem Schlaf hinterher riechen. Den Träumen etwas abringen. Wer frühstückt, der hat Lust auf Gebackenes und Kaffeeduft in der Nase. Manche rauchen die erste Zigarette mit leerem Magen und ihr Rauch duftet weniger fein wie der der letzten in der Nacht davor. Am Morgen riecht der Tag noch nach Warten und Hoffen und Ahnen; schon am Vormittag weiß die Nase nicht mehr, was sie am Morgen gerochen hat, hat jede Erinnerung verloren, solange nichts angestunken kommt, um womöglich in der Tagesroutine zu verduften. Das alles ging durch Ellas Kopf, während ihre Füße durch den Park mit dem See gingen.

Flavian hatte die Nase voll von den Streiten mit Ella. Er hatte, nachdem Ella die Tür hinter sich zugeknallt hatte, noch einige hastig gerauchte Zigaretten lang erschöpft und zerschlagen am Küchentisch gesessen. Der Streit in dieser langen Nacht, die gerade hinter ihm lag, hatte ihn davon überzeugt, dass er sein Leben nicht mehr mit Ella teilen wollte. Er wollte nur noch fort, so schnell wie möglich raus aus dieser Stadt, wo er ihr wieder begegnen könnte. Er sprang vom Stuhl auf. Wut und Trauer trieben ihn an, sich zu beeilen. Als er die Wohnungstür hinter sich geschlossen hatte, blieb er kurz stehen. Er hatte das Gefühl, etwas Wichtiges in der Wohnung vergessen zu haben. Es fiel ihm aber nicht ein, was es hätte sein können. Er schaute lange auf das Namensschild an der Türklingel. Es dauerte eine Weile, bis er mit dem Kugelschreiber seinen Namen völlig durchgestrichen hatte. Nur noch Ellas Name war jetzt darauf zu lesen. Flavian hatte seinen Wohnungsschlüssel demonstrativ auf dem Küchentisch liegen lassen. Er brauchte ihn nicht mehr.

Jetzt, da der Tag für Ella ohne Frühstück angebrochen und selbst der kalte Schluck Wasser noch nicht genossen war, machte sich ein berechtigter Hunger bemerkbar. Der Streit, der See, der Park und die Erinnerungen, alles war bereits wie gestern. Die Vorstellung von einem Milchfladenbrot und einem Kaffee, der sich »to go« zu nennen angewöhnt hat, lenkten ihre Füße in Richtung einer Straße, wo sich das Gewünschte finden ließ. »To go To go.« Gab es etwa einen Kaffee, der aus Togo kam und war alles wortwörtlich nur ein Irrtum?

Lebertran mit Orangensaft. Die Lebertran-Kur fiel ihr plötzlich ein, und sie hatte einen unangenehmen Geschmack im Mund, obwohl sie den von Lebertran gar nicht kannte. Ella stellte sich vor, er schmecke wie Erbrochenes. Ihr wurde etwas schwindelig und sie hatte eine Müdigkeit erlangt, die weit mehr als nur Schlaf sein wollte. Sich hinlegen und nicht mehr aufwachen. Oder sich hinlegen und neu geboren werden.

Ihr gutes Hirsekissen unter dem Kopf, so läge sie jetzt gerne und sie würde an die Decke über ihrem Bett schauen. Viele Löcher hatte sie da schon mit den Augen hinein gebohrt, aber an den Rändern, zu den Wänden hin, da gab es noch Platz, um weitere Löcher hineinzuschauen. Ella wollte ein Dach über'm Kopf. Ihr Kopf dröhnte nun etwas. Der viele Rotwein, der gute Rotwein. Gestern!

Konnte sie nach Hause, wollte sie, durfte sie wieder in die Wohnung zurückgehen?

Als Ella ihre Wohnungsschlüssel in der Handtasche suchte, hielt sie inne, weil ihr beim Suchen immer wieder ein Papierstück an die Finger geriet. Ella war froh, als sie den Schlüssel fand. Sie wollte sich sicher sein, dass sie nicht ausgesperrt war, dass sie jederzeit in die Wohnung hinein konnte. Heute?

Das zusammengefaltete Blatt Papier in ihrer Handtasche verfing sich wie ein Angelhaken in ihren Fingern. Sie nahm es heraus und erkannte es sofort: Ein Mann, mit dem sie in Lissabon nach einer Veranstaltung gesprochen hatte, hatte es ihr in die Hand gedrückt. Ella wusste noch, was darauf stand. Es war ein Vers aus dem Talmud. Der hatte sie sehr beeindruckt und sie wollte ihn sich ins Gedächtnis brennen. Jetzt las sie die Sätze immer wieder und wollte sie gerne auswendig lernen. So hatte sie eine kleine Aufgabe für diesen Tag:

»Achte auf deine Gedanken, denn sie werden Worte.
Achte auf deine Worte, denn sie werden Handlungen.
Achte auf deine Handlungen, denn sie werden Gewohnheiten.
Achte auf deine Gewohnheiten, denn sie werden
dein Charakter.
Achte auf deinen Charakter, denn er wird dein Schicksal.«

Etwas liegt bin der Luft

Ella wollte weiterlaufen, die innere Unruhe trieb sie wie eine aufgezogene Spielzeugfigur aus Blech immer weiter voran. Sie hatte ein Schritttempo, das ihrer inneren Unruhe entsprach.

Natürlich könnte sie zu einer Freundin fahren, um sich bei ihr auszuheulen. Es fehlte nicht an Türen, die nur darauf warteten, dass an sie geklopft wurde. Und es pochte bereits in ihren Fingerspitzen, als könnten sie es nicht erwarten, an Klinken zu geraten, um sie in Bewegung zu setzten. Freundschaftstüren auf, Freundschaftstüren zu. Der Satz »Das will ich« war wie aus ihrem Vokabular gestrichen. Ella wusste nicht mehr, was sie wollte und sie wollte doch eigentlich nur lautlos, unausgesprochen darüber nachdenken. Ellas Nase suchte einen neuen Geruch von Glück.

Als Ella am Abend, müde vom vielen Nachdenken und Weinen, ihre Wohnungstüre aufschloss und sich Worte der Entschuldigung zurechtlegte, fand sie die Wohnung leer vor. Flavian war nicht da. Auf dem Bett lag ein Blatt Papier, darauf stand: »Ella, ich will Dich nicht mehr, ich kann Dich nicht mehr. Ich gehe.«

Der große Koffer und viele Kleidungstücke und persönliche Dinge von Flavian waren weg. Auch im Badezimmer fehlten seine Dinge.

Sein Wohnungsschlüssel lag bedeutungsvoll auf dem Küchentisch. Ella konnte sich nicht vorstellen, wohin Flavian gegangen war. Sie wollte es auch gar nicht wissen. Oder vielleicht erst am nächsten Morgen.

Olium jecoris aselli. Lebertran. Konnte man sich mit übermäßig viel Lebertran vergiften und töten? Vielleicht, wenn er direkt in die Adern gespritzt wird, in die direkt über den Gelenken. Das dachte sich Ella und öffnete eine Flasche Rotwein. Sie hatte erwogen zu gehen, Flavian zu verlassen, nach einem friedlichen Gespräch ohne Gewalt. Und nun hatte er selbst diesen Schritt getan, ohne ein Gespräch mit ihr.

Ella ging durch die ganze Wohnung, sie schnupperte an allen Dingen und suchte den Geruch von Unglück. Das Bett und die Bettwäsche beroch sie, besonders Flavians Liegestätte. Seine noch vorhandenen Kleidungstücke, die benutzten Handtücher im Badezimmer. Am benutzten Geschirr in der Küche, an Türgriffen und Fensterrahmen suchte ihre Nase. Zuletzt roch sie am Türgriff und am Schlüsselloch der Wohnungstür. Da war er, der Geruch von Unglück, ganz flüchtig nur und kaum zu fassen. Sie roch ihn noch in der Luft im Hausflur.

Ella legte sich auf das Bett und starrte auf die Zimmerdecke. Sie war noch nicht betrunken genug, um gleich einzuschlafen. Sie fand in den Zimmerecken der Decke noch einige leere Stellen. Da bohrte sie Löcher mit ihren Augen hinein. Ein ganz großes und tiefes bohrten ihre Augen dann direkt über ihr in die Decke, wo sie schon so viele Löcher gebohrt hatte. Da war ein Riss. Tatsächlich ein feiner Riss, den sie aufmachte wie einen Schlund. Da hinein wollte sie kriechen und sich verstecken. Als sie endlich die Augen schloss, müde vom Starren, sah sie hinter ihren Augenlidern den Schattenriss der schwarzen Katze im Treppenstein. Die Katze hatte zum ersten Mal eine andere Haltung. Sie saß nicht mehr versteinert da, sie stand auf ihren vier Pfoten.

Wo steckte Flavian, wohin war er gegangen? Er saß im Zug auf dem Weg in das Dorf seiner Großmutter. Die lag längst schon im Grabe neben dem Großvater. Er wollte den beiden etwas Wichtiges erzählen und sich ausruhen, seinen Wunden eine Heilungszeit geben. Er hatte sich Ellas rotseidenes Halstuch umgebunden. Er konnte es riechen. Doch einordnen konnte er den Geruch nicht. War es der von verlorenem Glück?

Flavian spürte ein Jucken am Hals, genau dort, wo sich immer die kratzenden Etiketten der Hemden und Pullover befanden. Er griff in das Hemd hinein, doch dort am Kragen, wo das Schildchen hätte sein müssen, war nichts. Er kratzte sich und es wurde immer schlimmer, nun juckte es auch auf seinem Kopf. Waren das wieder die Marotten, die er verschwunden glaubte? Ellas rotes Seidentuch, das er locker um den Hals trug, war weich und konnte nicht kratzen. Er legte es ab und roch daran. Er schaute hinaus in die Landschaft, durch die der Zug fuhr.

Sein linkes Auge begann zu zucken. Sein rechter Fuß war eingeschlafen und es kribbelte furchtbar in ihm, so als würde dort eine Schar von Ameisen unter der Haut herumkrabbeln. Und es juckte ihn weiterhin am Hals. Flavian erinnerte sich daran, dass er Ella vor langer Zeit einmal, als ihn ein Etikett am Nacken juckte, gebeten hatte: »Kratz mich doch bitte mal da genau am Schildchen« und Ella nahm ihn wortwörtlich und kratzte das Schildchen. Danach hieß es dann immer mit Gelächter: »Kratz mich am Schildchen«, wenn es einen von beiden im Nacken juckte.

Jetzt war ihm gar nicht nach Lachen zumute. Eine Liebe mit Ella war für alle Morgen verloren. Flavian weinte.

II. Frauen

Scheideweg

Maria hatte zum Leiden genug gesehen. Gewusst hatte sie es bereits seit Wochen. Aber mit eigenen Augen zu sehen, was man nicht glauben oder wahrhaben möchte, ist wie ein Schlag auf die Wirbelsäule. Wobei der Rücken sowieso schon in Habachthaltung und aus lauter böser Ahnung gekrümmt war. Marias Lustlosigkeit, ihre eingeschlafene Libido rächte sich nun.

Maria sah traurig zu, wie Koffer gepackt, wie Dinge aufgeteilt wurden. Das ist deines, das ist meines. Das nehme ich mit, das überlasse ich dir. Sie hörte tatenlos zu, wie Worte gesagt wurden wie: »Bitte, weine nicht. Bitte, verzeih mir, bitte, lass mich gehen, bitte, verstehe doch, bitte, gib mich frei.«

Conrad, ihr Mann, hatte ihr gestanden, dass er sie betrog. Schon sein Gang in einen Puff, von dem er ihr davor erzählt hatte, war eigentlich genug der Kränkung. Aber wenn sie ehrlich zu sich selbst war, musste sie sich eingestehen, dass sie sich seit längerem schon dachte, lieber möge Conrad in einen Puff gehen, um Sex zu erleben, als dass sie erführe, dass er eine Geliebte hätte. Bei diesem Gedanken zuckten ihre Augenlider.

Conrad war der Geliebte einer Prostituierten geworden, der er zufällig im Bordell begegnet war, aber die er als seine Jugendliebe Pia wieder erkannt hatte. Die alte Liebe war in beiden neu erwacht. Conrad sagte, sie wollten sich nicht wieder wie damals vor fünfundzwanzig Jahren aus den Augen, aus dem Leben verlieren.

Maria war viel jünger als Conrad. Also konnte es nicht der typische Klassiker sein, nicht das, was vielen Frauen nach langen Ehejahren passiert: Verheirateter Mann im mittleren Alter verliebt sich in eine viel jüngere Frau; Ehe aus, basta.

Maria kannte diese andere Frau von alten Klassenfotografien aus der Schulzeit ihres Mannes. Lachend hatte er schon am Anfang ihrer Ehezeit beim Betrachten dieser alten Fotos gesagt: »Schau, dieses rothaarige Mädchen Pia war einmal meine große Jugendliebe.« Und Maria fand es reizend, wie dieses niedliche junge Mädchen mit langem und rot gelocktem Haar ganz eng neben ihrem süßen Conrad stand, mit der ganzen Klasse im Schulhof auf der Treppe aufgereiht. Die anderen

Schüler sahen farblos aus neben den beiden sichtlich Verliebten.

Als Conrad beim Betrachten dieser alten Fotos vor langen Jahren einmal seufzend äußerte, er wüsste zu gerne, was aus der süßen kleinen Pia wohl geworden sei, sie sei damals nach dem Abschluss gleich ins Ausland verschwunden, keiner der anderen Klassenkameraden hätte sie jemals irgendwo wieder gesehen, er hätte eigentlich nie aufgehört, in sie verliebt zu sein, da musste Maria lachen. Sie machte sich damals lustig über seinen wehmütigen Ton in der Stimme und seinen wehmütigen Blick auf Pia. Ach Gottchen, hatte sie ihm damals ironisch gesagt, ich gönn dir die Kleine ja, aber weg ist weg und Vergangenheit ist Vergangenheit. Jetzt sind du und ich, also wir, ohne Pialein.

Wer hätte geahnt, dass so etwas jemals geschehen könnte. Dass ausgerechnet diese Frau ihr einen Scheideweg vorsetzen würde, ihr den Mann wegnahm.

Conrad hatte geweint und bedauert, dass er Maria wehtat mit seiner Absicht der Scheidung. Aber er könne nichts dafür, das wäre Schicksal. Maria müsse das verstehen. Sie habe doch bei anderen auch Verständnis für derlei Schicksalsfügungen. In Marias Geschichten, die sie alle Tage schrieb und seit Jahren veröffentlichte, kämen ständig solche Situationen vor. Sie selbst beschrieb doch die Liebe als etwas Einmaliges, Wunderbares, wofür man alles geben müsse.

Conrad sagte auch noch, er wisse, dass er für sie jetzt ein schlechter Mensch sei. Aber lieber wolle er ein schlechter Mensch sein, als auf seine wiedergefundene alte Liebe zu verzichten. Er sagte, das Ausmaß der Schlechtigkeit in dieser Welt sei viel zu groß, um es aus nur einem Mund zu beklagen. Die kleinen Wehen und Leiden, die feinen Qualen, könnten aber geteilt bejammert werden. Genau genommen, wie ein Du und Du immer ein einziges Ich ergäbe. So wie ein Ich und Ich allein niemals ein Wir ausmachen. Ein Wir an ein anderes Wir geknüpft, das ende wohl gleichfalls immer bei einem Du, bei einem Ich. Das sagte er wie berauscht, betrunken und verzückt von der verlockenden Aussicht auf ein kommendes Leben mit Pia.

Fünfzehn Jahre Ehe waren einfach wie weggewischt. Maria hatte sogar das Gefühl, sie müsse Conrad trösten, weil er sie verlassen wollte und musste. Conrad sagte, es sei gut, dass sie keine Kinder hätten. Sie wollten beide nie welche haben. Somit sei alles viel einfacher mit der Trennung. Tatsächlich: er sagte *einfacher*. Ja, für ihn würde es einfacher werden. Für Maria nicht.

Wie gefühllos er ihr gegenüber war. Seine Tränen kamen ihr vor, als flössen sie nur aus dem Bedauern heraus, Pia nicht schon viel früher wiedergefunden zu haben. So viele Jahre, die sie bereits hätten miteinander leben können, so vergeudet verlebt mit der Zeit mit Maria.

Conrads auffällige und verzweifelte Rechtfertigung machte Maria noch trauriger, als sie es schon war. Jetzt sprach er über bleibende Werte. Er sagte, als ob Maria schwer von Begriff wäre: »Weißt du, ich glaube nicht an bleibende oder an innere Werte oder an etwas wie Vernunft. *Die Leidenschaft lässt uns leben, durch die Vernunft existieren wir bloß.* Ich weiß nicht mehr, wer das einmal gesagt hat, aber es scheint mir logisch und richtig. Meine Entscheidung, dich zu verlassen, ist von großer Leidenschaft getrieben, aber sie kommt mir völlig vernünftig vor. Mag sein, dass Leidenschaft zu leben eine vernünftige Sache ist.«

Maria war nicht schwer von Begriff. Sie machte keine Szene. Nein, sie schrie nicht herum, beschimpfte Conrad nicht, schlug ihm nicht ins Gesicht, warf nicht mit Büchern oder Geschirr um sich, drohte nicht damit, sich umzubringen, wenn er sie verlasse. Maria wollte auch nicht das übliche Bild einer verzweifelt weinenden Frau auf dem Bett abgeben. Das verdammte Bett, der Ort der Geburt ihres Scheideweges.

Conrad hatte seinen dramatischen Abgang erledigt und war fortgegangen. Es war sehr ruhig in Maria, kein Aufruhr, keine Wut merkwürdigerweise. Jetzt lag es an ihr, etwas zu tun. Immer dasselbe, dachte sie sich, überall auf der Welt und das zu allen Zeiten. Ein Kommen und Gehen. Rein in die Betten, raus aus den Betten. Manche Bettbegegnungen hatten eine solche Folge. Da hatte sie, Maria, in diesem Falle eben Pech gehabt.

Wie viele Millionen von Menschen hatten wohl gerade in diesem Moment oder zu anderen Zeiten diesen Gedanken, den Maria jetzt hatte. Maria wollte sich hinlegen, alleine auf dem Bett einschlafen und nie wieder aufwachen. So ein Blödsinn, sagte sie sich dann doch noch. Maria hatte viel Glück gehabt, wenigstens früher in den ersten Jahren ihrer Ehe, zumindest was ihr Sexualleben betraf. Damals hatte sie nicht genug Bett-bekanntschaften erleben können. Sie war schon nach den ers-ten Monaten ihrer Ehe mit verschiedenen Männern sehr oft fremdgegangen. Diese heimlichen Begegnungen genoss sie, und sie war glücklich, dass Conrad nie etwas davon bemerkt oder er-fahren hatte. Sie hatte sich aber nie in einen dieser Männer ver-liebt. Sie liebte ihren Conrad und wollte bei ihm bleiben. Dass sie in dieser Zeit eine so unersättliche Libido hatte, kam auch Conrad zugute. Er war ganz begeistert von ihrem Hunger, ihrer Fleischeslust. Da hatte sie sich wohl verausgabt in diesen Jah-ren. Das rächte sich jetzt. Diese Zeit der Seitensprünge dauerte nur, oder war es zu lange gewesen, ganze drei Jahre an. Dann ganz plötzlich wurde sie Conrad treu und blieb es.

Maria konnte nun anfangen, aufgrund ihrer Vergangenheit ein schlechtes Gewissen zu haben. Bisher hatte sie deshalb nie Reue empfunden oder sich schlecht gefühlt. Maria wollte nur eines: Conrad sollte es niemals erfahren. Die Freiheit zu dem, was sie sich selbst gegeben hatte, konnte und durfte sie ihm nicht vergönnen.

Die Zeit war eine ungetreue Freundin. Sie hatte ihre Lau-nen und ihre Bedingungen, genauso wie sie, Maria, zur gegebe-nen Zeit ihre Bedürfnisse und Gebote rücksichtslos ausgelebt hatte. So hatte Maria ihrerseits in ihrer Zeit die Freundschaft mit der Zeit geschlossen. Sie dachte an den Spruch mit der Leiden-schaft und der Vernunft, den Conrad ihr zitiert hatte. Ja, er hatte seine Berechtigung, dieser Spruch, und Conrad irgendwie auch.

Maria holte sich einen Karton aus dem Schrank. Das hatte Conrad vergessen: die alten Fotos auszusortieren und mitzu-nehmen. Vielleicht war es sein Wunsch oder seine Absicht, dass sie bei ihr blieben, dass sie sie sich nochmals ansah. Maria fand die alten Klassenfotos von Conrad und Pia. Sie nahm sie aus dem Album heraus und besah sich die Rückseite der Abzü-ge. Auf allen Fotos, auf denen Pia zu sehen war, stand in großen Buchstaben das Wort PIANO.

Conrad war Musiker, er spielte Klavier in einem Orchester. Er sagte, wenn er von seiner Arbeit sprach, zu einem Klavier oder einem Flügel immer nur Piano. Nun wusste sie warum. Conrads roter Faden zu Pia war nie abgerissen. In der Zeit mit Maria hing er nur etwas lose und locker. Jetzt war er wieder straff und einschneidescharf.

Intimes Familienpapier zartbitter

In unserer Familie herrscht eine vorbildliche Ordnung. Wir leben in einem kleinen Vorort einer Weltstadt. Unser Haus hat zwei Stockwerke, einen Vorgarten und einen großen Gemüsegarten mit schöner Wiese und einigen Obstbäumen nach hinten zu den Maisfeldern hin. Wir sind zu siebt, Mutter, Vater, Oma und Opa, das sind die Eltern meiner Mutter. Großmutter und Großvater, die Eltern meines Vaters, und ich. Dazu muss gesagt werden, dass mein Vater und meine Mutter Cousin und Cousine sind. Sie hatten sich ineinander verliebt, und es eine Zeitlang geheim gehalten. Als es dann doch heraus kam, waren ihre Eltern natürlich dagegen. Mit der Drohung, sie würden ja trotzdem heiraten und sogar auswandern nach Kanada, haben ihre Eltern die Eheschließung letztlich erlaubt. Schließlich waren auch die Großeltern kreuz und quer miteinander verwandt. Sie stellten nur die Bedingung, dass sie alle für immer zusammen bleiben und unter einem Dach leben. Ich bin das einzige Kind aus dieser Ehe. Wir sind sehr anhänglich, fast unzertrennlich, weil wir sonst keine Verwandten haben. Und weil wir uns alle sehr gut verstehen.

Beide Großelternpaare sind noch gesund und rüstig. Sie sind Rentner und haben ihre eigenen Regeln im Obergeschoss, wo sie zusammen leben und es sich gut gehen lassen. Alle vier kümmern sich um den Garten und sie spielen abends miteinander Karten oder Backgammon. Oft verreisen sie zu viert und sind wochenlang unterwegs. Sie streiten sich fast nie und mögen dieselbe Art von Essen, das sie oft gemeinsam kochen. Im Obergeschoss befinden sich eine Küche, zwei Badezimmer, zwei Schlafzimmer und zwei kleine Wohnzimmer, in denen sie sich abwechselnd gegenseitig besuchen. Sie haben zusammen ein Auto, das in der Garage steht, wo sich auch ihre gemeinsamen Bastel- und Werkstatträume befinden. Alles gut, alles schön, sauber und ruhig und friedlich.

Die Besonderheit unserer Familie ist zum Glück nicht sichtbar. Wir sprechen auch kaum darüber, nur das wirklich Nötigste. Als hätten wir Angst, die Wände könnten lauschen oder die Luft könnte diese Tatsache, mit der wir leben müssen, tratschend in die Ohren anderer Menschen bringen. Die Gesichter

71

möchten wir nicht sehen, käme heraus, was mit uns ist. Wir versuchen sehr angestrengt, ein möglichst normales Leben zu führen.

Im unteren Geschoss unseres Hauses haben wir einen großen Gemeinschaftswohnraum, eine große Küche, das elterliche Schlafzimmer, zwei Badezimmer, Vaters Büro, Mutters Hobbyraum, ein Gästezimmer und meine beiden Räume, eines zum Leben, eines zum Schlafen. Alles schön, alles gut, wir sind glücklich.

Ich heiße Blenda und bin jung und schön und intelligent. Ich bin gerade fünfunddreißig geworden und kann wie schon immer tun und lassen, was ich will. Ich bin schließlich gut erzogen, weiß, was sich gehört, und füge niemanden Schaden oder Kummer zu. Wir lieben uns alle sehr, wir sieben unter dem friedlichen und sicheren Dach unseres schönen Hauses. Nachbarschaftliche Kontakte gibt es so gut wie keine, Freunde der Familie nur ganz wenige, die sich einige wenige Male im Jahr bei uns sehen lassen.

Vater ist ein gutmütiger und kluger Mann, er ist Rechtsanwalt, spezialisiert auf Scheidungen, er arbeitet zu Hause. Mutter arbeitet ebenfalls daheim, sie hat ihr Hobby zum Beruf gemacht, sie zeichnet und malt wunderschöne Illustrationen für Kinderbücher.

Ich selbst bin freiberuflich tätig und lebe ein wundervolles und befriedigendes Leben. Ich bin Fotomodell für Hände und Füße. Nicht dass der Rest von mir hässlich wäre, doch sind meine Hände und Füße eben ein besonderer Blickfang und mein Kapital. Ich arbeite für internationale Uhren- und Schmuckfirmen. Meine Hände sind exklusiven teuren Schmuck gewöhnt. Ich trage an den Fingern und Handgelenken, manchmal auch den Füßen und Fußgelenken, unglaublich wertvolle Uhren und Geschmeide aus edelsten Metallen und mit kostbaren Steinen. Und mit nur einigen Fototerminen in der Woche habe ich bereits ein gutes Einkommen. Persönlich mache ich mir gar nichts aus dem teuren Firlefanz und trage keinen Schmuck. Alles ist soweit gut, alles wunderbar und so leicht, so locker in diesem meinem Leben.

Wir reisen alle gemeinsam zweimal im Jahr, an Ostern und im September, an die Amalfi-Küste bei Neapel. Dort wohnen wir im schönen alten Haus einer Jugendfreundin meiner Mutter, das in einem entzückenden Ort namens Minori steht, der direkt am Meer liegt und von Zitronenhainen umschlungen ist.

Zur Erntezeit kann man bei Spaziergängen auf allen Wegen und auch in den Gärten Zitronen aufsammeln, die von den Bäumen gefallen sind. Oder man bekommt sie geschenkt, etwa von einem uralten Mann, der gerade mit herrlich lächelndem Gesicht Zitronen von den Bäumen in seinem Garten pflückt, dann seine Hand ausstreckt und uns einige anbietet, wobei er selbstverständlich strahlend beteuert, wie gut und saftig sie schmecken. Die besten Zitronen der Welt natürlich. Der Mann trägt trotz der warmen Temperaturen einen Wollpullover über seinem langärmligen Wollunterhemd und eine wollene Mütze auf dem Kopf. Wahrscheinlich friert er immer, so alt und dünn, aber sympathisch klapprig wie er ist. Sein faltiges Gesicht mit den grauen Bartstoppeln und den weißen buschigen Brauen über seinen geröteten Augen strahlt eine liebenswürdige Wärme aus. Schade, dass er sich selbst daran nicht wärmen kann. Seine Hände voller Altersflecken und hervorquellenden Adern zittern leicht, als er uns die Früchte reicht. Riesige sind dabei, groß wie Pampelmusen. Daraus machen wir dann, wenn wir sie nicht aufgeschnitten und hinein beißend gleich verschlingen, Zitronensaftwasser mit Eiswürfeln. Aber natürlich kann man auch den berühmten Limoncello-Likör der Region daraus herstellen, den wir in diesen Tagen reichlich zu uns nehmen. Es könnte sogar sein, dass wir bei einem bestimmten Detail unseres Familiengeheimnisses vielleicht auf den herrlich süßsauren Geschmack dieser Zitronen zurückkommen werden. Vielleicht bei der nächsten Bestellung unserer Sonderpapiere. Aber das nur am Rande.

In Minori ist die Zeit wie stehengeblieben. Schöne alte Häuser gibt es dort und kaum einen Neubau. Und besonders auffallend ist das Fehlen der sonst üblichen Leuchtreklamen. Nur nachts ist auf einem kleinen Friedhof, der auf einem nicht weit entfernten Hügel liegt, ein neonblau leuchtendes Kreuz zu sehen, die einzige Lichtstörung für das Auge. Ansonsten viele Sterne, ein Sternenhimmel, wie wir ihn von zu Hause nicht kennen.

Tagsüber kann man in Minori ausgedehnte Spaziergänge machen. Viele Treppen sind da zu steigen. Auch zu dem Haus, das wir dort bewohnen, kommt man nur, wenn man, mit gelegentlichen Ruhepausen, während derer man die Landschaft

und das Meer betrachten kann, 368 Stufen hinaufgestiegen ist.
Autos sind da oben keine. Für den Transport schwerer Dinge
kann man sich Esel mieten. Und das vierte oder fünfte letzte
Gläschen Wein, das man unten im Ort bei gutem Essen in einer der schönen Lokalitäten genossen hat, sollte man lieber
nicht ganz leer trinken. Denn sonst wird es ein sehr langsamer
und schwankender Aufstieg über die vielen Treppen zurück in
das Haus und ins Bett.

Das alte Haus ist drei Stockwerke hoch. Es hat einen sehr
verwinkelten schön gestalteten Hofzugang und innen ist es lie-
bevoll und mit schlichter italienischer Eleganz eingerichtet. Die
Böden sind in jedem Zimmer anders und mit seltenen, orna-
mentreichen Fliesen belegt, die vor Ort und inzwischen kaum
noch hergestellt werden. Jedes Zimmer hat seinen eigenen
Charme. Vom kleinsten aus kann man, wenn man auf dem Bett
liegend geradeaus schaut, direkt auf das Meer blicken, fast
ohne den Kopf dabei zu heben. Der große Raum nebenan mit
Zugang zur Terrasse ist natürlich unser Lieblingsort im Haus.
Lange Nächte bei Kerzenlicht und gutem Rotwein und endlosen Gesprächen haben wir da schon verbracht.

Manchmal besucht uns die Besitzerin des Hauses, eine alte
Freundin, die es von ihren Eltern geerbt hat und nur von ihr
bekannten Gästen bewohnen lässt. Sie selbst bewohnt einen
Trakt im Erdgeschoss, und sie hat uns oft begleitet bei unseren
Spaziergängen in und um Minori. Obwohl sie um einiges älter
ist als ich, sind wir gute Freundinnen. Manchmal, wenn ich allein mit ihr in Minori einen Einkaufsbummel machte, der stets
in einem kleinen Café endete, in dem wir uns Herzensdinge, ja
sehr Intimes anvertrauten, war ich nahe dran, ihr unser Famili-
engeheimnis zu gestehen. Aber ich hatte schon als Kind den
Eltern geschworen, es niemals preiszugeben. Ich war mir nie
ganz sicher, wie diese Freundin darauf reagieren würde. Außerdem wäre es ja ein schlimmer Verrat meiner Familie gegenüber, in der ein jeder von uns allein durch die Schweigepflicht
allen Außenstehenden gegenüber ein ruhiges und einigermaßen normales Leben führte.

Bei unseren Aufenthalten in Minori hatten wir es nicht
leicht, den großen weißen wasserundurchlässigen Hartschalen-
koffer hinauf in das Haus zu bringen und dort zu verwahren.
Mich wundert bis heute, dass uns bei den Kontrollen in den

Flughäfen niemals eine Frage dazu gestellt wurde. Denn zweifellos wurden alle Koffer durchleuchtet. Bestimmt hat sich der eine oder andere Sicherheitsbeamte seine Gedanken gemacht und sich gefragt, wozu wir dieses Papier mit uns herumschleppen, hierher in dieses schöne Land, wo es doch alles gibt.

Ich selbst trug diesen Koffer oft die 368 Stufen bis hinauf in das Haus. Und viele Male habe ich mich dabei gefragt, wie viele Generationen es wohl weitergegeben würde. Ob etwa, wenn ich selbst einmal Kinder hätte, diese auch mit unserem Familienmakel behaftet wären und mit einem Koffer, der Ähnliches enthielte wie meiner, das vielleicht nur mit einer anderen Geschmacksvariante versehen wäre, die Treppen zum Haus der Freundin hochsteigen würden, um ihre Ferienzeit hier zu verbringen.

Auf jeden Fall sind wir froh, solch eine passende Örtlichkeit für unsere Ferien gefunden zu haben. Minori wirkt auf mich so leise und verschwiegen, als hätte es selbst ein Geheimnis zu wahren. Weder dem Fremdenverkehr geschuldete architektonische Schandtaten verunzieren das kleine Städtchen, noch ist es überfüllt mit Reisenden. Die touristischen Attraktionen liegen alle einige Kilometer entfernt, in anderen berühmteren Städtchen wie Amalfi oder Ravello etwa. Somit ist Minori ein ruhiger Ort ohne Tamtam geblieben. Genau das richtige zum Ausruhen und Genießen.

Weihnachten verbringen wir in lieber Eintracht zu Hause. Nur zu Silvester gehe ich alleine zum Feiern in die große Weltstadt, die ich zu Fuß in einer halben Stunde erreichen könnte. Aber ich fahre meistens mit dem Taxi dahin, verbringe dort mit besonderen Leuten aus meinem beruflichen Umfeld einen besonderen Abend.

Ich habe mich kürzlich in einen Mann verliebt und versuche, mich an ihn zu binden. Wir sind uns einig in allem und möchten unsere Heiratsabsichten vor meiner Familie noch geheim halten. Sie wissen noch nichts Konkretes über unsere Beziehung. Der Freundin in Minori habe ich darüber berichtet, sie meint, ich solle nicht lange darüber nachdenken, sondern mit ihm ein eigenes Nest bauen. Die Gute hat ja keine Ahnung, warum ich zögere und mich nicht entscheiden kann.

Meine Familie ahnt aber, dass etwas in der Luft liegt, das irgendwie ungute Veränderungen mit sich bringen könnte. Sie schauen mich immer wieder fragend an und erwarten wohl, dass ich mehr erzähle. Ich fürchte, Unheil in unserem friedlichen Miteinander anzurichten. Ich weiß, dass meine Familie mich ungern gehen lassen wird, fort aus dem Haus und weg von unserem gut behüteten, ein enormes Geheimnis bewahrenden Leben. Aber das muss doch auch bei uns irgendwie möglich sein, wie bei anderen Familien auch, trotz unseres Familiengeheimnisses oder sollte ich es beschwichtigend unsere bemerkenswerte Familieneigenschaft nennen.

Einmal nur möchte ich, und sei es nur auf dem Papier für mich, dieses Charakteristikum unserer Familie in Worte fassen. Alles ist so schön, so gut, so friedlich bei uns. Und das ist so, seit ich denken kann. Dennoch gibt es da etwas, das auf uns lastet: Wir alle sieben in unserer Familie haben die Besonderheit, dass wir mit unserem Popo, das heißt dem Loch, also unserem hinterem Ausgang, schmecken können. Wir haben dort ganz eindeutig Geschmacks- und Geruchsnerven. Wir wissen nicht, wie das zustande kam und wie es zu erklären wäre. Kein Arzt oder sonst ein Mensch wurde jemals von uns eingeweiht.

Es wäre für uns eine Familienschande, wenn es an die Öffentlichkeit käme, und sich alle Welt und die Medien etwa darüber hermachten. Nein, nachdem meine Eltern und meine Großeltern väterlicherseits und mütterlicherseits alle Umstände in Betracht gezogen hatten, entschieden sie, dass es ein Geheimnis bleiben soll und eine Notlösung dafür gefunden werde.

Bei jedem Stuhlgang ist diese Anomalie, wie jeder sich wohl vorstellen kann, eine Qual. Deshalb hat die Familie, als ich drei Jahre alt wurde und es technisch endlich möglich war, ein besonderes Toilettenpapier in Auftrag gegeben, bei einer Firma, die für Geld alles herstellt. Wir haben uns schnell auf Schokoladengeschmack geeinigt, damit wir nach unseren Verrichtungen wenigsten eine kleine Entschädigung für den ekelhaften Geschmack und Geruch erhalten, den wir erleiden müssen. Zartbitter sollte es sein, auch darin waren wir sieben uns einig. Damit ich mich schon vorher daran gewöhnen konnte, bekam ich schon als Zweijährige täglich nach dem Frühstück Zartbitterschokolade, sodass ich diesen Geschmack bald liebte wie die Erwachsenen. Die Farbe des Papiers sollte natürlich weiß sein. Weiße Zartbitterschokolade.

In den Kellerräumen unseres Hauses lagern wir dieses besondere Toilettenpapier, von dem wir für eventuelle außerhäusige Toilettengänge immer kleine ordentlich zusammengefaltete Päckchen bei uns haben. Und natürlich füllen wir den weißen Koffer damit für die Reisen nach Minori. Wir haben uns damit arrangiert und es geht ja auch wahrlich keinen Menschen etwas an, womit wir uns den Hintern abwischen. Bis heute leben wir ganz gut damit.

Ob irgendwelche Vorfahren auch damit leben mussten, wissen wir nicht. Wenn es so war, dann haben sie es sicher als Geheimnis bewahrt. Mit welchen Notlösungen sie wohl das Problem gehandhabt haben? Ich jedenfalls kann mir ein Leben ohne unser Spezialpapier nicht mehr vorstellen. Ich will gar nicht so sehr ins Detail gehen. Aber stelle ein jeder sich doch einmal vor, wie es wäre, wenn er jeden Tag und das vielleicht nicht nur einmal, während der Verrichtung dieses letzten Teils des Verdauungsprozesses den Geschmack und den Geruch der eigenen Entleerung wahrnehmen und erdulden müsste. Wäre es etwa möglich, es anderen mitzuteilen, ohne bemitleidet oder gar ausgelacht und im besten Falle belächelt zu werden? Was würde die Wissenschaft dazu sagen? Was die Klatschmäuler, die es wüssten? Vielleicht würde es zum Stoff einer Verfilmung eines Familiendramas werden oder einer Horrorgeschichte oder einer Telenovela.

Um es einmal ganz kühl und besonnen zu betrachten: vielleicht könnten wir es uns ja irgendwie wegoperieren lassen. Das ist die Möglichkeit, auf die ich baue. Aber welche Pein und welcher Seelengram! Schon die Vorstellung, was sich angesichts eines solchen Vorhabens in den Gesichtern der Ärzte abspielen würde, macht mir eine Gänsehaut.

Der Mann, den ich liebe und von dem ich mir außer unserer Liebe große Dinge erhoffe, ist Chirurg im Bereich der Inneren Medizin. Das ist mein Glück, ich rieche es regelrecht. Das ist es, was mir Hoffnung macht, dass es eine Rettung gibt aus dieser wahrlich delikaten Situation. Ich hoffe nur, dass es sich um keine Erbanlage handelt und meine Nachkommenschaft, sofern ich, was ich mir wünsche, eine haben werde, auch damit belastet oder besser gesagt dazu verdammt sein wird.

Endlich habe ich, wenn auch nur auf einfachem Papier, mein Schweigen gebrochen und in Worte gefasst, woran ich leide. Morgen ist wieder ein Jahresende. Wenn ich am Neujahrstag neben meinen Liebsten aufwache, wir uns noch einmal leidenschaftlich geliebt haben und dann müde sind von der natürlichen Vereinigung unserer Körper, werde ich aussprechen, was bisher nur still in mir ruhte. Ich werde ihn ansehen und in seinem Gesicht lesen, ob es gut war, ihm diese so peinliche Wahrheit zu gestehen.

Und wenn alles gut gegangen ist? Wenn ich das Geständnis nicht bereut haben werde? Vielleicht werden wir dann das erste Mal gemeinsam zu Ostern nach Minori reisen und die Welt mit wissenden anderen Augen sehen.

Doch wie und mit welchen Worten soll ich dem Mann meines Herzens nur erklären, dass es in unserem so leichten und schönen Leben einen einzigen dramatischen Aspekt gibt, der für unsere Zukunft und vielleicht auch die unserer Kinder eine lebenswichtige Rolle spielen kann. Eine Rolle Zartbitter. Er müsste am Spezialpapier lecken und mein Problem akzeptieren. Wenn ich es ihm nicht verrate, könnte dies eines Tages zu großen Misshelligkeiten führen. Nun hoffe ich nur, dass mein Liebster mir dieses hinterhältige Problem verzeiht, mich trotzdem haben will und heiratet.

Wenn er mir wegen dieses Geständnisses den Laufpass gibt, werde ich eben bei meiner Familie bleiben. Was aber, wenn er es nicht für sich behalten kann und weitersagt? Wenn er sich vor Lachen ausschüttet und fluchtartig aus meinen Armen flieht? Wenn er es teuer verkaufen würde an die Öffentlichkeit? Wie wird meine Familie mit diesem meinen Verrat dann umgehen? Werden sie mich verachten oder mir aufatmend sogar danken? Und würden meine Großeltern, wenn das Problem sich chirurgisch lösen ließe, trotz ihres hohen Alters einen solchen Eingriff über sich ergehen lassen? Wäre das alles möglich? Oder wäre es das Ende der Zukunft, die ich mir erträume? Aber das wäre schade, weil ich im besten Alter bin und so verliebt in diesen Mann. Und so voller Hoffnung und gerade deshalb so betrübt.

Schon leuchten die ersten Feuerwerkskörper am Himmel und die ersten Kracher sind zu hören. Die Weltstadt vor der Tür fängt an zu beben. Mein Herz klopft aufgeregt. In wenigen Stunden ist es soweit. Ich habe jetzt auf dem Papier geübt, über das nie Gesagte zu sprechen. Eine Trocken-Schwimm-Übung. Vielleicht belasse ich es auch dabei und schweige.

Aleidas Mutprobe

Aleida liebte ihren im Sinn und im Klang so schönen Namen: die Noble, die Edle. Sie hörte und sah sich selbst gerne darin. Doch das, was sie sich damals eingebrockt hatte, passte nicht zu ihrem Namen. Das war das krasse Gegenteil zu dem, was nobel und edel genannt werden durfte.

Aleida hatte sich einmal von ihren drei besten Freundinnen überreden lassen, eine böse, heikle und verhängnisvolle Mutprobe zu machen. Sie waren wie Geschwister, kannten einander in- und auswendig. Es galt zu beweisen, wie stark sie sich in ihrer Weiblichkeit fühlten. Konnte sie in einem Tabubereich das erreichen, was ihre Freundinnen von ihr verlangten? Freundinnen, die diese Aufgabe für sich schon erfolgreich erledigt hatten und sich bestätigt fühlten in ihrer Frauenstärke. Die drei, Maria, Nálan und Julia, damals bereits muterprobten Weiber in ihren besten, schönsten Jahren warteten auf Aleidas Einsatz. Ein Pakt gegen die bösen Dinge, die sie so oft mit Männern erlebt und erduldet hatten.

Sie waren ein Jahrgang, ehemals Schülerinnen in einer für ihre Wildheit berüchtigten Schulklasse, alle vier in einer Stadt und ihrem Freundinnenleben treu geblieben. Sie dachten sich als Kinder schon wundervoll, und erst recht damals, als sie mutige starke Vierzigjährige waren.

Maria hatte den eigenen zukünftigen Schwiegersohn verführt. Eine Hochzeit fand dann nicht mehr statt. Die Tochter konnte den natürlich nicht ausbleibenden plötzlichen Wandel ihres Verlobten nicht verstehen. Sie trennten sich ohne weitere Katastrophen.

Nálan, deren Mutter starb, als sie ein junges Mädchen war, musste nicht lange suchen. Sie wollte ihren eigenen Vater, der sie, als sie noch ein kleines Mädchen gewesen war, missbraucht hatte, zwingen, jetzt, ob er wollte oder nicht, noch einmal mit ihr zu schlafen. Der Vater lebte im Ausland und war bereits mit einer anderen Frau verheiratet und wollte nicht wieder in seine böse Vergangenheit zurück. Doch Nálan, die ihn dort alle paar Jahre besuchte, drohte ihm, sie würde seiner neuen Frau alles erzählen, wenn er es nicht mit ihr triebe.

Julia hatte es gar nicht leicht, beinahe wäre sie gescheitert.

Sie musste lange suchen. Sie hatte weder einen Vater noch einen Bruder noch selbst Kinder. Sie wusste von einem etwa gleichaltrigen Cousin, der in einer anderen Stadt lebte. Den stöberte sie auf, wobei sie feststellte, dass er noch Junggeselle war. Er sah gut aus und freute sich über die späte Begegnung mit seiner Cousine. Er fand sie prächtig und sie verliebten sich ineinander. Sie blieben zusammen und sie nahm ihn mit in ihre Stadt, damit sie ihren Freundinnen die Treue halten konnte.

Aber Aleida hatte es dann doch am schlimmsten getroffen. Den eigenen Bruder hatte sie betrunken gemacht und verführt, einen Familienvater mit Kindern. Aleida, die liebe und geliebte Tante und Schwägerin. Eitle Sünderin im Wahn, Teufelsvogel-krallen im Kopf. Hineingeflogen und hineingevögelt in das Familiennest, das doch eigentlich ein hohes Gut und heilig war.

Auf Teufel komm raus sollte sie einen nahen Verwandten verführen. Aleida hatte nur einen einzigen nahen Verwandten. Das war ihr zehn Jahre älterer Bruder, dessen Namen sie sich nun nicht mehr auszusprechen traute, ihr als fürsorglicher Familienvater, aber auch als rücksichtsloser Gigolo bekannter Bruder. Sie hatte ihren einzigen Bruder verloren, aber diese Mutprobe gewonnen.

Die ahnungslose und sehr liebenswerte Schwägerin wusste nicht, warum ihr Mann damals so plötzlich in Depressionen verfallen und mitten im Leben sich das seine genommen hatte. Sie verfiel in große Trauer um ihn und kränkelte an ihrem Unglück.

Um irgendwann gegen ihr eigenes Ende hin wieder eine namentliche Aleida sein zu können, pflegte sie lange Jahre die nach einem Schlaganfall ans Bett gefesselte und schnell gealterte Schwägerin. Die Nichten und Neffen waren allesamt in die weite Welt geflohen, die sünden- und muterprobten Freundinnen verstanden sich längst nicht mehr gut, längst aus den Augen, aus dem Sinn.

Und sie hatten sich doch einst hoch und heilig ewige Treue geschworen, immerwährende Rache an der Männerwelt. Dabei hatten drei von ihnen letztlich doch Männer gefunden, die nicht auf ihrer Liste des Bösen aufzuführen waren.

Nur Aleida blieb alleine mit ihrer Schuld. Sie konnte sich nicht mehr verlieben. Hatte keine Lust mehr auf die Liebe. Ihren Körper hatte sie sexuell abgetötet. Sie hasste ihre Möse und nicht selten tat sie sich dort, an diesem gemeinen Tatort, selbst weh. Regelrechte Selbstbestrafungen waren das. Hatte sie also doch ein bisschen Edelmut in sich, um nicht, einfach alles vergessend, glücklich weiterleben zu wollen?

Namen sind wirklich nur Schall und Rauch. Und das sagen nicht nur die ohne Mut. Das sagen ihr vor allem die Geister in ihren Alpträumen. Die mit den Gesichtern von Aleidas Eltern, die irgendwann gestorben und erst im Himmelreich von der Schandtat ihrer Tochter erfahren haben. Die Eltern weinen wortlos in diesen Alpträumen. Sie sind unerträglich traurig und untröstlich. Und am Ende dieser Träume drehen sie ihr unversöhnlich den Rücken zu.

Aleida mit letztem Mut: Mit einem Gummihammer schlägt sie sich in Gedanken einen langen spitzen Nagel in den Kopf, in das Herz und da hinein, wo sie glaubt, ihre Seele mit diesen Schlägen zu erwischen. Edle, noble Schläge des doch noch gefundenen Ausweges ohne Vernunft. Ohne Lärm diese Schläge, ohne Blutvergießen. Das Blut ist ihr vor langen Jahren schon in den Adern zu Wasser geworden, die Blutbahnen zu Umwegen ins Unglück.

Wenn ihre Nase doch hätte abfallen können, vor Unmut über den Geruch, den sie seit ihrer Mutprobe mit vierzig für sich selbst ausdünstete. Sie stinkt seither nach Unglück und denkt, sie könnte mit ihrem Geruch andere verpesten. Deshalb trägt sie einen Nasen- und Mundschutz, meidet die Menschen, so gut sie kann. Keiner muss ihren Geruch ertragen. Die Schwägerin, die sie ins Grab brachte, hatte eine Koma-Nase, sie lebte und roch nicht mehr das, was Aleida vor ihr verheimlichte.

Aleida ist alt geworden, müde und reuevoll. Ganz zurückgezogen lebt sie in einer kleinen dunklen Wohnung im Hinterhof einer ruhigen Straße in der Stadt. Freundschaften können wachsen und wieder schrumpfen, das weiß sie längst. Geschwister sind Klang und Namen aus einer Blutschüssel, die, wenn sie geschüttelt wird, überschwappen und auslaufen kann. Oft hat Aleida Nasenbluten.

Die Nichten und Neffen wollen sich, seit sie zu Vollwaisen geworden sind, überhaupt nicht mehr bei ihr melden.

Nach dem Selbstmord ihres Bruders hat Aleida den Lebensmut verloren, war aber zu feige, sich ihrerseits zu töten. Aleida weiß, was es heißt, einen Bruder zu lieben und ihn umzubringen.

Einst hatte es geheißen, mit dreißig fange das Leben erst an. Mit nun zweimal dreißig wollte sie ihrem dreistem Leben noch einen harten Schlag versetzen. Endlich kann sie den Gummihammer aus der ehemaligen Werkstatt ihres Bruders mutig in die Hand nehmen und eine letzte Pflicht erledigen: Sie setzt sich auf den Boden ihres verdunkelten Schlafzimmers. Sie schlägt sich mutig auf die Füße. Sie ist wie in Wahnsinn verfallen, aber weiß doch, was sie macht. Beide Füße hat sie sich mit den Schlägen gebrochen, auf dass sie nicht mehr vor anderen und erst recht nicht vor sich selbst davon laufen kann.

Die geizige Lea

Schon ihr Name geizt mit Buchstaben, aber dafür kann sie ja nichts; von der Mutter erhalten, nach der Großmutter benannt, so lebt sie mit diesem Namen und der ist schön. Lea spricht nicht viel, nur das Nötigste kommt fast immer hektisch und mit knappen Worten aus ihrem Mund. Ihre Wohnung, ihr Leben, all das teilt sie nicht gerne mit anderen. Lea ist alleinstehend. Das heißt, sie ist es nach nur sieben Ehejahren wieder, denn das Wort Witwe mag sie nicht. Doch mit der kleinen Witwenrente, die sie seit genau sechs Jahren erhält, hat sie ein bescheidenes Auskommen. Leas verstorbener Ehemann war ein guter Handwerker im Sanitärbereich. Er hatte lange Jahre in einem großen Betrieb gearbeitet. Die Krebsvorsorgeuntersuchungen mit hohen Eigenzuzahlungen waren ihnen beiden zu teuer, so starb er mit nicht einmal fünfundvierzig Jahren an Bauchspeicheldrüsenkrebs.

Lea arbeitet zu Hause, von ihrem Schreibtisch aus vermittelt sie per elektronischer Post oder Telefon Schwarzarbeiten an professionelle Handwerker. Meist sind es Arbeiten im privaten und häuslichen Bereich. Ihre kleine Einzimmerwohnung ist gut und billig und ein ebenso günstiger wie ruhiger Arbeitsplatz. Auf jeden Fall erspart sie sich Fahrtkosten, nervende Kollegen und Zeit.

Grünen Tee, den sie drei Mal aufbrüht, bevor sie ihn wegwirft, trinkt sie den ganzen Tag über bei ihrer Arbeit. Lea isst nicht viel, gerade mal ausreichend, damit sie gegen Abend eine gute Grundlage für die tägliche Flasche Rotwein hat. Lea ist eine disziplinierte Alkoholikerin, das weiß sie. Mehr als drei Euro gibt sie nicht gerne für eine Flasche Rotwein aus. Sie lässt sich aber gerne einladen zu den Leuten, die auf ihre Vermittlungen angewiesen sind. Dort isst und trinkt sie dann tüchtig.

Lea schneidet sich selbst die Haare, sie kauft nur Kleidung aus zweiter Hand. Sie trägt keinen Schmuck und treibt nicht viel Aufwand mit Kosmetika. Nur das Allernötigste, um gepflegt und adrett auszusehen. Für besondere Anlässe leiht sie sich elegante Garderobe und Dinge, die dazugehören, wie Schmuck oder Taschen, bei einer ihrer wenigen Freundinnen aus.

Lea schaut sich keine Filme oder Nachrichten an. Das Welt-
geschehen raubt ihr die Nerven, und davon hat sie nicht all zu
viel. Sie ist sehr ungeduldig und immer furchtbar nervös. Mehr
als sechs Stunden Schlaf gönnt sie sich nicht. Sie träumt immer
nur dieselben drei Träume, die in unterschiedlicher Folge kommen und gehen.

Einer dieser Träume, der, in dem sie eine andere Frau ist,
die in einem fernen Land lebt, ist schön. Wie ein Fortsetzungs-
roman. Diese Geschichte träumt sie sehr gerne, jedes Mal freut
sie sich, wenn sie sich nach dem Erwachen daran erinnert.

Der zweite Traum ist der unangenehme. Sie sieht sich darin
schlafen und versucht, sich mit der eigenen Stimme zu wecken.
Dann erwacht sie im Traum und denkt, sie sei tatsächlich
wach. Sie richtet sich im Bett auf und denkt sich, wie gut es
sei, nun wach zu sein. Doch dann spürt sie ihren Körper nicht
so richtig und hört wieder eine Stimme, die ihr zuruft, endlich
aufzuwachen. Sie öffnet die Augen, sieht sich selbst neben sich
liegen und weiß, dass sie doch noch schläft. Noch immer.
Dann, wenn sie endlich wirklich wach geworden ist, traut sie
der Sache nicht und weiß nicht, ob sie im Traum oder in der
Realität ist. Sie muss dann so lange daliegen und ertasten, ob
sie sich wie Lea anfühlt, sich zwicken, ob es weh tut, und sich
selbst sagen, dass sie wach geworden ist, bis sie es schafft, aus
dem Bett zu kommen und sich das Gesicht mit kaltem Wasser
zu waschen. Erst das gute nasse Gefühl des Wassers auf dem
Gesicht gibt ihr die Gewissheit, dass ihr Schlaf nun ein Ende
hat.

Der dritte Traum ist wie eine Kurzgeschichte. Darin sieht
sie sich niemals selbst, immer nur den Mann, mit dem sie gerade eine Affäre hat. Den Mann erkennt sie an seinem nackten
Körper. Sein Gesicht ist verdunkelt, nicht zu erkennen, er liest
ihr etwas vor aus einem Buch und ist vergnügt dabei. Doch
was er ihr vorliest, das hört sie nicht.

Lea hat einen Geliebten und sie trifft sich einmal in der
Woche mit ihm in seiner Wohnung. Er ist ein herzlicher, höfli-
cher und immer gut gelaunter Mann. Er ist zudem ein guter
Liebhaber, das weiß sie zu schätzen. Sie lässt sich von ihm keine Geschenke machen. So braucht auch sie ihm nichts zu
schenken, bis auf ihren Körper für einige Stunden in der Woche, und das macht sie gerne und mit Leidenschaft. Dabei ist

sie nicht geizig. Niemals übernachtet sie dort, trotz aller Überredungsversuche des Geliebten. Das Taxi nach Hause lässt sie sich jedoch ohne Diskussionen immer von ihm bezahlen. Manchmal kocht sie dort mit Leckereien, die sie eingekauft hat, oder sie lassen sich Essen kommen, das er dann bezahlt und auch bezahlen darf.

In der Regel ist sie freitagabends zwischen acht und Mitternacht bei ihm. Nur ganz besondere Vorkommnisse bringen sie dazu, diese Regel zu durchbrechen und an einem anderen Abend zu kommen. Das lässt sie jedoch nicht häufig zu. Ihr Geliebter weiß das und bemüht sich um die Einhaltung der Freitagstreffen. Er ist zwar verliebt in Lea, weiß aber ganz genau, dass sie nichts anderes will, als mit ihm schlafen und über Alltagsdinge plaudern. Er hat ansonsten eine andere Frau, eine richtige Beziehung. Auch Kinder kommen darin vor. Lea weiß das und es stört sie nicht im Geringsten. Selbst mit ihrer Eifersucht geizt sie und nur selten regt sich dieses Gefühl in ihr. Schließlich will sie keine Beziehung, sondern nur einen Geliebten.

Sie achtet darauf, dass ihre Gefühle für einen Mann stets geringer sind als seine für sie. Sie hat das gut im Griff. Sie kündigt die Liebschaft sofort auf, wenn sie bemerkt, dass der Geliebte mehr als nur sexuellen Zeitvertreib von ihr möchte. Lea hat bereits den siebten Geliebten seit dem Tod ihres Mannes. Immer wieder arbeiteten ihre Liebhaber nach einer Weile darauf hin, sie in Überrumpelungsversuchen enger an sich zu binden. Nein, nicht mit ihr, sagte sie jedes Mal und ist dann gar nicht traurig nach dem für sie unausweichlichen Abschiedsliebesakt.

Lea ist wählerisch. Ihre Liebhaber, allesamt gut aussehend und jung, waren stets sichtlich glücklich über eine Körperfreundschaft mit ihr. Lea ist schön, das weiß sie selbst. Sie legt keinen Wert darauf, es von den Männern zu hören. Sie genießt es, wenn andere Frauen sie neidisch oder bewundernd ansehen, denn sie weiß, dass die Blicke der anderen Frauen die besten Spiegelbilder für ihr eigenes Aussehen sind.

Lea hat sich in sich selbst verlaufen, weil sie zu geizig ist, andere Wege zu gehen. Ihre Tagträume drehen sich meist um den folgenden Tag, denn in Erinnerungen an Vergangenes zu schwelgen oder sich eine ferne Zukunft auszumalen, das wäre ihr viel zu verschwenderisch.

Lea feiert zu Hause mit zwei Flaschen Wein ihren dreiunddreißigsten Geburtstag. Sie gibt sich einen Ruck und ruft einige Erinnerungen auf, die sich ihr vor Augen legen dürfen: Ihre Hochzeitsnacht, da war sie gerade mal zwanzig. Davor ihren Abschied vom Elternhaus, da war sie soeben volljährig geworden. Diese Geburtstagsfeier, auf der sie sich in ihren späteren Ehemann, einen Freund des Hauses, einen Arbeitskollegen ihres Vaters, verliebte, mit dem sie auf und davon in eine andere Stadt ging und den sie zwei Jahre später heiratete. Dann diese nicht immer guten sieben Jahre Ehe. Vor allem Langeweile und Kontrolle. Ihr Mann wollte nicht, dass sie arbeitete. Von einer glücklichen Hausfrau träumte er, von einer Lea, die bei ihm das Leben und das Lieben lernen sollte. Lea lernte schnell und für sich, das, was so großzügig überleben heißt.

Lea gießt sich ein weiteres Glas mit Rotwein voll und trinkt es in kleinen, hastigen Schlucken. Die Schläge steckte sie weg wie nichts, sie schlug kräftig zurück. Auch das Alleinsein den ganzen Tag über bei verschlossener Tür steckte sie weg, sie behielt Worte und Sätze in sich, sparte sie sich auf. Und wenn ihr Mann dann da war, schwieg sie ihn zugrunde.

Als sie entdeckte, dass einzig ihr Geiz an Liebe ihren Mann zur Verzweiflung brachte, machte sie eine Passion daraus. Wenn er ihr gegenüber mit Freiheit geizte, dann sollte er ihren Geiz erst einmal kennen lernen. Sich nach ihrer Liebe verzehrend, wurde er sterbenskrank, ohne dass Lea dies herbeigehofft hatte. Denn zu verschenken hatte Lea nichts, nicht einmal Krankheiten. Lea war eine glückliche Witwe. Das Wort gefiel ihr zwar nicht, doch der Zustand war eine zeitlang recht angenehm.

Arme Lea, gerade mal dreiunddreißig geworden. Der letzte Schluck aus der zweiten Flasche Rotwein, der macht sie schwankend und sonderbar traurig. So großzügig traurig über sich selbst war sie noch nie gewesen. Ihre Lippen sind vom Rotwein dunkel verfärbt. Heute wischt sie sich diese feinen Rotweinspuren in den Fältchen über ihren Lippen nicht weg. Sie findet ihr Bett nicht und legt sich auf den Boden. Es ist kalt, es ist bitterkalter Winter. Die Heizung ist aus Sparsamkeit ausgeschaltet. Die zwei großen Fenster der kleinen Wohnung sind offen. Draußen Frost. Drinnen Stille. Der kleine Raum ist schnell ausgekühlt. Lea schläft in Kürze ihren sparsamsten Schlaf.

Sie hatte zur zweiten Flasche Rotwein ein paar Pillen geschluckt, die sie sich freigiebig zum Geburtstag geschenkt hatte.

Lea fand ihr Leben mit einem Mal sinnlos und leer. Um es zu füllen, reicht ihr die Leidenschaft der körperlichen Liebe nicht mehr, sich aber etwas anderes vorstellen will sie auch nicht. Leas Geiz hat den Höhepunkt erreicht. Sie will sich kein weiteres Leben gönnen. Wozu noch darüber nachdenken. Keine Verschwendung an Überlegungen, ob sie doch noch oder nicht mehr dabei sein sollte bei diesem für jeden nur einmaligen Leben. Aufhören, wenn es am schönsten ist, denkt sie sich zuletzt noch und weiß nicht, ob es wirklich gerade am schönsten war. Noch ist sie wach. Noch denkt sie, ein bisschen langsam und wie in Watte gepackt.

Großzügig volltrunken, nur ein dünnes Hemd am Leibe und müde von sich selbst, so träumt sie wohl noch von ihrem derzeitigen Geliebten. Das wäre ihr zu wünschen. Der deckt sie im Traum mit lieben Worten zu. Schön warm und kuschelig sind sie. Er küsst sie heiß von rechts nach links, von oben bis unten und quer durch die Seele. Ach du liebe Güte, die hatte sie ganz vergessen, die gute Seele. Aber nun wird sie erweckt, die Seele. Lea bewegt sich ein klein wenig im Schlaf. Nein, das ist kein Traum, sie wird nicht wach, sie steht nicht auf. Sie schließt nicht die Fenster, macht die Heizung nicht an, trinkt keinen heißen grünen Tee, zieht sich den schönen warmen Zweite-Hand-Pullover nicht an, kuschelt sich nicht unter die dicke Winterbettdecke, kriecht nicht zum immer wieder und lange klingelnden Telefon. Viele rufen heute an und möchten gratulieren, weil sie überzeugt davon sind, dass abgesehen von ihrem Geiz Lea eine ganz fabelhafte Frau ist, die man lieben kann und sollte.

Ach, ich wäre so gerne wie du

Du malst dir aus, wie schön es wäre, viele Farben zu sein. Du wärst bunt und kompliziert und fändest dich einmalig auf einer Fläche, die dir Licht gibt, um dich zu beleuchten.

Ich wäre dann gerne das Dunkel im Schatten deines Lichts. So wäre ich nicht alleine mit mir, und dir wäre ich nahe, auch ungebeten. Ich wäre die Fläche, worauf alles von dir fällt und fällt. Aufgefangen und aufgefasst im Eigentlichen, was schön ist. So wollte ich, dass alles, was ich denke, so wäre wie du. Nicht wollte ich die Leere sein und nicht das Angelehnte, nicht der Rahmen um dich.

Aber wäre ich wie du, so wäre ich verloren nur für mich. Sag, dass du so sein willst wie ich, dann hätte ich etwas, das mir ähnelt, mich begleitet durch dieses Schwarz-Weiß in sich.

Körperbewusstsein

Stella liebte an sich selbst nur ihr Gesicht. Das war einigermaßen gelungen. Damit war sie einverstanden. Ihren Körper mochte sie nicht besonders, obwohl er keine außergewöhnlichen Hässlichkeiten zu bieten hatte. Ihre Gliedmaßen waren ihr etwas zu kurz geraten, nicht fein und elegant genug. Ihre Füße plump und krumm die Zehen. Die ganze Haut blass und mit sichtbaren roten Äderchen da und dort. Manchmal versank sie beim näheren Betrachten in irgendeine Pore ihrer Haut auf dem Arm oder den ans Auge ganz nah gezogenen Knien. Wie millionenfach verteilte winzige Pünktchen waren sie, diese Hügelchen oder Brunnen für Bakterien. Stella war zwar nicht übergewichtig, doch würde es ihr gut gefallen, wenn ihr Körper etwas leichter zu tragen wäre, so dass es jemandem ein leichtes wäre, sie auf den Armen, etwa von einem Raum in einen anderen, auf ein Bett zu tragen.

Stella hatte keine Ahnung, wie sie zwischen den Beinen aussah. Oder wie es dort aussehen müsste, damit es schön zu nennen wäre. Nein, sich dort einen Spiegel hinhalten, das wollte sie nicht. Also ging sie davon aus, dass auch dort genug Makel zu finden wären. Beim genauen Betrachten von Fotografien fremder weiblicher Geschlechtsteile vermochte Stella sich nicht dafür begeistern. Schön sah das da nicht aus, fand sie. Das war wohl reine Männersache, für diese Teile in Verzückung oder in Rage zu geraten. Oder etwas für die Liebe zwischen zwei Frauen. An Schamhaaren, die dem Unterleib ein Gesicht gaben, konnte sie jedoch Gefallen finden. Auf alten Gemälden posierten nackte Frauen oft so, dass Schamhaare, wenn sie zu sehen waren, zum Blickfang wurden.

Die Brüste dagegen waren immer eine Augenweide für beide Geschlechter. Auch Stella sah sich gerne die Brüste der Frauen an. Wie sie geraten waren, das spielte keine Rolle. Brüste an und für sich, so fand Stella, waren etwas ganz Wunderbares, eine feine Erfindung der Natur und vollkommen unverzichtbar.

Stella hatte ein fantastisches Erlebnis. Sie hatte sich das erste Mal in ihrem Leben so richtig fallen lassen. Nicht dass sie die Liebe und die Körperfreuden und ihre Befriedigung nicht gekannt und erlebt hätte. All das war wie Pflicht für Herz und Leib und Seele. Davon konnte sie viele, auch schöne Lieder singen. Doch nun konnte sie sich selbst rühmen, eine Kür gehabt und gemacht zu haben. Sie hat sich von einem Tagtraum in die in ihr schlummernde Realität fallen lassen. Wie von einem selbstsicheren Turm hinab war sie in ein Meer aus lauter Schaum gefallen und wurde aufgefangen. Beim Versinken in diese Meerestiefe hatte sie keine noch so kleine Angst gehabt, sie könne ertrinken in diesen Bildern, die sich ihr da boten. Reine Provokationen der Lust. Ein Geschenk der Götter nannte sie es und nun konnte sie auch wieder an gute Götter glauben, an Meere und Tiefen. Ihr aufmerksamer Blick hatte sich längst verfangen auf glatten Flächen ruhiger Seen oder den Gipfeln von Bergen, worauf weiße Schneedecken alles glatt gemacht hatten. Jetzt hatte sie den anderen Blick erhascht, erkannt und sie konnte nun tief in diese ihr noch fehlende Dimension hineinsehen wie in ihre Poren. Stella war vom Zauber berührt und geliebt worden. Der Zauber hatte es ihr leicht gemacht, sich in ihn fallen zu lassen, sich ihm zu stellen, sich einfangen zu lassen und ihm sein Recht zu geben, auf dass er an ihr das seine übte. Der Zauber wusste bereits lange Zeit von Stella und ihrer noch offenen Kür. Doch sie stand weit hinten auf der Zeitliste seiner Dienste. Vergessen aber hatte er sie nicht. Und als er sie dann bedachte, war dies ein wahrlich zauberhafter Wendepunkt für Stellas Körper, den sie nur allzu oft beleidigt hatte.

Seither liebt Stella jede Stelle an ihrem Körper. Sie blickt nun mit Wohlwollen auf all die Stellen über und unter der Haut, die der Zauber berührte und liebkoste. Er küsste sie von ihren Zehenspitzen bis zu ihrer Stirn und ließ keine noch so traurig blickende Pore aus. Der Zauber entwarf einen Plan auf Stellas nun geliebten Körper, einen Landschaftsplan, einen Bauplan, einen Zeitplan, eine Zukunftsreise unter die Haut. Stella sagt sich, sie wolle gerne sehr lange leben. Aber wenn sie wüsste, sie stürbe am nächsten Tag, dann könnte sie mit ruhiger Seele sagen, sie habe alles gehabt, was im Leben nötig war, um es ein glückliches zu nennen.

Stellas Körper ist jetzt stolz auf sich und wenn sie vor dem Spiegel steht, splitternackt, und ihre Augen über all die Stellen gleiten, die sie sonst immer so kritisch besah, dann fangen diese Stellen an zu leuchten. Sie leuchten in allen Hautfarben, in allen Augenfarben, in allen Farben, die ein Körper zu bieten hat. Und manchmal, an sonderbaren Tagen, huschen Leuchtkugeln unter ihrer Haut von den Füßen bis in den Kopf und in die Haare, mit zuckenden Zickzackbewegungen.

Stella bedankt sich mit dem vor Glück funkelnden Reichtum ihrer Worte, ganz auf ihre Art beim Zauber, auch wenn der ihr überhaupt nicht versprach jemals wiederzukehren, um wie ein Blitz in sie zu fahren.

Karas Unruh

Eine Freundschaft mit den Dingen, das will sie noch erreichen. Mit den Menschen im Allgemeinen kommt sie gut zurecht, insbesondere mit den weiblichen, egal wie alt oder jung sie sind. Ihr Misstrauen den Dingen gegenüber nährt sie unentwegt aus der Angst, die sie vor ihnen hat. Den Dingen nennt sie ihren Namen. »Ich heiße und bin Kara«, sagt sie leise. Die Dinge stellen sich ihr vor. »Ich bin und heiße Glas«, sagt das Glas in ihrer Hand. Das Wasser darin schweigt. Die Wolken schweigen, die Regentropfen schweigen und auch die Wurst und der Käse auf dem Brot, das Kara sich macht, schweigen. Das Messer, mit dem sie die schweigsame Butter darauf gestrichen hat, sagt: »Hallo! Ich heiße Messer und bin nicht scharf genug, um dir weh zu tun.« Die Gabel, mit der sie die stummen Gurken aus dem vor sich hin redenden Gurkenglas fischt, sagt ihren Namen und auch wie schlimm es sein könnte, in Karas Augen zu stecken.

Kara liebt Papiertaschentücher. Die sind weich, und selbst wenn sie ihren Namen nennen, klingt es sanft und nach der Unfähigkeit, Schmerz zuzufügen. Papiertaschentücher zerrupft und zerstückelt, rollt und verknotet sie gerne. Überall, wo sie geht und steht, kann es sein, dass sie kleine Papiertaschentücherknöllchen fallen lässt. Jedes Knöllchen sagt ihr, was es ist.

Kara verachtet feste harte Dinge, die sie nicht zwischen ihren Fingern zerkleinern und zerdrücken kann. Kaugummi, Kerzenwachs, selbst Brotkrumen, die sie anfeuchtet und, wie zu Teig geworden, weich in den Fingern rollt und reibt, machen ihr Freude. Am liebsten hat sie Salz- oder Sesamstangen, von denen sie nur kleine Stückchen abknabbert und zwischen ihren Vorderzähnen zerkaut und die sie dann wieder heraus nimmt, und, feucht und weich, so lange zwischen ihren Fingern zerdrückt, bis sie kleine Kügelchen oder Würmchen daraus formen kann. Diese Dinge sagen ihr dann: »Ich heiße Kügelchen« oder »Ich heiße kleiner Fladen.« Niemals sagen sie: »Ich heiße Salzstange.«

Karas Freundschaft mit solchen Dingen ist sehr alt. Schon als Kind hatte sie mit dem Zupfen und Zwirbeln und Verknoten angefangen. Damals schon rupfte sie kleine Fädchen aus dem Schafsfell heraus, das zu Hause auf dem Sofa des Wohnzimmers lag, auf dem sie saß. Sie zupfte und rieb die Fädchen und machte kleine Knötchen hinein und rupfte die Knötchen auseinander und ließ sie fallen.

Sie weiß nicht, wie viele Knöllchen sie in den vergangenen Jahrzehnten gemacht hat. Könnten es Millionen sein? Oder gar Milliarden?

Kara pflegt ihre Freundschaften mit den Dingen in ihrem Leben sorgfältiger als die mit den Menschen. Auf immer verlorene Dinge, die sie liebte, schmerzen sie mehr als der Verlust von Freunden. Das hat sie in ihrem Leben gelernt: Liebe niemals etwas, woran du zu sehr Erinnerung gebunden hast, denn wenn du es verlierst, ersetzt nichts es jemals vollständig. Aber Freundschaften mit Menschen lassen sich ersetzen, neu finden oder knüpfen wie die Knödel und Knoten ihrer komischen oder lästigen Neigung.

Diese Freundschaften sind für Kara wie auf Zeit Geliehenes. Selbst Beziehungen zu Menschen, mit denen sie alt zu werden gedachte, haben sich wegen Kleinigkeiten oder durch Großkonflikte in nichts aufgelöst, sind zerbrochen, verschwunden oder mit einer schmerzlichen Explosion aus ihrem Leben verpufft. Kara ist der Hunger nach Menschen vergangen. Ihre Gier nach zerknüllbaren Dingen ist unersättlich geblieben.

Manche Menschen mögen denken, Kara sei immerzu nervös. Das kann sie in den Blicken derer lesen, die sie bei ihrem Tun beobachten, manchmal dabei die Augenbrauen heben und dann doch so tun, als bemerkten sie es nicht, dass Kara unermüdlich etwas zwischen den Fingern bewegt und rollt und zupft. Aber Kara kann in keiner Situation ihre Hände ruhen lassen. Besonders in entspannten, ruhigen und rundum ungetrübten Momenten übt sie ihren Fingerfleiß friedlich aus.

Wenn Kara in der Wüste stünde, nackt und mit nichts als sich selbst, sie fände etwas zum Zerknüllen und Zerknödeln. Wenn sie schwitzte in dieser Wüste, riebe sie mit angefeuchteten Fingern an jedweder Stelle ihres Körpers und sie hätte in kürzester Zeit genug klebrige Hautschüppchen abgerieben, um sie zwischen ihren Fingern zu kleinen Kügelchen oder zu Miniaturnüdelchen zu rollen.

Kara schämt sich ihrer merkwürdigen Angewohnheit wegen nicht. Doch sie würde zu gerne wissen, ob sie bereits im

Mutterleib mit ihren winzigen, noch unfertigen Fingern an den weichen Mutterdingen um sich herum gezupft, gerieben und geknotet hat.

Ich nenne sie Samide – Antlitz aus Samt und Seide

Es ist das altbekannte, wunderschöne Gesicht dieses Mädchens mit dem Perlenohrgehänge. Ein berühmtes Gemälde von Jan Vermeer, auf einer Postkarte mir vor Augen.

Sie steht auf meinem unordentlichen Schreibtisch an einen Briefstapel gelehnt, davor seit einiger Zeit eine andere Postkarte, etwas tiefer gesetzt, aber das Gesicht dieses Mädchens nicht bedeckend, doch von mir selbst aufdringlich davor gestellt. Darauf steht in leuchtend gelber Schrift auf dunklem, weinrotem Grund HAU DOCH AB!, mit Ausrufezeichen und in großen Buchstaben geschrieben. Die banale, aber wirkungsvolle Werbung einer billigen Fluggesellschaft. Die junge Frau blickt über diesen Satz hinweg, der ihr fast bis zum Halse steht. Das Mädchen schaut, als wisse es, was da vor seinem schönsten festgehaltenen Augenblick, den es aus seiner Zeit in die meine fliegen lässt, geschrieben steht. Als wäre es selbst dieser Aufforderung längst gefolgt, als wolle es mir sagen: Na los!

Ich habe mich in dieses Gesicht verliebt und wenn ich betrunken bin, küsse ich es mitsamt seiner vorwurfsvollen Ahnungslosigkeit, den offenschönen Augen und Lippen, seines zeitlosen Lichtes wegen. Allein das Gesicht des Mädchens ist eine Perle, für die jemand wie ich gerne tief und noch tiefer hinab in die Perlenkammern der Seelen tauchen möchte. Das kaum sichtbare Ohrgehänge ist wie der Name des Mädchens, der verborgen bleiben möchte. Der Satz der mich zum Abhauen auffordert, verbirgt nur Zeit und Ort des Flüchtens. Das Mädchen trifft meinen Blick, als wüsste es, wer es so verliebt betrachtet. Milliarden von Augen haben dieses Gesicht gesehen, Milliarden vor mir geküsst.

Doch bin ich mir sicher: Dieser HAU–DOCH–AB-Blick gilt allein nur mir. Und deshalb nenne ich sie Samide: Antlitz aus Samt und Seide und bleibe.

Laura Zwist trifft pünktlich und in besonders guter Laune zu ihrem Termin im Erinnerungspflegestudio ein. Wie jedes Mal, wenn sie hierher kommt, ist es Freitagnachmittag vierzehn Uhr. Und immer trägt sie ein kleines Päckchen mit feinen Küchlein bei sich.

Sie hatte vor genau sechs Monaten zu ihrem 70. Geburtstag von ihren Freundinnen ein Jahresabonnement für dieses einzigartige Erinnerungspflegestudio geschenkt bekommen. Und sie versucht, keinen der zwölf Termine, einen pro Monat, zu verpassen, und freut sich auf jeden sehr. Heute ist Halbzeit. Deshalb möchte sie mit ihrer Erinnerungspflegerin, Frau Merk, feiern, denn Laura ist davon überzeugt, dass man die Feste feiern sollte, wie sie fallen. Außerdem hat sie sich heute an etwas ganz Besonderes erinnern können und sie hat auch drei rote Mohnblumen für Frau Merk mitgebracht. Die liegen in der Tüte mit den Küchlein. Ein besonders süßes Küchlein hat sie bereits auf dem Wege hierher einem staunenden jungen Mund gespendet.

Es ist ein sonniger Frühsommernachmittag und recht warm, aber es bläst ein frischer Wind. Im kleinen Ladengeschäft, das in einer ruhigen Straße inmitten der Innenstadt liegt, ist es wie immer sehr ruhig. Es gibt nicht etwa Neonbeleuchtung, die eine hässliche Hautfarbe verleiht, sondern ein angenehmes Licht, das eine leicht gelbliche Wärme und Behaglichkeit ausströmt. Es ist im hinteren Raum, der durch einen weißen Vorhang vom vorderem Eingangs- und Empfangsraum getrennt ist, sogar noch etwas sanfter. Lauras Blick fällt zuerst auf den runden Bistrotisch in der Mitte des wohlproportionierten Zimmers. Dort steht der Kaffee bereit. Sie schaut kurz aus den beiden nebeneinander liegenden Fenstern auf den begrünten Hinterhof mit den Kastanien. Dann schweifen ihre Blicke über den honigfarbenen Holzdielenboden und die weiß getünchten Wände, an denen, wie sie findet, ausgesucht schöne, hinter Glas gerahmte Farbdrucke von Bildern Jan Vermeers auf der einen Seite und auf der gegenüberliegenden einige von Hieronymus Bosch hängen. Das Bücherregal, das die vierte Wand fast vollständig einnimmt, ist mit fein ausgewählter Literatur gefüllt, etwa den Romanen von José Saramago und Ernst Weiß, die Laura im Laufe des vergangenen Jahres ausgeliehen und zu schätzen gelernt hat. Auch einige Gedichtbände stehen dort, aus denen sie und ihre Erinnerungspflegerin sich von Zeit zu Zeit vorlesen.

Außer einer schmalen hohen Glasvitrine, in der zwar altmodisches aber geschmackvolles Geschirr steht, und den drei bequemen Ledersesseln um den Bistrotisch herum, gibt es in dem Raum eine Musikanlage auf einem Tischchen neben der dunkelroten Samtcouch.

Wie üblich, ja beinahe schon automatisch, setzen sich die zwei Frauen nach dem Austausch von Begrüßungsfloskeln gleich an den Tisch. Sie schenken sich Kaffee ein, und während Laura das Gebäckpäckchen öffnet und die süßen Teile auf einem Teller verteilt, rückt Frau Merk die drei etwas zerknitterten roten Mohnblumen in einem Väschen zurecht und sagt in einem Flüsterton, der die Süße des Puderzuckers auf den kleinen Kuchen noch übertrifft: »Heute ist Halbzeit, ich habe ein kleines Fläschchen Sekt kaltgestellt, liebe Frau Laura, wir werden nach dem Kaffee auf uns und Ihre Erinnerungen anstoßen. Vielen Dank für die Blumen. Ich liebe Klatschmohn, besonders diesen dunkelroten mit dem Schwarz. Die Blüten sehen aus wie erotische Unterwäsche, finden Sie nicht auch? Und wenn ich daran schnüffle, denke ich an etwas, das nicht zum Erzählen, sondern nur zum Empfinden geeignet ist, Sie verstehen?«

Frau Merk streicht sich die dunklen Haare von der Stirn zum Hinterkopf, obwohl der Kürze wegen da nicht viel zu streichen ist und zu schütteln schon gar nichts. Dennoch bewegt sie den Kopf so, wie es manche Mädchen mit langer Mähne zu machen pflegen und wie Laura es selbst in ihren jungen Jahren vorzuführen liebte. Schönes Mädchen, lange Haare, Männeraugenlieb.

Mit dem klappernden Geräusch des Kaffeelöffels in der Tasse versucht Laura dieses Bild aus ihrem Kopf fortzurühren.

Frau Merk, die aus bestimmten Gründen Wert darauf legt, sich nicht mit ihren Kunden zu duzen und sich nur mit Nachnamen ansprechen zu lassen, aber auch genauso darauf besteht, ihre Erinnerungskunden mit Vornamen anzureden, ist wesentlich jünger als Laura. Sie ist knapp vierzig.

Nach verschiedenen anderen Berufen, denen sie lange lustlos nachging, beschloss sie, sich selbstständig zu machen. Aus einer Laune heraus, ohne zu wissen, was sie dabei erwarten wird, eröffnete sie vor etwa drei Jahren diesen Laden mit dem Werbeslogan:

SIE ERINNERN SICH? WENN JA, KOMMEN SIE ZU MIR, WENN NICHT, DANN ERST RECHT!

So war es im Anzeigenteil diverser seriöser Zeitschriften, der Lokalseiten ihr geeignet erscheinender Zeitungen und auch auf Handzetteln, die verteilt wurden, zu lesen. Daneben stand nur die Telefonnummer ihres Ladens, den sie »Erinnerungspflegestudio« nannte.

Frau Merk hat inzwischen viele Kunden, zumeist ältere Frauen. Älter heißt für sie, dass diese Menschen reich an gelebten Jahren und wohlgefüllt mit Erfahrungen und Erinnerungen sind. Mit dem nicht gerade niedrigen, aber dennoch bezahlbaren Stundensatz kommt sie gut aus und neben den Ausgaben für den Laden bleibt ihr genug übrig, um angenehm zu leben. Die meisten Kunden kommen einmal im Monat für zwei oder drei Stunden. Fünfzig bis hundert Euro verlangt Frau Merk pro Stunde, wobei sie über den Preis nach Sympathie entscheidet. Einigen wenigen Kunden, die nicht so viel bezahlen können, bietet sie Sonderpreise an. Doch am besten und günstigsten ist natürlich der Kauf eines Abonnements.

Laura trägt heute ein elegantes, samtenes Kostüm, von dem sie weiß, dass es Frau Merk besonders gefällt. Es ist schlicht geschnitten und schwarz, darunter hat sie eine dunkelrote Bluse an, ganz passend zu den Mohnblumen. Frau Merk hat das natürlich sofort bemerkt und Lara nicht wenige Komplimente gemacht. Wie gewohnt berichten sie sich gegenseitig über die ihnen erwähnenswert erscheinenden Ereignisse des letzten Monats, versichern einander ihre Sympathie, loben das Wetter und vergessen auch nicht, die Küchlein zu genießen. Dann kommen sie endlich zur Hauptsache: Mit dem gut gekühlten Sekt, den Frau Merk in einfache, aber formschöne Gläser gefüllt hat, stoßen sie auf die schon hinter ihnen liegende Hälfte und ebenso auf die noch auf sie zukommende an.

Dann endlich setzen sie sich auf die Samtcouch. Die eine Frau lehnt sich an die Linke, die andere an die rechte Armlehne. Laura zieht die Beine hoch und macht es sich gemütlich, Frau Merck stellt einen Aschenbecher zwischen sich und ihre

Kundin. Die zündete sich auch gleich eine Zigarette an, an der sie noch genüsslich, den Kopf fröhlich auf- und abwippend, zieht, und fängt an: »Sehen Sie, Frau Merk, solche Rauchringe konnte ich schon als junges Mädchen machen. Ganz selten gelingt es mir aber, einen Kleinen durch einen Großen hindurchzupusten. Das ist gar nicht einfach, nicht jeder kann das. Ich habe vor sehr langer Zeit zufällig einen Mann getroffen, der es mir beibrachte, nachdem ich ihn ganz frech darum gebeten habe.«

Laura führte nun vor, wie gut sie das noch immer kann. Ein Grüppchen von kleinen Ringen aus Rauch kommt von ihren wie ein Fischmaul auf und zu zuckenden Lippen direkt auf Frau Merks Gesicht zugeflogen. Frau Merk pustet sie mit leisen Pfiffen zurück und die Ringe lösen sich auf.

»Laura, das haben Sie heute zum ersten Mal bei mir gemacht. Ich wusste ja gar nicht, dass Sie solche Rauchringe machen können.«

»Ja, das stimmt, ich habe mich aber heute auf dem Weg hierher auch besonders intensiv daran erinnert, wer mir das beigebracht hat. Der Mann hieß Alfredo. Ich bin ihm ja nur ein einziges Mal begegnet, aber es war für mich junges Mädchen einfach wunderbar. Es war an irgendeinem Feiertag, ich glaube, am Vatertag, als ich gerade 15 war. Meine Eltern waren mit mir und einigen Verwandten in ein Ausflugslokal eingekehrt. Alle aßen noch und unterhielten sich angeregt. So konnte ich, ohne dass es auffiel, auf die Toilette gehen, um eine Zigarette zu rauchen.«

Laura hält einen Moment inne und erklärt dann kichernd: »Meine Eltern waren sehr lieb, aber ein bisschen streng, wissen Sie. Wenn sie auch nur geahnt hätten, dass ich rauche, wären sie aus allen Wolken gefallen.«

Dann kommt sie zu ihrer Geschichte zurück.

»Eben deshalb wollte ich nicht zu lange fortbleiben und habe ziemlich hastig geraucht. Nach dem Pinkeln stand ich mit der fast zu Ende gerauchten Zigarette im Mund vor dem Waschbeckenspiegel und begutachtete mich beim Paffen. Da hörte ich zwischen den Spülgeräuschen durch die dünne Wand zur Männertoilette ein Pfeifen und Kichern. Ich untersuchte die Wand und entdeckte neben dem Spiegel schnell ein kleines Loch. Es war so klein, dass gerade mal ein Finger hindurch gepasst hätte, aber doch groß genug, um hindurchzugucken. Ich pustete den letzten Zug meiner Zigarette dort hinein und hörte, wie auf der anderen Seite jemand leise fluchte. Ich wartete gespannt und neugierig. Nach einer kurzen Stille kamen aus dem Löchchen plötzlich lauter kleine Rauchringe geschwebt. Der letzte klitzekleine flog dann wie durch Zauberhand durch den etwas größeren vorletzten hindurch. Ich war sehr beeindruckt und wollte das unbedingt auch können. Also stellte ich mich nahe vor das Loch und sagte ganz leise: ›Hallo, Sie, könnten Sie mir das bitte beibringen?‹ Na ja, schüchtern war ich ja nicht gerade, neugierig dafür umso mehr. Ich sagte durch das Loch, dass ich in den Garten des Lokals gehen werde und ob man sich dort vielleicht auf der Hinterseite des Hauses treffen könne. Ich käme mit einer Zigarette hinterm Ohr, damit er mich erkenne, er solle es doch auch so machen. Der Mann antwortete hörbar belustigt, dass er gerne käme. Und sein Lachen gab mir den Mumm, zu diesem kleinen heimlichen Treffen.

Meinen Eltern sagte ich, dass ich, bis sie fertig wären, draußen ein bisschen herumgehen wolle. Ich begab mich also hinter das Haus. An einen kleinen Schuppen gelehnt wartete ich nicht lange und da kam der Mann mit der Zigarette hinterm Ohr. Ich erschrak ein wenig, weil er viel älter war, als ich es erwartet hatte. Er lächelte und rieb sich ein Auge, das hatte wohl meinen Rauch abbekommen. Er gab mir seine Hand und sagte, dass er Alfredo hieße, ich nannte ihm meinen Namen und weil ich ein wenig ungeduldig war, fragte ich ihn erst gar nicht, warum er durch das Loch in der Wand geschaut hatte. Ich wollte ihn also bei guter Laune halten, damit er mir schnell das Ringeblasen beibrachte. Ich zündete hastig meine Zigarette an, gab ihm sogar Feuer und drängelte: ›Also los, bitte zeigen Sie mir doch schnell, wie ich diese Ringe machen kann. Ich habe nicht viel Zeit und will das unbedingt lernen.‹ Der Mann sah sehr nett aus und er hätte gut selbst eine Tochter in meinem Alter haben können. Als er mich dann aber mit einem leicht unverschämten Blick ansah und sagte: ›Na, großes Mädchen, macht es Spaß, heimlich auf dem Klo zu rauchen?‹, da antwortete ich ihm ganz schnippisch, ›Na, Onkelchen, macht wohl Spaß, heimlich große Mädchen durch ein Loch in der Toilettenwand zu beobachten!‹ Wir lachten.

So ein Guckloch in der Wand sei ihm bei seinen Toilettengängen das erste Mal begegnet und wer wäre da nicht neugierig geworden. ›Sie hätten, glaube ich, auch durchgeschaut‹, sagte er mit einem sehr freundlichen Grinsen. Er hatte ja auch Recht. Ich gab es zu und wir fingen gleich an mit dem Ringeblasenüben. Es dauerte zehn Minuten und ich brauchte mehrere Zigaretten, bis ich die ersten halbwegs ordentlichen Ringe zustande brachte und mir war ein bisschen flau zumute von der Raucherei. Aber dann, als ich es einigermaßen konnte, bat der Mann mich, stellen Sie sich das vor, ohne Umschweife um einen Kuss. Er meinte noch, ich würde es bestimmt nicht bereuen.

Ich dachte nur: ›Augen zu und durch wie ein Rauchring durch ein kleines Loch in der Wand.‹ Weil der Mann so sympathisch war und dazu gut aussah, mir also ganz harmlos erschien, erlaubte ich es ihm. Ich hoffte nur, er habe keinen Mundgeruch und würde es schnell machen. Ich stellte mich stocksteif vor ihn und schloss meine Augen. Ich dachte, er würde mir, wie es in manchen Spielfilmen zu sehen war, einen Kuss auf die Lippen drücken, ein wenig darauf herum schmusen und fertig. Aber als er mich sanft an den Schultern festhielt und ebenso sanft gegen die Wand des kleinen Schuppens drückte und anfing, mich ziemlich lange, ausgiebig und wunderbar abzuknutschen, wünschte ich mir, er hätte mich in den letzten zehn Minuten küssen gelehrt, statt Ringe zu machen.

Der Mann hatte zuerst mit seinen Lippen meine nicht ganz unwilligen leicht geöffnet, mit seiner Zunge an meinen Zähnen umherfahrend dann seine Zunge immer wieder tief in meinen Mund gestoßen. Zuerst war ich etwas erschrocken, aber es gefiel mir gut, was er da machte. Er spielte mit meinen Lippen und meiner Zunge, erkundete meinen ganzen Mundraum. Ich tat es ihm nach und fand ungeheuren Gefallen an dieser mir neuen Erfahrung. Das muss er bemerkt haben und er wurde immer heftiger. Ich hatte die Augen geschlossen und wünschte, es würde niemals enden. Der Mann schmeckte gut. Nicht nach Pfefferminzbonbons oder so etwas, nein, er schmeckte nach mehr. Der Geschmack von: ›Davon will ich immer mehr haben‹, machte sich in meinem Mund breit.

Alfredos Küsse waren einerseits wie ein Betäubungsmittel, andererseits wie köstliche Ohrfeigen, die mich aus einem Dämmerzustand weckten. Ich war in solcherlei Küssen noch völlig unbeleckt und hatte nicht viel Erfahrung mit derart aktiven Zungen.

Jetzt war mir noch flauer und ich hatte zittrige Knie bekommen. Mann, oh Mann, dachte ich laut und sagte in meiner Verwirrung auch noch vielen Dank. Ganz außer Atem hielt ich mich an seinen Armen fest. Mir war etwas schwindelig geworden und ich spürte, dass er in mir etwas Neues wach geküsst hatte. Doch schämte ich mich gleich darauf. Ich glaube, ich hatte ganz heiße und rote Ohren bekommen. Aber solche Küsse hatte ich noch nicht gekannt und solche habe ich auch nie wieder erlebt.

Gut, dass ich an die Wand der Scheune gelehnt stand und er mich auch noch festhielt. Sonst wäre ich wahrscheinlich im Taumel dieses überraschenden Glücksgefühls umgefallen.

Bestimmt hatte das Küssen nur einige Minuten gedauert. Mir kam es vor, als wäre ich stundenlang geschwommen, so erschöpft war ich, aber auch zufrieden und aufgeregt und wie um einige Zentimeter gewachsen.

Ich habe inzwischen viele Männer geküsst, liebe Frau Merk. Auf solche Alfredo-Küsse warte ich bis heute. Damals, als der Mann mich dann losgelassen hatte und mich schweigend, aber fragend ansah, fühlte ich mich wie ein kleines, beim gierigen Honiglecken ertapptes Kind.

Ich hörte meine Mutter nach mir rufen und zuckte zusammen. Der Mann machte einen großen Schritt rückwärts und gab mir die Hand. ›Schade‹, sagte er lächelnd, ›ich hätte gerne mit Ihnen weiter Ringepusten und Küssen geübt. Sie haben Talent zum Küssen, Kleine.‹

›Ja, wirklich schade‹, sagte ich und meinte es ehrlich.

Wir begegneten einander nie wieder. Ich erzählte auch niemanden davon. Ich habe oft an Alfredo gedacht. Aber nach und nach verschwamm sein Bild in mir. Manchmal dachte ich, ich hätte das alles nur geträumt. Aber immer wenn ich solche Rauchringe mache, fällt er mir wieder ein. Und ich weiß dann, dass es kein Traum war, aber traumhaft.

Wissen Sie, Frau Merk, warum ich mich gerade heute wieder daran erinnerte? Als ich mit dem Kuchenpaket in der Hand aus der Bäckerei heraustrat, sah ich einen etwa fünfzehnjährigen Jungen an die Hauswand gelehnt rauchen. Er schaute mich zwinkernd an und machte Rauchringe, ja mehrere kleine Ringe durch einen großen hindurch.

Ich habe ihn wohl sehr auffällig angegafft und der hübsche Junge sagte in einem provozierend frechen Ton: ›Na Oma, da staunst du, was? Das mach mir mal einer nach.‹ Ich weiß nicht, was mich geritten hat, aber da sonst niemand auf der Straße zu sehen war und ich mich mutig wie eine Fünfzehnjährige fühlte, drückte ich ihm mein Kuchenpaket in die Hände, nahm ihm die noch nicht aufgerauchte Zigarette aus dem Mund und fragte ihn genauso frech, was ich denn dafür bekäme, wenn ich es ihm nachmachte. Der Junge war wohl verdutzt und meinte: ›Du, Omachen, das schaffst du doch nie.‹

›Und wenn doch?‹, fragte ich ihn. ›Wenn doch, dann will ich einen Kuss.‹

Der Junge verzog sein Gesicht wie zu einem Igitt, Igitt. Ich schloss meine Augen, saugte an der Zigarette, pustete ganz konzentriert einen großen Ring, öffnete meine Augen und mit spitzem Mund, mich träumend an die Küsse von Alfredo erinnernd, schickte ich mehrere kleine Ringe hindurch. Mein Gott, war ich froh, dass sie mir gelangen. Ich hab das doch schon lange nicht mehr gemacht. Glück gehabt, dachte ich und blickte den Jungen triumphierend lächelnd an.

Der Junge trat unruhig geworden von einem Fuß auf den anderen und sagte mit wippendem Kopf und kleinlauter Stimme: ›Mann, o Mann, das ist ja toll, wo haben Sie das denn gelernt?‹ Ich dachte, der Junge würde sich jetzt schnell davon machen, aber er war dazu wohl zu verdattert und ich war schnell genug, um mir blitzschnell meine vorher vereinbarte Siegesprämie zu holen. Ohne weitere Ankündigung hielt ich ihn an den Schultern fest und küsste ihn ausgiebig auf den Mund. Alfredo lässt grüßen. Der Junge hielt noch immer das Kuchenpaket, das ich ihm in die Hände gedrückt hatte. Er hielt zwar still, aber ich ahnte, was er sich dachte: Alte Frau. Zungenkuss. Bittere Erfahrung. Ich küsste nicht schlecht, wohlbemerkt, aber der arme Junge war wohl doch schockiert, vielleicht sogar ein wenig angeekelt. Er schaute mich mit großen Augen an. Ich nahm ihm ganz ruhig das Kuchenpäckchen aus den Händen, sagte zu ihm, er solle einen Moment warten, öffnete es rasch und nahm ein besonders süßes Teilchen heraus. Das hielt ich ihm unter die Nase und der Junge öffnete ganz automatisch seinen Mund. Er kaute sichtlich erleichtert und mit schnellen Bissen darauf herum. Als er alles hinuntergeschluckt hatte, fragte ich ihn: ›Na, was sagt man dann?‹ Er schüttelte ungläubig seinen Kopf, murmelte ›Danke‹ und rannte davon.

›Ich danke dir, mein Junge‹, murmelte ich ihm nach. Ringsumher blickend, als hätte ich etwas Verbotenes getan, machte ich mich schnell auf und davon. Aber ich fühlte mich trotzdem gut und musste an Alfredo denken. Ja, liebe Frau Merk, so beflügelt und angeheitert verlief heute mein Weg zu ihnen.«

Die Erinnerungspflegerin hatte Laura sehr aufmerksam und gebannt zugehört, dabei mehrere Zigaretten geraucht und immer wieder belustigt mit ihrem Kopf hin und her gewackelt. »Solch eine schöne Erinnerung«, sagte sie lachend. »Das ist wirklich eine tolle Sondererinnerung, die diesem Halbzeitfesttag angemessen ist. Lassen Sie uns doch mit einem weiteren Glas Sekt darauf anstoßen. Ich denke, wir haben ganz heiße Köpfe bekommen, wir beide, und brauchen dringend Abkühlung, liebe Laura.«

Sie holte das Tablett, auf dem im silbernen Kühler die Sektflasche und die zwei Gläser standen, zur Samtcouch und goss die perlende Flüssigkeit ein. Die beiden Frauen stießen ein weiteres Mal an.

»Eines müssen sie mir aber dennoch sagen, liebe Laura«, meinte Frau Merk nach den ersten Schlucken. »Hat diese besondere Kusserfahrung Sie so beeinflusst, dass sie gerne mit älteren Männern flirteten, um eventuell wieder so etwas zu erleben?«

Laura trank ihren Sekt in einem Zug aus und sagte mit funkelnden Augen:

»Oh ja, das war schon so, wie Sie sagen, meine Liebe. Und ich habe viele Männer, die oft mehrere Jahre älter waren als ich, wunderbar geküsst. Aber Alfredo-Küsse waren keine dabei. Sie waren immer schön und immer anders. Ich denke, kein Mensch küsst genauso wie ein anderer. Immer sind bei solchen Küssen die Seelenspiele oder Gedanken ganz eigene, individuelle. Die Körper, die an den Köpfen hängen, die mit ihren Mündern da küssen und etwas Besonderes erleben, sind jedes Mal wieder einmalige. Und deshalb, denke ich, liebe Frau Merk, werde ich wohl nie wieder einen Alfredo-Kuss erleben. Es sei denn, ich würde ihm noch einmal begegnen. Aber auch wenn das geschähe, kann ich mir nicht vorstellen, dass ich einen jetzt mindestens neunzigjährigen Mann küssen möchte, wie ich es damals tat. Nein, das soll ganz tief in mir und immer in besonders schöner Erinnerung bleiben.«

Frau Merk tätschelte Lauras Schulter und lächelte dabei. Dann stand sie auf und stellte sich vor das Bücherregal. »Ich denke, heute wäre es angebracht, uns gegenseitig wieder einige Gedichte vorzulesen, hier aus diesem Gedichtband, er heißt *Die liebenden Deutschen.*« Frau Merk nahm das Buch aus dem Regal und reichte es Laura. Das Buch war klein, aber ziemlich schwer. »645 entflammte Gedichte aus 400 Jahren« stand unter dem Titel geschrieben.

Dann sagte sie: »Liebe Laura, ich leihe ihnen das Büchlein und gebe ihnen auf ihren Erinnerungsweg noch diese Zeilen mit.« Dabei deutete sie auf ein Gedicht von Kurt Schwitters auf der Rückseite des Einbandes und las mit funkelnden Augen.

»Meine süße Puppe,
Mir ist alles schnuppe,
Wenn ich meine Schnauze
Auf die deine bautze.«

Zwei Hände voll zitronengelber Wünsche

Sei mir ein Bleibsel und komm zu mir, aber nur, wenn du wieder gehen kannst. So komm mir doch auf demselben rutschigem Weg entgegen, auf dass wir beim Stürzen uns gegenseitig festhalten und mitreißen können. Auf dass wir dann liegen im Wollen und Haben und nur noch staunen über uns selbst. Oder komm auf unerhört leisen verstohlenen Pfaden, die Hände zum Diebstahl schon ausgestreckt. Vielleicht kannst du dich retten mit der Ausrede des Mundraubes, mit dem unruhigen Blick des Hungers. Der schweift dann etwas ruhiger ab, schielt einer Kreuzung entgegen. Dort könnten ja die Begegnungen auf noch ganz andere warten.

Der Mann mit den Händen in den Hosentaschen, den Kopf in den Nacken gelegt, schaut in den Himmel, wo mehrere Schwalben fliegen und seinen Augen Akrobatik abverlangen. Die Haut seines schönen schlanken Halses, der in einem weißen Hemdkragen wie gefangen ruht, duftet nach Zitronen. Die hat er in der Nacht von einem Baum gestohlen, keinem öffentlichen Baum, einem Baum mit Herrn und Haus. Der Mann zieht seine Hände aus den Hosentaschen und wischt sich über das Gesicht. Er wünscht sich mindestens ein Jahr weiter, damit er es schon vergessen hätte. Zitronenklau und -verzehr war nicht sein Plan. Eigentlich wollte er nur schauen, wie sie so wachsen in der Nacht. Er hat sie aufgebissen mit blanken Zähnen. Frisch und sauer lief der Saft an seinem Hals herunter, hinterließ wahrlich keine Flecken am Kragen, nur kleine Brandlöcher in seinem Herzen.

Ein Schwalbenkind übt den Heimflug. Schon wieder nicht ins Nest getroffen! Die Rufe derer, die bereits nach Hause fanden, geben Mut und Ausdauer. Das Schwalbenkind macht seine Runden. Eine Frau steht hinter dem Fenster eines Hauses und schaut auf den Balkon ihr gegenüber, wo das Schwalbennest ist. Sie zählt die Runden des Schwälbchens. Beinahe stößt es an ihr Fenster, hat gerade noch die Kurve bekommen. Neuer Start. Der siebente inzwischen. Beim Schauen und Zählen und Hoffen versucht sich die Frau vorzustellen, wie viele Fehlversuche sie selbst schon so gemacht hat. Als die Schwalbe endlich im Nest verschwunden ist, geht die Frau im Zimmer auf und ab. Sie setzt sich in den Schatten ihrer selbst, den sie auf dem Sessel vergessen hat. Da weint sie so ein bisschen nur für sich. Und diese Tränen, die langsam ihre Lippen erreichen, schmecken nach Zitronen, auch wenn sie etwas erinnerungslästig in den Augenwinkeln brennen.

Sie sagt: »Komm zu mir, wenn du wieder gehen kannst.« Sie sagt es ihm auf einen Zettel geschrieben. Sie gibt ihm den Zettel erst nach der Zeit, in der er zu ihr hätte kommen können. Sie schaut triumphierend, als hätte sie ihm ein Schnippchen geschlagen. Sie sagt: »Du hast wohl geträumt von solch etwas Schönem.« Sie reißt sich den Zettel vom Leibe, reißt ihn entzwei und steckt beide Teile in seine Hosentaschen. Da steht er kerzengerade, mit den Fäusten in den Hosentaschen und schaut in den Himmel, als ob ihn die Schwalben, die dort im Zickzack ihre Bahnen ziehen, mächtig interessierten. Sie geht ganz nahe an ihn heran und schnuppert an seinem blütenweißen Hemdkragen. Sie hat den sauren Geschmack seines Blickes im Munde. Ihr wird ganz gelb vor Augen.

Hühnchen mit Oliven, Knoblauch, Weißwein, Kapern und frischem Rosmarin im Ofen gebacken, Zitronenviertel mit Schale mitgegart. Zum Mitessen gedacht. Nicht jedermanns Geschmack. Mitnichten ist dieses Rezept neu. Doch schon beim Aufzählen der Zutaten sollte frischer Speichel zum Ablecken auf die Fingerspitzen geraten. Das war das Abendessen eines Mannes und einer Frau, die sich am gut gedeckten Tische eines fast leeren Gartenlokales gegenüber saßen und einander nicht kannten. Viele Tische waren noch frei. Aber nur dieser hatte auf die beiden einen Magnetismus ausgeübt. Hat es ihnen gut geschmeckt?

Es ist noch nicht spät, aber am Himmel dämmert es schon und ebenso den beiden.

»Kennst du das Land wo die Zitronen blühen?« Das kennt doch fast ein jeder, dieses vom Meister geschriebene Lied. Der Lehrlinge Lehre sind die noch leeren Wundertüten, die sie sich über die Köpfe stülpen, um sie zu füllen.

Kennst du die Körperwege der Menschen, die nicht wissen, ob sie gefunden werden wollen? Ob sie es hören wollen, wenn eine Stimme zu ihnen sagt: »Ich habe Lust auf dich wie auf ein Land, in dem wohlschmeckende Früchte gedeihen«?

Wenn Blicke, hinter Sonnenbrillen gefangen, froh sind,

nicht verlogen zu erscheinen, sondern einfach nur blind für solcherlei Dinge.

Zwei Menschen gehen nebeneinander durch Straßen, die laut sind und voller Leute. Die Beiden schauen sich nicht an durch ihre Sonnenbrillen. Ein jeder von ihnen kennt die Worte im Kopfe des anderen. Auch ohne einander zu berühren, schmecken sie auf des Anderen Lippen etwas wie die Furcht auf den eigenen.

Das Bangen trägt die Farbe Gelb wie die Flügel eines feinen Zitronenfalters, der auf der schamlos roten Blüte einer Mohnblume sitzt. Die Blüte sieht aus wie ein Seidenschlüpfer. Schimmernd und lüstern, das Schwarz in ihrer Mitte ist wie die Tiefe eines Traums.

Was der Falter wohl träumt bei diesem Wind, der die Mohnblume hin und her schwingen lässt? Bald wird er sich nicht mehr auf ihr halten können. Aber weiterfliegen kann er, am besten mit dem Wind, mit etwas Blütenstaub, der sich auf ihm niederließ wie Körpersäfte beim Austausch von Liebe. Etwas im Mund, etwas am Geschlecht und unter der Haut bleibt auch etwas haften. Doch das kann man sich gegenseitig auch abwaschen, wegdenken, fortfühlen. So geschieht es bei Menschen bei Tage und in der Nacht. Aber was machen die Blumen in der Nacht?

Was machen die Blumen in der Nacht? Die Nacht ist gefräßig, schwatzhaft und verträumt. Die Blumen liegen bereit wie Grünzeug zum Vernaschen auf einem Tablett oder wurden auf Händen fortgetragen oder sie liegen vergessen in einer Ecke, die sich freut, sie bis zum nächsten Tag bei sich zu haben. Das machen die Blumen in der Nacht: Sie duften und es kann geschehen, dass eine Mohnblüte nach Zitrone riecht. Aber das ist nicht schlimm, sie sieht ja noch so aus wie eine Mohnblume. Das macht es aus, solch eine Blume in der Nacht zu sein.

Blumen bei Nacht in einem Haus, das Haus steht in einer engen und tiefen Straße, mit hohen alten Häusern und schönen Laternen in Reih und Glied, die wie Soldaten aus den Häuserwänden wachsen. Die Laternen sind die Hüter der Nacht, falls die Blumen sich verlaufen sollten, aus den sie tragenden Händen oder sie herabfallen, so Stück für Stück auf den Boden, auf den Lichtschein der Laternen. Dann sind sowohl die Blumen in der Nacht geschützt vorm Zertreten wie auch die Straßenmädchen, die dort gehen und stehen. Sie machen nichts anderes, als weiter zu blühen und zu warten in der Nacht. Sie warten bis hin zu den freudigen Rufen derer, die sie finden werden: »Schaut ich habe eine Blume gefunden und das bei Nacht.« So wird manch ein erwähltes Straßenmädchen zu einem Blumenmädchen der Nacht.

Was machen die Blumenmädchen in der Nacht? Sie lehnen sich, blühend nach dem Liebesakt, nackt etwas mehr aus ihren »Vasen«, den geöffneten Fenstern, hinaus, mit lächelndem Gesicht nach draußen und blankem Po nach drinnen. Und sie horchen einer Gruppe von vorbeilaufenden Straßenmusikanten nach. Die spielen noch im Morgengrauen »bésame... bésame mucho....«

Die Musikanten sammeln neben den erhofften fliegenden Münzen auch die gefallenen Blütenblätter oder die lächelnden weiblichen Münder der Nacht. Gefallsüchtig sind die Blumen in der Nacht. Sie warten blühend oder auch welkend. Sie warten bunt oder schwarz-weiß, sie warten auch ohne Duft und niemals sprechen sie über den Tag fern jeder Nacht. Traurig sind die Blumen und die Münder nur, wenn sie ganz zerpflückt sind, von gierigen und fragwürdig leeren Händen und küssenden Lippen, die immer nur an sich selbst denkend etwas suchen. Die Küsse der Blumen so wie die der Mädchen sind tröstend und hilfreich. Irgendetwas machen sie wieder gut, die Blumen in der Nacht.

Eine Frau, ein Mann, beide sind, um sich zu lieben, und nicht um miteinander zu leben, füreinander gedacht.

Sie sagt: »Komm, wenn du wieder gehen kannst.« Nachdem er wieder gegangen war, fühlte sie sich hungrig, und mit einem Messer schnitt sie Früchte klein. Zuletzt sollten noch Zitronenscheiben in den Fruchtsalat. Ungeschälte süßsaure Erfrischung. Den Salat wollte sie nicht nur essen. Ihren Körper wollte sie damit einreiben. Beim Träumen dieser Vorstellung wurde sie unachtsam und schnitt sich in die Kuppe ihres kleinen Fingers. Der Schnitt war tief. Es blutete sehr. Sie drückte das Abstehende wieder fest an und verband es unter Schmerzen. Den Fruchtsalat hat sie dann doch nur aufgegessen. Die Wunde bereitete ihr noch tagelang Gänsehaut. Irgendwann war sie geheilt, die Stelle um die Wunde noch sehr empfindlich. Eine kleine Narbe bleibt ihr zum Gedenken. Und wenn sie mit diesem geschädigten kleinen Finger verträumt an ihrem Daumen reibt, wird sie erinnerungssüchtig nach der zu kurzen nächtlichen Zeit, in der sie so glücklich blühte wie eine gerade aus ihrer Knospe entknitterte Blüte und ihr inneres Strahlen ganz gelb vor Verzückung war.

An einem anderen Ende der Welt

Die Welt ist nicht das Leben und das Leben ist nicht die Welt.

Vielleicht sitzt du gerade an einem Tisch in einem Garten in der Toskana und genießt die bezaubernde Aussicht. Räkelst dich auf einem bequemen Stuhl zurecht, das Glas vor dir ist mit einem guten Wein gefüllt und dein Bauch mit Spezialitäten aus der Region. Du bist umringt von Freunden mit dem berühmten milden Toska-Licht in den zufrieden gelächelten Gesichtern. Es wird über den Töpferkurs geredet, den ihr hier macht, der euch die Tage mit Sinn und Sinnlichkeit versüßt. Ihr sprecht auch von dem wunderbaren, gemeinsam gefeierten Polterabend, bei dem ihr euch erst kürzlich alle näher gekommen seid und Freundschaften ihren Anfang fanden und Liebschaften ebenso. Dabei habt ihr viel Porzellan zertrümmert, auch einige nicht gelungene ältere Töpferarbeiten, von anderen ungeschickten Händen gemacht, waren dabei. Das Hochzeitsfest des zu feiernden Paares findet demnächst hier in diesem Garten statt. Das wird der Höhepunkt eures exklusiven zweiwöchigen Aufenthaltes sein. Das will jetzt mit der Hausherrin, einer gute Freundin des Paares, groß besprochen und gut vorbereitet sein. Damit ihr dann, zurückgekehrt in die etwas nördlicher gelegene Heimat, protzend darüber erzählen könnt.

Die Hausherrin ist eine sehr engagierte, ältere Dame, die es versteht und großzügig betreibt, Menschen in Not zu helfen. Besonders Frauen aus armen Ländern unterstützt sie mit ihrem eigens dafür gegründeten Verein.

Dieser Verein wird mit Geldern finanziert, die aus dem prächtig florierenden Töpferkurs fließen. Es gibt genug gut situierte Menschen, die für den Töpferkurs in diese wunderbare Toskanalandschaft angereist, reichlich Geld ausgeben. Die Hausherrin ist glücklich über ihre dekadente, gelangweilte und reiche Kundschaft, die ihr gutes Geld bei ihr lässt.

Dem Verein, den sie vor zehn Jahren gegründet hat, kommt dieses gelangweilte Geld der manchmal gar liebenswürdigen Kunden zugute. So eine nette Gruppe hat sie momentan im Hause. Und ihre liebste Freundin wird jetzt ihre Hochzeit in diesem Hause feiern. Die Gäste sind Bekannte und Freunde des

Brautpaares. Untereinander kannten sich nicht alle. Hier beim Töpferkurs schließen sie den Kreis der Freundschaften.

Oder hast du Andermensch woanders an einem anderen Ende der Welt, vielleicht am Rande einer Wüste, in einer erbärmlichen Hütte, penibel den letzten Rest von Reis aus einem selbst gemachten Topf gekratzt, um ihn an deine lieben, aber armen Kinder zu verteilen? Die Kinder, die nicht einmal genügend sauberes Wasser zur Verfügung haben, um ausreichend zu trinken, geschweige denn, um sich den Schmutz des Tagesspieles aus dem Gesicht zu waschen. Diese Gesichter, die das Lachen noch nicht verlernt haben, aber in Sachen Traurigkeit darin geübt sind, milde zu lächeln.

Dein Reistopf und die Augen deiner Kinder sind so gut wie leer. Du weißt nicht, ob ihr übermorgen, würde man euch etwas zum Essen anbieten, noch die Kraft hättet, es zu euch zu nehmen. Du denkst an das Angebot eines reichen einflussreichen Mannes aus einem Nachbardorf, der dir viel Geld für deine Hingabe versprochen hat. Er sagte, wann du willst und jederzeit.

Du wirst es tun ohne die Gewissheit, ob es dir Glück bringen wird. Damit wirst du dein Reisegeld für die Flucht in das andere Land körperlich erarbeiten. Deinen vaterlosen Kindern wirst du etwas von Spendengeldern erzählen.

Die Kinder wissen nichts von den Aufrufen in vielen Ländern der Welt, euch zu helfen. Nichts von deren Bankguthaben, die immer noch nicht ausreichen für alle. Deshalb gehst du zu diesem reichen Mann.

In den satten Ländern hängen in den Straßen bunte Plakate, groß und sichtbar angebracht. Darauf ist eine kleine gelbe Schale zu sehen. In der Schale befindet sich ein Esslöffel Reis. Darunter steht geschrieben: Weniger ist leer.

Die Welt ist nicht dein Leben, das Leben nicht deine Welt

Lotteriegewinne gibt es wie Hilfsorganisationen weltweit. Bist du etwa sonnenhungrig, aber doch voller Selbstschutz? Wenn die Sonne dich trotz eines hohen Schutzfaktors auf der Haut belästigt, ärgerst du dich ein wenig über die möglichen Folgeschäden? Rechnest dir aus, was es an Pflege kostet, das wieder gut zu machen? Du weißt, dass du Geld sparen kannst, wenn du dir im Winter nicht das Sonnenstudio-Abonnement kaufst, sondern lieber eine hautfreundliche Selbstbräunungscreme. An so etwas denkst du, während du einen vitaminreichen kühlenden Trunk zu dir nimmst. Schaust auf die ganz wenigen blassen Stellen auf deinem Körper, denkst an Hautkrebs und nimmst dir vor, der Sonne künftig nicht mehr so im Wege zu stehen. Sagst dir: weniger ist mehr.

Du denkst ein Kürzelstückchen an die vielen Menschen andernorts, die fast umkommen in der glühenden Sonne. Die haben sie sich so wenig ausgesucht wie das ausgedörrte Leben dort. Bist also doch dankbar dafür, dass du hier leben darfst. Eigentlich in Sicherheit und eigentlich wohlhabend. Trotz deiner Meinung, etwas mehr Wohlstand könnte dir gar nicht schaden.

Schade, dass du nicht einen Tag nur in die traurige Haut derer schlüpfen kannst, die dich um dein Leben beneiden. Schade, dass ein anderes Leben nicht in deine Haut schlüpfen kann, um nur einen Tag lang zu erleben, was es heißt zu wissen, dass keine Gefahr besteht, in nächster Zeit an Hunger oder Durst zu sterben.

Oder bist du das? Du verbreitest ganz woanders unter der Erdensonne einen von der Wärme genährten Geruch von Armut um dich, wobei die Hitze, deinen Körper lähmend, nur deine Sorgen im Kopf noch in schmerzlicher Regung hält. Du rettest dich und die deinen gerade noch rechtzeitig, indem du fliehst in ein Überleben versprechendes Land.

Bist du das? Und bezahlst diese Flucht-Reise mit deinem Körper, der ist begehrenswert wie dein Gesicht, schön und stolz.

Du hast es geschafft, bist dort angekommen, wo du Rettung erwartet hast. Bist du das, die es nicht fassen kann, solch unglaubliches Glück gehabt zu haben?

Die harmlosen Blasen in deinen Handflächen entschuldigst du dir selbst mit dem Putzen des Hauses und der Töpferwerkstatt, womit du jetzt Geld verdienst. Auch du darfst in deiner Freizeit dort töpfern. Deine Töpferarbeiten zauberst du in Erinnerung an deine Herkunft. Du bist in Europa, in der Toskana gelandet. Gute Menschen haben dich und deine Kinder aufgenommen und dir Arbeit in ihrem schönen Haus in dieser saftigen von Sattheit strotzenden Natur gegeben. Am Abend wird in diesem wohlhabenden Hause ein Fest gefeiert mit den Gästen aus dem Ausland. Du zeigst ihnen vielleicht, wenn du mutig bist, deine Töpferarbeiten, das, was du von Kindesbeinen an gelernt hast, mit deinen Händen zu erschaffen. Wohlgeformte

Schalen und Gefäße aus Ton. Motive und Muster in den Farben des Lebens und des Todes darauf gezaubert. Anders sind sie und eigenartiger als die Töpferarbeiten aus den gelangweilten Händen der glücklichen Gäste hier.

Doch sie bringen dir Geld und Hoffnung, diese Gäste. Deine Kinder spielen und tanzen zu ihren Füßen. Ihr sagt euch, das ist ein Fest der Freude.

Natürlich verständigt ihr euch mit anderen Mündern in gut meinenden Gesichtern, die ihr Geld wiederum damit verdienen, euch übersetzend einander näher zu bringen. Das Lachen in den Augen der Menschen auf solchen Festen ist nicht falsch. Es wird sich ehrlich gefreut übereinander. So gebraucht der eine den anderen, um irgendwie und irgendwo ein wenig Glück zu erhaschen.

Du schenkst dem Brautpaar deine schönste und größte Schale. Du hast sie eigens für sie gemacht. Schwarz hast du sie bemalt mit weißen Figuren darauf, große schlanke Männer- und Frauengestalten, die sich küssen. Die Schale ist dir wirklich gelungen und sie ist so groß, dass ein Baby darin liegen könnte.

Das Brautpaar hat sich sehr gefreut über die Schale, die, wie alle beteuern, ein wirklich selten schönes Stück geworden ist. Sie haben sie für die Rückfahrt nach Hause gut eingepackt und mitgenommen in ihr deutsches Land.

Von ganz unterschiedlichen Enden der Welt losgegangen, auf der Suche nach uns. Wir begegnen uns endlich wieder. Auf dem schönsten und besten Markt der Stadt, dem Winterfeldmarkt, dort ist bei gutem Wetter immer ein reges Treiben. Da gehe ich hin und schaue nach, was geschieht, während ich dabei bin, dich zu finden. Du stehst an deinem neuen Marktstand, in der traditionellen Tracht deines Landes, schön und stolz. Du bist neu in dieser Stadt. Hast einen langen, aber glücklichen Weg gehabt von der Toskana bis hierher. Deine prächtigen Tonschalen sind inzwischen sehr begehrt. Du stellst sie her und verkaufst sie gut. Du hast gelernt, viel Geld dafür zu verlangen. Jedes Teil ein Unikat. Ich selbst habe die schwarze Schale mit den weißen sich küssenden Liebespaaren, die du mir und meinem Mann vor zehn Jahren zur Hochzeit geschenkt hast, noch immer. Die Schale hat gehalten. Die Ehe ging zu Bruch.

III. Zeit und Zonen

Zeit festhalten

Gesammelte Stunden im Glas ohne Sand und Zeitfallen. Nimm diesem an Stunden noch geizlosen frühen Morgen seinen Ernst. Dann nimm aus dem ersten Vogelgesang den vierten angeschlagenen Ton und lege ihn mit Federfingern in das Stundenglas. Jetzt halte abdeckend deine Hand darauf, das Glas wird dir ein eingefangenes Lied singen, das ist uralt und klingt jeden Tag wie neu ins Glas erfunden.

Es ist in diesem neuen Sonnenaufgang schon wieder ein winziger Aufbruch ins Sterben. Denn du kannst nur mit den Fingerspitzen den Fortgang der Stunden halten. Gleich entgleiten sie dir und fallen auf deine Füße. So kannst du sie laufend mitnehmen in den neuen Tag, der noch keine Klage angestimmt hat.

Die Mittagszeit kriecht schon auf deinen Schienbeinen in Richtung Knie empor. Halte dich an deinen Knien fest und du wirst die Zeit bis zum Nachmittag zwar mit krummem Rücken erleben, doch dafür länger als gedacht. So beim Buckelmachen wird die Zeit lang und länger und die Gedanken werden langsam. Es fallen dir andere Lebensumstände ein, solche, die dir sonst unwichtig wären und außerdem gibst du dem Schnellgang der Zeit eine kleinere Angriffsfläche.

Mittagsüberwunden reibst du dir guter oder übler Dinge die Hände. So kannst du förmlich sehen, wie die Stundenkrumen eines Tagesbrotes sich um dich herum verteilen. Jetzt hast du aus lauter Eifer in deiner Denktätigkeit und der Vorfreude auf einen angenehmen oder abenteuerlichen Abend vergessen, eine Faust zu machen, damit die Restzeit deines Tages dich nicht betrügt, um davon zu eilen.

Abenddämmerung, du schaust zurück und suchst die schönste Minutenmitte im vergangenen Tag. Du findest viele oder auch keine. Aber du blickst unbefriedigt auf deine Fingerspitzen. Hatten sie dir doch am Morgen noch irgendetwas versprochen und es bis jetzt nicht gehalten.

Die schöne, aber leicht bedrohliche Decke der Dunkelheit breitet sich über deinen Tag. Jetzt erst zählst du, wie viele Stunden dir an diesem noch bleiben. Wie könntest du sie klug austricksen und verlängern, ohne dass die Zeit bemerkt, wie du sie unbedingt mit aller Kraft aufhalten möchtest. Du versuchst, die Zeit zu ignorieren. Ohne dass es eine dir bekannte böse Absicht wäre, gelingt es dir.

Die Nachtstunden tanzen dir auf der Nase herum, so kannst du sie nicht erwischen. Gerne möchtest du sie in den Mund nehmen, dir in die Ohren drücken, in deinen Bauchnabel stecken. Zu Mitternacht sagst du dir und allen anderen, die mit dir vergehen, die Nacht sei noch jung.

Danach schaust du nicht mehr auf Uhren oder nach Sternen. Auch den Spiegel meidest du jetzt, zu solch fortgeschrittener Stunde. Er könnte dich wiedergeben wie eine Fotografie von gestern.

Müde willst du die Restzeit der Nacht aus dem Glas der Morgenfrühe austrinken. Doch da kommt bereits ein neues Glas dir angezeitet. Es ruft, du sollest es füllen, es sei noch so leer und habe Durst nach den Tönen der frühen Vögel. So fallen dir die Augen zu und auch die Türen des vergangenen Tages.

Daheim auf Menschenreise

Kaum draußen vor der eigenen Tür, bist du schon auf Reisen, klinkst dich in ein beliebiges Gesicht ein, schaust, ob es freundlich oder grimmig ist. Du denkst dir Orte auf der Welt aus, wo du es gerne wieder erkennen möchtest, etwa auf einem Bahnhof in Neapel, auf dem Marktplatz von Temeswar, auf der Flughafentoilette in Frankfurt oder auf einer Fähre über den Bosporus Richtung Üsküdar, wo du überall schon gewesen bist. Aber du stellst es dir ebenfalls im Kaukasus, in Rio oder in Südafrika vor, auch dort, wie an so vielen anderen Orten, bist du noch nie gelandet.

Du wohnst in Berlin-Schöneberg, unter vielen anderen Herkünftlern leben hier auch Afrikaner, denen du oft begegnest. Aus ihren Gesichtern ist nur Berlin herauszulesen. Der Ursprung ihrer Herkunft liegt unter der Haut, der ist nur in Gesprächen zu finden. Du lässt dir erzählen, auf welche Weise die anderen ihre inneren Wunschgrenzen überschreiten. So bist du wieder unterwegs, in den Geschichten der anderen auf Reisen.

Du läufst, deine eigene Geschichte erzählend, in der Welt umher. Und du erlebst jemanden, der dich am Klang seiner Stimme an einen Nachbarn bei dir zu Hause erinnert. Oder du schaust dich um und findest dich selbst in einem Kindergesicht auf Sardinien, in Olbia wieder. Das steht an eine Haustür gelehnt und betrachtet Menschen, die durch die Tür eines Hotels auf der gegenüberliegenden Straße ein- und ausgehen. Das Kind zählt Gesichter und Koffer, auch dein Gesicht und deinen Koffer hat es in seiner Rechnung begriffen. Da möchtest du gerne das Fernweh im Auge dieses stillen Kindes sein.

Nun erzählst du dir ein anderes Kind in den Kopf zurück, eines auf einem Hügel im kargen Land von Sanaa. Es winkt dir mit bunten Plastikkugelschreibern zu, die hat es von anderen freundlichen Reisenden geschenkt bekommen. Dieser Junge trägt eine fröhliche jemenitische Landestracht, an den Füßen aber trägt er bunte Allerweltssportschuhe. Und du drehst dich um in die Blickrichtung des Kindes, reist hinter den dunklen Vorhang vor dem Gesicht, einer langsam daherschreitenden Frau, die ihr Gesicht und somit einen Teil ihrer Geschichten verhüllt mit einer landesüblichen schwarzen Bedeckung. Sie wandelt wie auf Innenreise. Vielleicht eine Traumwandlerin auf dem Weg nach Berlin. In Gedanken nimmst du sie mit nach Hause zu dir nach Schöneberg und lässt dir von ihr ein anderes Leben erzählen. Dabei schiebst du ihr den Gesichtsvorhang beiseite und blickst in ihre Augen, die schwarz und schön das Ihre sprechen.

Doch reist sie wohl heimlich, ohne mit den Wimpern zu zucken, um nicht zu verraten wohin, mit wem und wie lange schon, dabei betet sie vielleicht oder sorgt sich. Die Frau ruft mit einer liebevollen Singsangstimme ihr Kind vom Hügel zu sich herbei, der Junge geht, sich immer wieder umdrehend und fast über die eigenen europäischen Schuhe stolpernd mit ihr nach Hause. Bestimmt lächelt sie dem Kinde zu und mahnt es, sich vor den Fremden in seiner heimischen Landschaft vorzusehen. Das sagt sie ihm leise hinter dem dünnen dunklen Schleier mit freundlich gespitzten Lippen. Da solltest du, ohne zu zögern, möglichst schnell noch einsteigen in diesen schönen Gesichtszug.

Daheim in der U-Bahn begegnest du einer Schar Kindergartenkinder und nicht nur eines schaut aus seinen Augen, als käme es direkt aus der Wüste. Die Kinder lachen fröhlich und laut, das ist ihre Sprache, ihr Esperanto, das auch du schon wieder oder noch immer verstehst.

Dann sitzt du in einem Intercity-Zug auf der Fahrt nach Süddeutschland. Die Mitreisenden sprechen unterschiedliche Sprachen, doch oft passen die Gesichter nicht zu der Sprache, die aus ihren Mündern kommt. Auf der Fahrt übst du dich in den Dialekten deiner Sprache und schaust dich ganz verstohlen im Handspiegel an, wie du dabei aussiehst. Süddeutsch, Bayerisch, aber auch Hochdeutsch steht dir gut.

Im Schwarzwald auf einem Bahnhof, die Minuten ungeduldig auf einer Bahnhofsuhr begleitend, zählst du Spatzen, die sich nicht um dich scheren. Zählst auch Tauben, die ahnen, dass du woanders hingehörst. Vielleicht doch zu den bunten Vögeln in Berlin.

Aber einmal in Marrakesch, da hast du vergeblich versucht, die vielen im Zickzackflug den Abendhimmel durchziehenden Altstadtschwalben zu zählen. Hast dabei beinahe vergessen, die alten Duldegesichter, die dich müde dabei beobachteten und sich wohl dachten, du hättest nichts Besseres zu tun, als

Vögel zu zählen. Und sie erkannten gewiss europäische Züge in deinem bemüht wohlwollend und hell dreinblickenden Gesicht.

Sie schauten dich verwundert an, diese altfeinen Augen, die sich in ihren vielen Falten mit der Sorge um die nächste Mahlzeit schließen. Und du hast den Händlern kaum etwas abgekauft auf dem Markt. Stattdessen hast du ihre Gesichter registriert und ihre Waren verglichen mit den Preisen der Waren bei dir zu Hause. Satt warst du selbst allemal. Das gute Essen in einem phantastischen Lokal auf der Terrasse eines alten Riadhauses hatte dir vorzüglich geschmeckt. Und du hattest ja dein Rückflugticket sicher in deinem Koffer in einem schönen Gästehaus, einem Riad mit Innenhof und Bedienung, inmitten der wunderschönen Altstadt von Marrakesch, die mancherorts wie aus einem Märchen ausgegraben war. Du schlägst, wie in flagranti erwischt, enttarnt deine Augen nieder.

Zuhause prahlst du doch ein wenig mit den Orten, die du schon bereist hast, und schließt deine Haustür sicher hinter dir ab. Du könntest aber den Schlüssel deiner Furcht im Sicherheitsschloss deines Kopfes vergessen. Dann gehst du wieder in deinem Wohnort spazieren, hältst dich auf mit »Hier-bin-ich-sowieso«-Gedanken und »Schön-ist's-auch-anderswo«-Reiserouten. Erinnerst dich auf einmal, deinen Kopf von innen kratzend, an einen Supermarkt in New York, wo du dich viel billiger als zu Hause mit einer 500er-Packung Aspirin versorgt und fröhliche Schnäppchen gelacht hast. Unter Kopfschmerzen leidest du zwar selten, doch es könnte ja sein, dass dich jemand auf Reisen besucht, jemand, der über andere dir ganz fremde Reisekopfschmerzen klagend, dich darum ersucht.

Der Augendruck fällt beim Schmerz ein wenig zurück.

Bevor sie den grünen Star bekam, erzählt dir zu Hause eine alte Nachbarin, sei sie viel gereist in der Welt und sie hätte unterwegs auch nur das gesehen, was sie daheim schon längst erkannt hatte. Die Menschen, ach die seien sich in so vielem so gleich, nur die Orte und die Zeiten änderten sich vergeblich.

Fast blind und ohne irgendjemanden, der ihr zugehöre, wolle sie nur noch Reisen mit einem leeren Koffer, ja, sie läge sich gerne da hinein und flöge fort, etwa als Gepäck eines jungen Menschen, der gar nichts davon ahne, zwischen Wäsche, Mitbringseln und Staub und vielleicht einem alten, gut gewählten Buche. Ihre Augen verlöre sie inmitten der Reiselektüre, wie ein Lesezeichen im Reisebericht einer anderen. Die Augen tränten ihr nun nicht mehr, sie bekämen jetzt Augentropfen.

Hin und wieder, wenn es dir zu langweilig erscheint, die alltagsnötigen Dinge zu tun, und du dir eine andersartige Reisepause gönnen möchtest, klickst du dich in deinem Computer in das Google-Earth-Programm ein. Da kannst du die ganze von Satelliten aus fotografierte Erde überfliegen und dich ganz leicht herumtreiben, etwa von der Insel Sylt bis zu den Alpen und vom Bosporus bis zum Indischen Ozean und Städte besuchen. Du kannst dich in deine eigene Straße hineinsuchen und dir anschauen, wo du lebst, von oben aus gesehen. Aber schnell vergeht dir die Lust daran, weil da überhaupt keine Menschengesichter zu entdecken sind.

Lieber tauchst du deinen Blick in die Gesichter deiner Umgebung. Selbst medizinisch gesehen ist das gesünder für die Augen. In die seit über einem Jahr leerstehende große Wohnung, eine Etage unter der deinen, ist endlich wieder Leben eingezogen. Die Möbelpacker, sie scheinen aus aller Welt zusammengetragen, und sie schleppen viele aus aller Welt stammende Dinge hinauf. Viele unterschiedlich große Koffer siehst du in die Wohnung einziehen. Eine Frau mit schönem asiatischem Gesicht kontrolliert den Einzug mit einer Liste in der Hand. Du heißt die neue Nachbarin willkommen und stellst dich ihr vor. Neugierig bist du auf die neue Familie, es scheint eine deutsch-asiatische Ehe zu sein. Die neue Nachbarin macht einen sehr freundlichen Eindruck auf dich. Gute Aussichten für Morgen, denkst du.

Kaum drinnen hinter der eigenen Tür, fragst du dich, wo in dieser Welt du sonst gerne leben wolltest. Du wägst die Vorteile dieses Landes, deiner Heimat, gegen die Nachteile der Länder ab, deren Bewohner sich nach deiner Heimat sehnen und sich aufmachen, deine Nachbarn zu werden. Wärst du als Vermieter dieses Hauses, in dem du lebst, so demokratisch wie die Regierung des Landes, in dem du lebst, wen würdest du als Mieter gerne einziehen sehen?

Aus lauter Menschenhunger gehst du die Zettel und die Visitenkarten mit den Namen und Anschriften der Menschen durch, die du im Laufe der Zeit getroffen hast. Du planst eine große Feier und überlegst dir, wen du alles einladen wolltest und könntest. Die Liste der Namen ist lang und die Gesichter, die du dazu findest, bilden ein Kaleidoskop, bunt genug, um ein Fest zu feiern, alleine der Vielfalt wegen und ohne anderen Anlass.

Du öffnest deine Tür, gehst nur eine Etage hinab zu den neuen Nachbarn, kündigst dein Fest an und lädst die neue Familie dazu ein.

Ihr seid laut und lacht sehr viel. Das ist die Sprache der Freude. Die versteht jedes Kind.

Über den Dächern von Marrakesch

Schwalbenteppich fliegt im Zack nach Zick. Als wären meine Augen Mücken, fliegen sie den Schwalben davon und stürzen blickabwärts in den Innenhof dieses Hauses, in dem ich zu Gast bin. Gutes Wetter ist, und die Schwalben fliegen hoch. Mein Augenblick fliegt manchmal über ihnen weg, fluchtartig freut mich dieser Anblick.

Ich schließe meine Augen und höre Schwalbengeschrei, hier auf der Terrasse eines schönen Riadhauses weiß ich, dass in Berlin die Schwalben noch nicht Versprechungen abfliegen, es ist Mai in Marrakesch und in Berlin.

Hinter dem kleinen Atlasgebirge verschwindet langsam die Sonne, natürlich rot wie alle Häuser in dieser Stadt, rot wie das getönte Glas meiner Sonnenbrille, das mich in Berlin Gerötetes nachträumen lässt.

Gestern dachte ich noch in Marrakesch, dass ich übermorgen daheim in Berlin beim Blick auf die wundengrüne Stadt an diese Schönheit von vorgestern denken werde. Und wenn ich meine Augen ganz fest schließe, fliege ich wie ein Muster inmitten des Schwalbenteppichs, der sein Zick nach Zack zieht über Marrakesch.

Saß ich doch gerade noch im Innenhof des Riads und schaute, das Herz voller Sehnsucht nach Selber-fliegen-Können, den Kopf ganz weit im Nacken, nach oben. Mehr als dreißig Quadratmeter groß war das offene Fenster Richtung Abendhimmel, in dem ich mit meinen Augen versuchte, den Schwalbenteppich aufzuhalten. Er flog und zog mich aus dem großen Fenster hinaus. So konnte ich einen Augenblick aus der Vogelperspektive mich selbst da unten im Innenhof ganz klein mit gerecktem Halse nach oben blickend sehen.

Draußen, hinter den Mauern dieses behüteten alten Innenhofhauses, das blanke, das schöne, aber arme, das harte Leben von Marrakesch. Das reiche, schöne Leben auf den Dächern von Marrakesch. Die Luxuslokale, die Bars und Cafés, die gibt es auch da oben auf den Dächern. Die ihre wohlhabenden Gäste mit aufgezogenen weißen Sonnenschutztüchern über den weiß bezogenen eleganten Sitzelementen in der Tageshitze vor Sonnenschäden schützen. Und das bei Pfefferminztee oder Zi-

tronenlimonade am Mittag oder in wunderbar sternenbestück-
ten Nächten, wenn sich die Sterne über den Dächern von Marrakesch in den Augen der glücklichen Besucher spiegeln.

Als Kurzbesucher darf ich mich freudig erinnern. Länger
hielte ich diese Schönheit, gefangen in dieser Härte, nicht aus.
Wenn ich an das Gerötete in den Augen der Armen dieser
Stadt denke, schäme ich mich, länger als gebührend in sie hineinzuschauen. Da weiß ich wieder, was es heißt, wohlgenähr-
ter Gast zu sein.

Der fliegende Schwalbenteppich von Marrakesch legt sich
in meinem Hinterkopf schamrot nieder, röter als die Häuser
dieser Stadt und beschämter als das saftigste Grün in mir, auf
dessen Wiese sich dieser Teppich jemals ausbreiten könnte.
Wenn im Fernsehen in einem Reisebericht oder in einem Spiel-
film Marrakesch gezeigt wird, fühle ich mich merkwürdig
kleinlaut ob meiner Reiselust.

Gut, ich war einmal kurz in Marrakesch.

Ortsteilnahme

Was ein Kiez alles bieten kann: gute Aussichten auf Verschwö-
rungen, und wenn zu Hause Streit und Traurigkeit sich in die
Hände spielen, dann ist das Aufsuchen einer Schmollecke an-
gesagt. Im kleinen Park hinter den Villen der einstigen Millio-
nenbauern etwa, wo der November mitweint, wenn es November ist, und die Bäume nicht mehr trösten wollen und der
Friedhof nebenan, aber doch im Rücken, einen aufschrecken
lässt. Und dieses Wollen nährt, ganz schnell daheim zu sein.
Dort angekommen ein Sich-um-die-Hälse-fallen-und-fallen-und-
fallen festhält. Was ein Kiez alles bieten kann: neben schönen
Straßen, hässlichen Straßen, guten und schlechten Nachbarn
den An- und Verkauf von Befindlichkeiten, verkehrsberuhigte
Einkaufstüten. Geschichte kann er bieten, gut und teuer. Geschichten, die sich hinter den Fenstern abspielen, auch solche,
in denen sich geliebt und gestritten wird und wo großstädti-
sche Anteilnahme klein geschrieben, mit großen bunten Let-
tern dem Kiez gehuldigt wird.

Der Flaneur

Zu einem Foto von Friedrich Seidenstücker

Manchmal träume ich von einem Spaziergang, oben auf dem Gasometer, ganz alleine bei Windstille. Rundum gute Aussicht auf Schöneberg am Nachmittag, Blicke in das Haus, in dem ich wohne und schlafe.

Es gibt eine Fotopostkarte aus dem Jahr 1927, darauf oben auf diesem Gasometer ein Flaneur zu sehen, einsam und ohne O-Ton durchquert er großen Schrittes und schwarz-weiß geblieben das runde Areal.

Ich vertiefe mich in das Foto, verschwinde darin und suche von da oben aus das Haus, worin ich wohne und schlafe und im Traum eine Begegnung mit dem Flaneur beschreibe. Wir gehen aufeinander zu und der Wind bläst nun stark.

Der Flaneur wacht auf und sieht aus seinem Fenster, er schaut auf den Gasometer und lacht in den 1927er-Morgen. Verrückt sagt er, mir träumte heute Nacht eine Begegnung mit einer Frau im Jahre Zweitausendundmehr, da hoch oben auf dem Gasometer.

Immer

Immer wenn die Bäume ausschlagen und das zarte, noch feuchte Grün der Blätter in mir eine Lust auslöst, mich in und auf sie zu werfen, schreit es aus mir nach Grün-Erleben. Salat möchte ich machen aus den jungen Blättern, ich glaube, sie bräuchten weder Salz noch Essig oder Öl. Schon beim Gedanken, diesen Salat zu essen, möchte ich zuschauen, wie es weitergeht mit dem Grünen. Das warme Sommergewand der Bäume, den bunten Herbstumhang und die weißen Wintermützen aus Schnee darauf. Immer wenn die Kastanienbäume ihre Blüten anbieten, sehe ich schon die Kastanien daran. Immer bin ich zu schnell bei allem. Ich esse, trinke, laufe und rede zu schnell. Ich beeile mich bei allem, bin immer zu früh zur Stelle und selbst dabei, wo doch ein langsam genüssliches Hingeraten angebracht wäre, komme ich zu schnell. Nicht schöner, nein schneller zu leben, tickt in mir eine Uhr.

Immer wenn ich die gute Kleidung für bessere Gelegenheiten im Aufhängebereich hin und her schiebe, denke ich, dass ich sie schonen müsste für noch wichtigere Gelegenheiten. Die guten Sachen werden alt und sehen, da kaum getragen, immer noch wie neu aus. Wann ist die beste Zeit, sie zu verschleißen. Am klügsten wäre es, den besten Anzug, das beste Kleid, die besten Schuhe, diese Lieblinge, täglich zu tragen, damit sie ihr Bestes geben, jetzt im gerade Immer sozusagen.

Mein Spiegelbild rät mir, meine Eile zu ertragen. Mein Gesicht bewegt sich rasend unter der Haut. Manchmal zuckt dabei ein Augenlid, manchmal die Oberlippe. Oder das Gefühl von krabbelnden Ameisen unter der Haut des Nasenrückens macht mich schier verrückt.

Es gibt Fotografien, bei denen ich genau weiß, dass es in diesem Moment der Aufnahme an dieser oder jener Stelle meines Körpers oder meines Gesichtes, das zu sehen ist, juckte oder kribbelte oder brannte.

Nie ist es lange genug grün, da draußen vor der Tür. Drinnen im Hause blüht im Wechsel der Jahreszeiten das bisschen Grün in den Blumentöpfen oder in den Vasen. Warum also keine Tannenzweige im Sommer? Warum keine Osterglocken im Dezember. Noch während die Floristen das Jahresendzeitgrün ausverkaufen, stellen sie schon Tulpen und Narzissen daneben. Am Sortiment der Blumenläden kann man nur noch selten die Jahreszeit erkennen. Das war früher aber einmal so. Heute blüht es schneller, verblüht die Jahreszeit in einer ihr nicht gemäßen.

Immer wenn die Unruhe mich packt, blicke ich eiligst aus dem Fenster, das ich ganz schnell aufgerissen habe, ob da nicht vielleicht doch gerade etwas zu sehen oder zu hören ist, so dass es sich lohnte, den Kopf so weit hinausgelehnt zu haben, den Hals so lang gemacht, die Augen in die Ferne gezoomt.

Die Menschen um mich herum raten mir zu Ruhe, zu Bedächtigkeit. Aber damit kann ich nichts anfangen, es hilft nicht. Weil Worte wie Ruhe oder Langsamkeit bei mir solche sind, die ich nicht verdrehen will. Ich mache aus einem gemeinen Lustmolch, der in den Nachrichten beschrieben wird, schnell einen eiligen Mustlolch, so wird er langsamer von mir verdaut in der Reihe des Bösen. Ich treibe Rückwärtslesen beim Spaziergang auf den Straßen. Drehe und wende die Teile der Wörter zu Lieblingen wie: Starkmückchen – Zolipist – Stirtelpfündchen – Pittagsmäuschen – Schauthüppchen – Wadebanne – Findbaden – Heelenseil – oder das, was mir jetzt gerade nicht einfällt, das ich aber vor- und auf- und umstülpe, bis ich es finde, natürlich immer in aller Schnelle.

Mich davon ablenken, um an etwas anderes zu denken, könnte etwa der entlaubte Baum, auf den ich blicke und in dessen Krone ich hoch oben ganz langsam einen immergrünen Gedanken finde.

Des Selbst Beleidigung

Du bist ein Heißluftballon mit Rädern, Flügeln, Motoren und Schwimmflossen und mit Sicherheitsgurten und Fallschirmen dran. Du bist genau genommen deine eigene Sicherheit und deshalb nicht wirklich. Garantiert bist du stolz auf dich und sehr zufrieden so Arm in Arm mit dir selbst, umschlungen, umfahren und umflogen von dir und in dich selbst getaucht, verschollen in deinem Kreis, den du dir geschaffen hast, nur um dich darin zu sehen, und darin wie in eine Vergessenheit zu geraten. Du willst dich selbst vergessen, bevor die anderen es tun. Vergiss es!

Du hast einen neuen Zeitplan für dein Leben geschmiedet, der wird dich zwar ab nun anders und besser, aber dafür auch viel kürzer leben lassen. Soviel Atem hast du nicht, um darin alt zu werden.

Du holst dir aus dem Lebenssack alles heraus, was noch und endlich geht. Aber du weißt doch auch, dass du dafür ein Versprechen gegeben hast. Du bist schon dabei, es einzulösen, weil du der heißen Luft, die dir entströmt, gar nicht erst nachweinst. Darin bist du wirklich gut.

Du rechnest die Minuten und Stunden zusammen, die du in deinem Leben bisher schon bitterlich, verärgert in Zorneswut oder trostlos geweint hast. Genauso viel Zeit ist dir gegeben, um dich am Leben zu rächen mit Glück. Also los, auf, auf, mach es!

Vergessen

Gespeichertes Wissen und Empfinden, Grashalme im Gehirn wachsen hören, Grashalme, die sich regen beim Erinnern an Zeitloses wie Hunger und Durst, aber auch Temperaturveränderungen am Erdenkörper etwa, so wie körperliche Bedürfnisse ebenfalls. Und Grashalme dazwischen, wie das, was zwischen den Zehen von Zeilen verborgen ist, der gelesenen gar. Ja, die rühren sich nicht, weil sie sich nicht an dich erinnern.

Doch auf der Suche nach Erinnerungslücken, und weil die Körperzeit vergeht auf Erden, fangen sie an den großen Zehen zu wachsen an, die Grashalme. Und beim Bestaunen dieser frischen Triebe verdorren die alten Grasblöcke im Kopf. Wie selbstverliebt eines Körpers Finger vielleicht zwischen dieser Wiese an den Füßen streicheln. Sie ist gewiss und willig, diese Körperwiese, und nur mit ureigenem Speichel zu begießen.

Weißt du noch? Vor tausend Jahren hat vielleicht keiner an Grashalme wie diese gedacht. Aber noch einmal eintausend Jahre zuvor, da wollte sicher kaum einer etwas von bis dahin nicht durchschrittenen Wiesen wissen.

Gespeichertes wie gelagertes Erinnerungsgut, wie künstlicher Rasen in Reserve. Also geht es neuerdings nicht mehr nur schlecht hin oder gut her. Also geht es auch ohne ein Vergessen, ein weiteres Verlieren dessen, was immer wieder nachwächst, wie Gras oder Erinnerung.

Dem Zeitgeist verdächtige Buchstaben

Wenn Menschen sich versammeln, um zu beraten, wohin der Zeitgeist sich womöglich bewegt: Stillstand –ABC– und weiter verdächtig, wenn keine Versammlung zum Vorschein kommt und der Zeitgeist sich verunsichert umschaut. Blindwut –DEF– und weiterhin alles unverdächtig, was im Fernsehprogramm angekündigt wird. Verdächtiges mobiltelefonloses Volk, das sich der Dummheit verweigert –GHI– und weiter. Ausgangssperre für Hunde und ihre Halter; so weit also ganz unverdächtig steht der mächtige Dreck in den Häusern. Tierschutz –JKL– und weiter. Verdächtig, wenn kein Punkt und kein bisschen fix und fertig hinter dem Komma, das wie im Koma schläft, wenn weiterlebt, was bereits aus den Büchern gestrichen ist. Suspekt –MNO– und weiter.

Verdächtige Menschen, die ihre Zeit anders abticken, weil sie sich verhalten, wie es in Verdächtigungen gesät, die nun geerntet werden. Wieder ein Aha. –PQR– und weiter. Schön unauffällig das weiterbetreiben wie immerfort und ordentlich die Reihen einhalten, nur drängeln, wenn Notdurft im Herzen und zwischen den Beinen. Das Verlangen –STU– und weiter.

Verdächtig gutes Wetter, verdächtig schlechtes. Alles ganz normal, keine besonderen Vorkommnisse auf dem Planetenplan. Müde –VW– und so weiter.

»Wie geht es uns eigentlich«, fragt der Mensch seinen Lebensraum. »Ganz so, als ob wir nicht mehr in Buchstaben zu finden wären«, antwortet dieser.

Mit Bestimmtheit sagt –XYZ– zudem noch –Ä– und –Ö–, aber nicht Ü, und überhaupt geht es gut verdächtigt weiter.

Wenn du nur ein ganz winzig schlechtes Gewissen hast und Schlaflosigkeit dich nicht von verpasster Zeit träumen lässt und du dir beim Aufwachen selbst etwas viel Schöneres versprichst als das, was du anderen bescheret hast, kann sein, dass dann außer deinen Augen fast alles an dir und in deiner Blindheit dir selbst gegenüber in Ordnung ist. Du therapierst dich selbst mit der Schlechtigkeit der anderen im Rest der Welt und außerhalb deiner Lebenszeitzone. Du verschreibst dir regelmäßigen Frohsinn und Leichtlustigkeit. Du betrinkst dich an deinem eigenen Mundblut, das du mit dem Handrücken von den Lippen wegwischst, von den Lippen, an denen du zuerst vor lauter Unruhe nur fest geknabbert und dich dann doch noch festgebissen hast.

Du siehst dich selbst zurück als Kind unter Kindern. Soeben sitzen sie mit dir beisammen wie in guten alten Kinderzeiten. Sie erzählen, sie spielen und sie streiten. Eine alte Frau, die du nicht sein kannst und willst, kommt herbei, mit einer Krücke in der einen und in der anderen Hand einen Lappen fest im Griff. Sie nähert sich den Kindern, kichernd und girrend wie ein harmloser kleiner Vogel, der ein bisschen mitzwitschern will. Die Krücke fällt, die Frau stürzt und wie ein Wirbelwind tost und tobt sie mit dem Lappen über die Kinderköpfe, fährt ihnen damit bis in die Augen. So hat sie all den Kindern mit ihrem Zeitlappen übers Gesicht gewischt.

Nun sitzen sie bei ihr oder bei dir in einer Kammer im Altersheim, fast zahnlos, fast blind, fast vergessen vom Leben außerhalb der Heimwände. Wären sie so gut untergebracht wie ein Haustier bei einem Menschen oder gar einer Familie, dann ginge es ihnen besser als solch einem Heimwesen, das so selbstzufrieden einschlafen oder aufwachen darf und kann und muss, solange bis die Dinge des Sich-Fortschleichens geregelt sind. Und fortgeschlichen wird allemal alle Tage und überall, aufrecht auf zwei Beinen oder gerade noch so davongekommen, blicklos auf allen Vieren krabbelnd, ohne Aussicht auf Rückkehr in ein Nest, auf das einmal so fest geschworen worden war.

Wie auf die Essenzen geschworen, die von Menschen erfunden und erlebt wurden. Jemandem ist eine davon wieder wie dem eigenen Seelenleid hinterhergehechelt. Mit zuckendem Augenlid, mit gerümpfter Nase. Ein kleines Weilchen endlich ausgeweintes, tränenloses Nichts. Nichts als Geduld gelernt. So ist das, was wie eine Essenz in den Wimpern hängt, vielleicht noch nicht ganz verloren.

Ein anderer hat sich viel lieber im Gras ausgestreckt, um den Halmen beim so herrlich frischen Grünsein zuzusehen und zu finden, dass Insekten das Großartigste innerhalb der Lebenswelt geworden sind. Ihre Klugheit und Raffinesse könnten dem Menschenwesen schon auf den ignoranten Geist gehen. Wenn er es nur so wollte.

Aber der Mensch liebt und ehrt vor allem sich selbst. Und seinen Körper.

Nicht schon wieder eine Liebe mit Liebe verwechseln und solch blindes Austauschen von argen Körpersäften betreiben. Küsse wie Atemgeräte an- und ineinander gedrückt, wobei die Köpfe ausgelassen wurden, als seien sie dahingeschrumpft. Nur sich endlich überwinden die Gedanken der Geschlechtsorgane zu vergessen, wozu sie eigentlich sind.

Um so viel lieber die Essenz bei einem, der in Heiterkeit zu sagen sich übt: »Du kannst es, ich kann es, ich kann es endlich, mich selbst vergessen.«

Und irgendwo beim Heben der Augenbrauen mit einer Tee- oder Kaffeetasse an die Lippen, den Blick auf eine fremde Person gerichtet, um sie zu fragen: »Könnten Sie mich, bitte, mir vorstellen?«, und dann darüber erstaunt sein, dass man sich selbst nicht schon früher hat kennen gelernt.

Einer aber staunte über die Essenz so wie über das Wasser an sich, das so vieles verdrängen kann, aber nichts vergisst, wohingegen keine Wolke sich je wiederholt.

Wenn Sandkorn und Schneeflocke Freundschaft schließen und sich vereinen, auch dabei gewinnt nur eines an Glück.

Das ist fast so gut, wie nicht immer alles ausgelebt zu haben, das, was andere kennen, wie Schmerz oder Gewalt, Freude oder die Existenz der unbegrenzten Vernunft. Schon wieder so eine Essenz, die nur durch Leben existiert. Die toten Essenzen sind zeitlos.

Unterwegs hast du immer gesucht, jeden Tag ein neues Loch. Schlüpfe rein und verschwinde. So eines. Du warst neidisch auf die Elster im Nest in der großen Kastanie im Hinterhof, wenn du sie wohlwollend durch das Fernglas betrachtetest. Dachtest dir dabei, die Elster sage zu sich: »Aha, da schaut einer wieder ganz möchtegernschlau und ist auf der Suche nach einem Schlupfloch.«

Auf anderen Bäumen argwöhnen andere Vögel. Andere Beobachter hoffen an anderen Fenstern zu jeder Zeit. So entstehen wohl gelegentlich diese Zeitfenster. Essenzen, in die, wenn sie durchschritten, immer ein Paradies hineingedeutet wird. Aber das Universum kennt keine Politik wie Himmel und Hölle.

Das Gehäuse der Politik des Paradieses und der Hölle, das gibt es. Es sitzt im Kern der Essenz. Weiß Gott, oder so einer wie Gott, der in uns nicht nur gute Essenzen erschaffen hat.

Nicht die Menschen sind Schuld an der Lage. Nein, du sagst es, weiß Gott! Es ist ja immer die Politik mit ihren Parteien, wie Joghurt sind sie, egal ob links oder rechts gedreht. Die einen sind wie gehaltvolle, ordentlich fetthaltige Zehn- oder viel Mehrprozentige, die anderen wie die weniger kalorienreichen, also Vier- bis Fünfprozentigen, und die ganz mageren, die kriegen ihr Fett mit nur einem Prozent oder sogar weniger ab. Dann gibt es auch noch die flüssige, trinkbare Variante in Form von Buttermilch, Kefir oder Ayran. Da weiß man aber nicht, welcher Joghurt sich darin tummelt. Zu Adam und Evas Zeiten gab es noch keinen Joghurt! Da gab es nur Gottesessenzen.

In jedem Fall ist Ayran eisgekühlt und klug gesalzen für jeden Politikerhitzten eine wohlige Erfrischung. Doch leider lassen die fürchterlichen Blähungen nicht lange auf sich warten. Weder als guter Wind in den Köpfen noch in Not entwichen, taugen sie für ein Fortkommen. Und wenn beim Daraufaussitzen einem etwas entfährt, dann blubbert es nur zwischen den eigenen Schenkeln. Keine Köpfe müssen deshalb rollen, keine joghurtweisen Reden fallen.

Nicht eine Politik hat dich dahin gebracht, wo du jetzt sitzt, mit imaginären kleinen Kindern um dich zu deinen alten Knien geschart. Solche wie Schäfchen, die das Mäh noch nicht laut genug gelernt haben. Nein, allein das Ausmaß deiner Dauer, deines Haltbarkeitsdatums ist Schuld an deiner Selbstzufriedenheit und dem Dünkel in dir. Aber auch der ist nur ererbt und wird weitergegeben, vielleicht jetzt einmal zur Abwechslung ohne Verwandtschaft und Gesetze.

Schau, da läuft eine Ameise wie eine Essenz ganz verwirrt in deiner Stirnfalte. Schlage sie nicht zu heftig. Und beiße nicht zu tief in das grüne frische Gras, das du eben noch als Essenz einer Ameise bewundert hast.

Hier Sturm, hier Stille, hier Wachsamkeit

Während die rotgrüne Gewitterwolke mit Verschwiegenheit von draußen an mein verschlossenes Fenster pocht, gibt ein farblos verstummter Geistesblitz,sich beim Selbsterlöschen auf.

Ich will keine Zwietracht mehr. Keine Außendonner sind mehr da, die auf meine inneren treffen könnten. Viel zu oft ist das Lächeln im Gesicht zu einer Habachtmiene verkommen. Dabei habe ich meinen Kopf mit Betäubungswatte so gut ausgestopft. Kein Licht noch Laut sollte mehr dort hineingeraten. Weder sollen böse Worte sich tief bis in die Hintergedanken drücken, noch dürfen sie drüber hinwegrauschen, über dieses längst verstrittene Leben.

Zu oft eine Tracht Prügel auf die Seele bekommen. Vorbei ist die Bestimmung eines friedlosen Lebens, vorbei wie das Endgeräusch, das zuvor so schrill dahin geklingelt war. Die Seelentüren üben sich lautlos beim Verschließen und leise im Zitieren.

Nie mehr Unfriede, nie mehr Handgreiflichkeit. Inzwischen ist ein Lächeln woanders erstrahlt. Es hat sich auf Gesichter erzählt, die nicht mit Angst im Blick auf Fensterbänken herumlungern. Diese Augen, die sich nicht so offen bei des Licht- und Luftbetrachters aufgestützten Ellenbogen auf Schönwetter richten.

Hier Unruhe, hier Schweigen, hier Schlaflosigkeit, morgens wie mittags, abends und in der Nacht. Ich öffne mein Fenster immer wieder, es könnte ja sein, dass sich da draußen wachsam etwas begibt, wozu ich stürmisch Einlass gewähren möchte. Vielleicht sind es andere Gewitterwolken, solche die hinterher eine klare Luft versprechen.

Hier Schönwetter, hier Schönlaute, hier eine schöne Schläfrigkeit?

Nicht für Spätaufsteher

Es ist wahr, dass am frühen Morgen der Tag am schönsten ist. Der Mensch im Halbschlaf erzählt sich gerne, wie schön es wäre, einfach liegen zu bleiben. Ein Sich-hin-und-her-Wälzen um kurz vor sieben. Ab acht wäre es womöglich zu spät, um sich noch einmal umzudrehen, das in der Nacht Geträumte und am Abend davor Versäumte den Schlafesgeistern zu erzählen.

Bereits um sechs, da gehen die guten Geister von Traum zu Traum umher, das Wesentliche herauszusieben. Bei halb erwachten Sinnen klopfen die Hoffnungsschimmer schüchtern an die Fenster. Der Blick nach draußen noch mit bangem »Ei!«, zum Glück ist dort nichts Böses zu sehen. Frohes kaltes Wasser ist jetzt dem erleuchteten Gesicht vonnöten. Endlich ist es Morgen, das Herz erwacht, die Furcht ist hinweg, ein Unheil gönne sich den neuen Tag. Die Tür zur Zuflucht langen Schlafs ist einen Atemspalt noch offen. So hat Erwachen erneut ins Leben hinausgetrieben.

Die Augen voller Morgenröte, noch lau und wie berauscht das müde Blut. Unruhverknittert Schlafes Haut, doch außen glatt und innen glänzend wartet in gläsernen Händen der frühe Morgen. Nur nicht fallen lassen!

Jetzt schlaflos

Wieder einen Tag auf und davon gebracht, gleichsam eine Seite im Leben weitergeblättert. Jetzt unruhig, jetzt unmüde, jetzt in Erwartung.

Komm, fließende Nacht, mit Schlaf und Traum, ein weniges konnte bereits aus dir getrunken, in dir geschwommen werden. Lass mich jetzt nicht mehr Wache liegen. Keine Engelsgeduld und keine Höllenangst, nur eine um des Himmels Willen verzagte Bitte um Augendämmerung und Schlafesfrieden.

Und liegen noch so leuchtend still Sonne, Mond und Sternefinger hinter verdunkelten Augenlidern, blitzt doch wieder ein wachsamer Gedanke auf. Der Schlaf, wenn er jetzt ankäme, ginge nimmer wieder.

Abschied bereite sich mit Glockenschlag

Abschied vom Schlaf, vom Aufwachen, vom Essen und Trinken, von allen ungesunden Lastern und vom sich Entleeren. Ein Glockenton von Wissen.

Abschied vom Atmen und dem Einsatz aller Sinnesorgane, nebst Innereien und dem, was noch am Körper hängt. Ein Glockenklang von Suchen.

Abschied von der Kindheit und vom Erwachsensein. Abschied vom Noch-älter-Werden und vom endlosen Leben. Ein Glockenklang von Glauben.

Abschied von der Liebe und vom Hass, der Freude und der Lust zur Lustigkeit, der Lebensfreude, der Leidenschaft. Abschied von allen Fragen. Ein Glockenklang von Finden.

Abschied von allen Menschen und ihren vielen Antworten. Abschied vom Selbst und dem fälschlichen Selbstlos. Ein Glockenklang von Verlieren.

Abschied von allem, was davor gewesen und nicht gewesen und könnte sein und sollte nicht oder müsste doch und will nicht. Ein Glockenklang von Glück.

Abschied vom Werden und am Ende vom gewollten Sein. Langer Abschied bereite sich mit kleinem Glockenschlag.

IV. Zustände

So traurig

Du schaust so traurig, als ob es keine Seen und Flüsse mehr gäbe, keine Bäche und nicht den kleinsten Tümpelteich, worin sich der Regen sammeln könnte, damit es weitergeht mit dem Leben, das aus Wasser entstanden ist. Du hältst ein halb volles Wasserglas in deiner rechten Hand und ein halb leeres in deiner linken fest, ergötzt dich traurigen Blickes an der jeweiligen Situation. Du entscheidest dich nicht, das eine Glas mit dem Wasser des anderen zu füllen, weil dich schon die Vorstellung, dass ein Glas dann völlig leer wäre, unglücklich macht.

Du schaust so traurig wie ein Sänger, der die Stimme verloren hat, wie ein Tänzer, dem die Beine lahm wurden, oder wie ein Dichter, dem nichts mehr zu dichten nötig erscheint, weil ihm der Drang danach und die Worte abhanden gekommen sind. Du schaust so traurig wie ein Erzähler, der fürchtet, sein ganzes ihm selbst so leeres Leben in weniger als drei Zeilen erzählen zu können, der keine Geheimnisse erfindend doch noch etwas preiszugeben hätte.

Du liebst doch die Verse der W. Szymborska, besonders das Gedicht, das sie »Von der nicht stattgehabten Expedition in den Himalaya« nannte und in dem sie schrieb: »Yeti, unten ist Mittwoch.« Seither ist bei dir da unten doch täglich nur noch Mittwoch. Und Yeti weiß Bescheid. Er wird es der Wislawa S. nächsten Mittwoch sagen, was da los ist mit deiner unendlichen Traurigkeit.

Du bist traurig dankbar über ein großes Geschenk, das eine Gottheit, dich erhörend und damit überraschend, dir gab mit der einen Bedingung, dass du nun jede Art von Glauben an irgendetwas verlieren wirst. Du glaubtest an die Natur und ihre Gewalten. Du duftest nicht mehr, du riechst eingehend nach Leben. Als ob Berge aufgehört hätten sich zu bewegen, Meere zu tiefen und Wälder zu wachsen.

Du schaust so süchtig nach Traurigkeiten wie jemand, der mit einem Rest von Lebenslust beladen, sich nur noch den eigenen Schaden bestätigen wollte. Du kommst nicht mehr von deinem Fleck weg. Es ist, als sei dir in der Sonne kein Schatten mehr und Wolken nur mehr etwas Märchenhaftes für andere. Du stillst den Durst deiner Fragen, indem du deine Weisheiten regnen lässt. Als sei die Neugier ausgestorben und das Wissen der anderen, der nicht so traurigen, keinen fauligen Champignon mehr wert.

So traurig schaust du aus, so traurig blickst du drein, als wäre keine Handvoll Kinder mehr da, die dich mit ihrer Freude an der puren hüpfenden Bewegung aus deiner Starrheit locken könnten.

Warum sind deine Augen so traurig gerötet, warum singst und murmelst du nur noch leise in dich hinein? Hast du nicht die Ahnung und das Gefühl für die so viel traurigeren Dinge, die dich nie ganz leise berühren, sondern nur laut schreiend an deinem Nacken packen? Der hält krampfhaft mit deiner Traurigkeit und einer vergeblichen Anstrengung deinen Kopf gerade.

Du siehst schmerzhaft traurig aus, selbst diese Schmerzen wollen dich am liebsten loslassen. So traurig erscheinst du, als wäre deine Mutter schon lange vor deiner Geburt gestorben, als sei dem Himmel keine Erde gegeben, als wäre dir beim ersten Augenöffnen nur ein Augenzudrücken versprochen worden, weil doch sowieso alles Gefundene von Anfang an verloren ist.

Es fällt mir etwas ein, das dich noch viel trauriger schauen ließe, nämlich der Moment, an dem ich verpasse, dich in deiner Traurigkeit zu sehen, so dass es mir nicht möglich ist, dich jemals zu trösten. Dich zu trösten ist mein Wunsch. Wäre ich deine Geliebte, würde ich dir zuflüstern, dass ich mich nach dir sehne und dich liebe, dass ich starke Gefühle für dich empfinde und dass ich gleich nach dem Liebesakt wieder Lust auf dich hätte. Deinen ganzen Körper würde ich mit tausenden von Küssen übersäen, damit nach schnellem Wuchs und Gedeih Freude geerntet würde.

Wäre ich ein Kind, ich würde dich plappernd und immerzu fragend aus deiner Ruhe reißen und dir auf die Füße treten, damit du mich einfängst, mit mir spielst und Jagd auf mich machst, während ich davonlaufend Purzelbäume schlüge und mit meinem Lachen in dein Gesicht Falten der Freude legte.

Wäre ich ein Berg, so käme ich, nur für dich allein wahrnehmbar, dir ganze Schritte näher. Als Baum im Walde würde ich dir oben in meiner Krone einen Palast bieten und mit dir wippen im Wind. Wäre ich ein Ozean, ich zeigte dir das wirklich schöne unten in mir, wo es natürlich auch glückliche Mittwoche gäbe (Yeti, verzeih!).

Wäre ich ein Sänger, ich sänge dir Lieder, die dich in Verzückung geraten lassen. Auch traurige Lieder würde ich singen, die dich dennoch glücklich machten, weil sie so leidewunderschön wären. Wäre ich pures kühles klares Wasser, ich wäre es in dir fließend. Wäre ich klug und gescheit, ich wäre es durch den Trost, den ich dir gäbe. Wäre ich verrückt, ich wäre es nach dir. Wäre ich krank, dann aus Liebe zu dir. Wäre ich Licht und Lachen, ich legte mich in deine Augen nieder.

Trost, auf dich habe ich gewartet, dich ersehnt, würdest du dann denken. Und endlich flösse aus deinen Augen Liebe, du, dessen Blicke mit Trauer gefüllt sind. Und in deinen Augen leuchtete Freude, du, dessen Blicke mit Glück erfüllt sind.

Liebestod

Die Liebe liegt im Verderben. Sie sagt, sie kenne nun alle Sorten von Mensch und Liebe und wisse alles darüber. Die Liebe liegt im Sterben. Vor ihrem Sterbezimmer stehen viele an und hoffen auf Einlass, doch sie schickt sie alle weg. Sie wolle keinen Menschen, nein, nichts mehr wolle sie, weder sehen noch wissen noch fühlen. Die allerbesten und einflussreichsten Politiker, Denker und Künstler aller Zeiten stehen Schlange und bemühen sich, zur Liebe vorgelassen zu werden. Alle bekannten und unbekannten Propheten warten vor ihrem Zimmer. Die Riege der Päpste aller Zeiten steht kleinlaut murmelnd zwischen anderen Häuptern anderer Glaubensrichtungen in der Reihe vor der Tür zum Gemach der Liebe. Auch einfache Leute aller Länder und Kontinente der Welt versuchen Einlass zu finden. Und dazwischen treten Engel und Teufel und kleine Kinder geduldig von einem Fuß auf den anderen und hoffen, dass ihnen der Zutritt gewährt wird. Doch die Liebe schickt sie alle fort, die Berühmten wie die Unbekannten, die Bedeutenden wie die Unwichtigen, die Heiligen wie die Bösen. Sie liegt im Sterben und keiner darf zu ihr.

Allein die Hoffnung akzeptiert sie in ihrer Nähe, aber sie hat sie zu ihrem Türsteher und Rausschmeißer gemacht. Die Hoffnung kommt immer wieder zu ihr und meldet neuen Besuch an. Doch die Liebe liegt genüsslich im Sterben und lässt jedem die Tür weisen. Selbst der Tod steht in der Schlange und schließlich unerkannt vor der Tür, doch sie schickt ihn fort. Sie will den Tod nicht sprechen. Sie will sterben.

Dieses Murren und Murmeln und Missgönnen vor der Tür ist weltweit zu hören, zu sehen und zu fühlen. Alle sind erst bemüht, dann beleidigt und daraufhin kommt der Hass persönlich und drängt sich an der Hoffnung vorbei an das Sterbebett der Liebe. Sie schickt ihn mit einem einzigen Wink, der da heißen soll ›Dich brauche ich am wenigsten‹, ganz weit fort.

Da wird die Tür weit geöffnet und ein großer Spiegel steht darin. Die Liebe schaut aber kaum hin, winkt ihrem Spiegelbild ein ›Hinfort mit dir‹ zu, ohne sich selbst zu erkennen. Sich selbst also schickt die Liebe mit derselben abweisenden Geste wie alle anderen fort.

Aber dann kommt ein Tropfen Wasser leuchtend und zappelnd vor die Tür und stellt sich an und stellt sich vor. Er sagt, er heiße Leben, und erklopft sich tropfend Einlass. Die Liebe horcht auf, und Neugierde auf das hartnäckige Tröpfchen regt sich in ihr. Sie ruft es ganz nah an ihr Auge heran, damit sie es genau betrachten könne als das letzte, was sie zu sehen sich wünscht.

Doch der Tropfen ist gescheit und schlüpft schnell in das Auge der Liebe hinein. Dort bittet er dann darum, ausgeweint zu werden. Das Lebenströpfchen ist schlau und weiß, was es will. Die Liebe möchte es aber unbedingt behalten und gibt es nicht mehr fort.

Die Liebe ist zwar stolz, trotzdem verliebt sie sich hingebungsvoll in das Tröpfchen. Sie schickt es nicht fort, sie weint nicht, sie besteht darauf, dass alle, die vor der Türe warten, versuchen, ihr mit ihren Liebesgeschichten dieses eine Tränentröpfchen aus dem Auge zu locken.

Der Tumult vor der Tür ist ungeheuerlich, kleine und mittelgroße, mittelmäßige, berühmte, schrecklich blutige und überwiegend blutlose, winzige, geheimgehaltene und sehr große Liebesgeschichten werden durcheinander erzählt. Menschen-, Tier- und Ding- und selbst unerhörte Götterliebesgeschichten gibt es darunter. Macht- und Kampf- und Eigenliebesgeschichten sind zu hören. Traurige und lustige, schöne und schlechte Liebesgeschichten. Rosenblumige und falschblütige, junge, alte und vergessene, alles, was die Liebe bereits kennt, wird ihr erzählt und neu erfunden.

»Nein, nicht genug der Freude«, sagt die Liebe und schließt ihre Augen vor all dem. Sie stellt sich trotzig blind und taub. Dabei hört sie das Tröpfchen klopfen: »Lass mich raus, so lass mich doch endlich hinaus«, klopft es in ihrem Auge. Doch die Liebe will das Tröpfchen namens Leben auf keinen Fall fortschicken. Sie will es als ihr eigenes Liebespfand bei sich behalten.

Die Liebe erhebt sich im Zeitlupentempo aus ihrer lebensmüden Lage. So wieder auf die Beine gekommen, freut sie sich über sich selbst. Wie dumm war sie doch, sterben zu wollen. Sie lacht belustigt über sich selbst und kann gar nicht mehr aufhören zu lachen. Die Liebe lacht so heftig, dass ein Lachkrampf daraus wird, sie kann dem Lachen kein Ende geben. Sie hüpft auf der Stelle und muss sich an sich selbst festhalten. Die Liebe ist groß und mächtig schwer und hat jede Menge gute Stellen, um sich daran festzuhalten. Sie lacht und lacht, und tausende sternenartige Lachtränen kullern glänzend aus ihren verliebten Augen.

Alle Welt vor der Tür staunt und wundert sich über die Liebe. Keiner weiß, ob Freude oder Trauer angebracht sind, und was der Menschheit, die an die Liebe glaubt und sie behalten will, zu verkünden sei. Keiner wagt sich an die Liebe heran, selbst die Hoffnung ist furchtbar erschrocken und ganz starr vor Angst. Und auch die weiß nicht, was da noch zu retten wäre. Die Liebe aber lacht und lacht und lacht und ist vor lauter Lachen fast am Ersticken. So ist ihr Ende nun ganz nah und sie weiß es.

Die Liebe ist in Freuden gestorben. So wollte sie es, so musste es sein. Tausend leuchtend schöne Lachtränen drücken ihr die Augen zu. Sie geht zur Ruh.

Die Liebeslachtränen singen auf den schimmernden Augenlidern der Liebe ein trauriges Lied. Wer es hören will, der lausche der Bachschen Vertonung von Gottfried Heinrich Stölzels *»Bist du bei mir«.*

»Bist du bei mir
geh ich mit Freuden
zum Sterben und zu meiner Ruh.
Ach, wie vergnügt
wär' so mein Ende,
es drückten deine schönen Hände
mir die getreuen Augen zu.«

Liebesschlussverkauf

Die Jungs und Mädchen, Frauen und Männer auf den Straßen, in den entsprechenden Häusern, ob freiwillig oder gezwungen, versteckt oder ganz offen, überall, wo sie sonst noch zu haben sind, oder besser gesagt: bis vor kurzem zu haben waren, sie haben nichts mehr zu tun, seit die Antilustseuche den Planeten und seine ganze Menschheit ergriffen hat. Kaum noch werden Kinder geboren. Liebespaare, Ehepaare gleich- oder zweigeschlechtlicher Neigung, alle wollen sie das eine und einzig Wahre nicht mehr. Nur noch Zwangsbeischlafe oder künstliche Befruchtungen zur Erhaltung der Menschenart. Kein schöner, kein wilder, kein noch so lieblicher Fick.

Kein Mensch mehr möchte Sex und selbst die staatlichen, die beamteten Beischläfer und die dazu mit Reichtümern geköderten oder die dazu entführten und gezwungenen wollen es jetzt nicht mehr erdulden. Mit den neuesten und modernsten, aber auch mit den alten, ja sogar mittelalterlichen Geschlechtsschutzmaßnahmen am Körper angebracht, üben sie überall Verweigerung aus. Selbstmorddrohungen als Körperschutz, Revolution, Demonstration. Das Ende der sexuellen Funktion. Die Fortpflanzung der Menschen ist ins Stocken geraten. Es herrscht allergrößte Panik, vor allem bei den Angehörigen aller Glaubensgemeinschaften; und das mit der Reagenzglasbefruchtung hat leider auch nicht funktioniert, das ging böse daneben.

Dieses Phänomen ist weder mit theologischen Argumenten zu erklären, egal von welcher Religion und ihren Geboten, selbst der Staat hat kein Mittel dagegen, noch die Medizin oder die Wissenschaft. Weder Panzer oder Bomben können helfen noch irgendein Gen. Nur die Wissenschaft ahnt zu wissen, was hier geschieht. Der Geruchssinn der Menschen ist verkümmert, zerstört und nicht mehr wiederherstellbar. Keine Nase für den Geschlechtssinn, keine Pheromone mehr im Angebot, sagen sie. Liebesschlussverkauf.

Keine Lust, keine Libido, kein Fick mehr weit und breit für kein Geld, kein Gold, keine Zukunft der Welt mehr zu haben. Unglaublich, nicht wahr? Fast ist es schade. Für immer verloren dieser Geruch von Glück.

Die Menschen sind deprimiert und gelangweilt, sie gehen

in die Wälder, um Bäume zu zählen, oder in die Wüste, um dasselbe mit den Sandkörnern zu tun oder auf den Wiesen mit den Grashalmen, Blumen und anderen Gewächsen. Selbst das Wasser versuchen sie irgendwie der großen Menge wegen zu ordnen. Nur die Tiere freuen sich über diese Veränderung. Fleisch schmeckt den Menschen nicht mehr, auch alles andere können sie weder riechen noch schmecken. Somit ist ihnen nach dem Appetit auf das Geschlechtliche nun auch noch der auf das Essen vergangen. Ach, wirklich, irgendwie ist es schade drum.

Der Planet atmet auf, immer weniger wird der Gestank des Menschen verbreitet. Die Krankheit Mensch, die den Planeten so lange schon quälte, ist am Vergehen. Das kann nicht schade sein. Wer hat noch Hunger auf Leben, Appetit und Lust? Die Menschen können sich selbst nicht mehr riechen.

Aus der Reihe einer glücklichen Ameisenkolonne heben immer wieder einige ungläubige Ameisen den Kopf in die Höhe und können es nicht glauben, dass da kein Menschenfuß ihnen die Sonne nimmt, den Himmel.

Göttlich und beneidenswert, der Geruchssinn der Ameisen.

Schattenspiele

Der Schatten kam altmodisch daher, mit der Post in Form einer Postkarte aus einer Stadt, in der besagter Schatten abgelegt und vergessen war oder sich bereits begraben dachte. Er wollte ein ungutes Spiel treiben und schrieb sich mit liebsten Grüßen ohne Datum und Hallo auf diese Postkarte. Er war ein Rachegelüst, das auf schweren Beinen und mit schlackernden kraftlosen Armen daher kam. Daher war der Schatten höchst unerwünscht. Er war ein dunkler Gedanke, mit der Gewissheit einer »Du-hast-mich-nicht-gewollt-doch-ich-komme-und-hole-dich«-Aussage. Unterschrieben mit: »Liebste Grüße, dein Liebesleben.«

Das ist wahrlich einen finsteren Schatten wert, wenn einer sich der Liebe und dem Leben verweigert.

Eine »Du-hast-mich-nicht-gewollt-doch-ich-komme-und-hole-dich«-Postkarte kann jedem jederzeit in den Briefkasten geraten oder durch den Schlitz in der Tür direkt in die eigenen vier Wände.

Der Briefkasten stöhnt über solche Nachricht von solcher Hand geschrieben, zu solch lichtvoller Tageszeit eingeworfen von bestimmt unbeteiligt kühler Briefträgerhand, hinein in einen Briefkasten, der doch, wenn nicht von Liebesbriefen, dann eben von Werbebroschüren, Katalogen, Handzetteln oder Rechnungen für Gas oder Strom oder von angenehmeren Dingen wie den diversen kulturellen Veranstaltungsnachrichten träumt. Auch ein netter Brief hin und wieder von diesem oder jener, vielleicht von einem Verwandten, der Hochzeit feiern will und einlädt; eine Nachricht von einem Hauptgewinn, der aus einer Reise oder gar vielem Bargeld besteht, wäre dem Briefkasten durchaus erwünscht. Oder die Zusage auf eine wichtige Bewerbung für einen ersehnten Auftrag oder einen guten Posten; vielleicht eine Einladung zum Klassentreffen, wobei man gerne wieder nicht dabei ist; oder die Mitteilung über die Ankunft eines neuen Lebewesens in der Bekanntschaft oder Verwandtschaft. Schön und gut, sollen sie nur ankommen, die neuen Menschen, solch gute Post.

Aber dieses Mal ist es keine derartige Post. Eine Karte, ganz einsam, verschattet mit Leid und Weh liegt im Kasten und wartet darauf, ergriffen zu werden. Diese Tränen, die darauf tropften, nicht gezählt, doch unbezahlbar. Diese kindlichen, so ernsthaft gemeinten Gebete, in einen Himmel gerufen, der unsichtbar und unantastbar daher kommt.

Verrat auf großer Gefühlsfläche war es gewesen. Sie macht das sündige Gebiet aus, wo nichts gefühlt wird. Macht nichts. Der Teufel ruft, er hat sein gutes Recht auf Gehör. Und eine nicht gelebte Liebe ist eine Sünde hoch drei. Hier ist etwas berechnet worden, als handele es sich um eine geometrische Problemstellung oder einen Schaltplan, vielleicht wird auf einer anderen Fläche ein Gemälde, eine Partitur oder auch eine Denkpause daraus.

Was auf diese Postkarte geschrieben wurde, das reicht aus, um ein kleines Leben ganz durcheinander oder gar umzuwerfen. Wann kommt es, wo kommt es und wie holt es mich dann, denkt der angeschriebene Mensch, furchterfüllt und in Panik jetzt.

Die Postkarte, aufgefunden wie sie war, liegt dann einige ängstliche Zeit auf einem für unheimliche Postkarten vorgesehenem Platz: unter der Matratze. Dann verschwindet sie aus der Erinnerung des Empfängers. Den quälen dennoch Alpträume.

In der Nacht, in der kein Schlaf zu finden ist und Gewissensbisse ins Kopfkissen gestoßen werden, zeigen sich an der Wand Schattenspiele. Sie zu betrachten ist das Auge nicht geübt, es hält sich daran fest und denkt: »Solange es nur Schattenspiele sind, wird nichts mir etwas wollen, wird nichts kommen und mich holen. Und wenn es doch kommt, um mich zu holen, dann werde ich mich schlafend stellen oder tatsächlich eingeschlafen sein, traumlos, nichts davon bemerkend und nichts wissend. Das Gehirn wird ausgeschaltet sein, für diesen Moment nur, und wird niemals ahnen, dass es jemals angeschaltet war. Ja, so sollte des Schattenspiels Ende sein. Ein Ende, das nichts davon weiß, jemals ein Anfang gewesen zu sein. Und alles ist verziehen, weil vorbei.

Die Postkarte unter der Matratze regt sich, sie bewegt sich bis unter das Kopfkissen. Der Kopf ist schon ausgemacht. Wie ein Licht, das unnötig brannte.

Eheähnliche Zustände

Nach dem aus gegebenem Anlass gefeierten Freudenfest atmen die Wände, die Böden und die Zimmerdecken der Räumlichkeiten, nun endlich zur Ruhe gekommen, wieder auf. Die Gäste, alte Freunde, neue Nachbarn und auch die nötigen Verwandten sind aufgebrochen und haben sich in die eigenen Lebenshöhlen zurückgezogen. Mit ihren fröhlichen Ausrufen: »Na dann, bis zum nächsten Mal«, ihren guten Wünschen, ihren butterflockenleichten Wünschen, die sie in die Hände gedrückt oder fest mit Lobgelächter auf die Schulter geschlagen hatten. Manche haben aber auch beim Abgang etwas verstimmt und verstummt wieder nur die Köpfe geschüttelt. Keiner hat auch nur eine einzige traurige Träne geweint. Doch gesungen haben sie alle, das Lied der alten Liebe, die so unverwüstlich, weil durch neue Zeittöne aufgefrischt. Bei Festende zwischen Tür und Angel, hier mal gewollte und dort schon wieder unerwünschte Wangen-, Stirn- und Zungenküsse.

Das Paar ist sich nun selbst übrig geblieben wie die Essensreste oder die verbliebenen Schlucke aus Weinflaschen. Zwei Paar Hände streicheln die Wände entlang und trösten mit Augenzwinkern die Decke. Zehenspitzengängig leise, auf den vom Tanzen ermüdeten Boden, so laufen sie ihre eigene Höhle ab und blicken sich um nach den herumliegenden guten Resten und Zeichen, die sich ihren müden Augen bieten.

Die Tische zeigen sich ihnen wieder so, wie sie sie schon öfters sahen. Alles klebt und trocknet auf den Tellern, die guten Soßen, das in sie hineingefahrene Stückchen Brot, sogar einige Lachtränen sind unter die Lippenstiftfarbe vermengt beim Lippen- auf Augengeküsse. Selbst in die Servietten gewischt, ist die gute Laune sichtbar. Der Nachtisch, der Mokka, die Wachsflecken der vielen Kerzen, alles auf dem Tisch erzählt vom üppigen Mahl. Die Gläser und die Flaschen sind leer. Kürbissahnesuppe gab es vorweg, danach einen Krustentiersalat umringt von Schleierkraut und Rittersporn, Lammhaxen und Rehrücken, Geflügel, Fasan begleitet von Sättigungsbeilagen, wie etwa der wiederentdeckten und mit Ah und Oh verzehrten Polenta auf alte Art. Oder die mit zarter Sardellenfiletbutter verfeinerten Brokkoliklößchen. Sogar die arbeitsaufwendigen

Befehlshaberkartoffeln wurden gemacht, dann gab es auch noch Käse und Obst, Maronenspaghetti mit Pistazieneis und andere raffinierte, über lange gemeinsame Jahre erprobte Lieblingsspeisen wurden großzügig aufgetischt. Allein das gute Essen war für einige Gäste ein Grund, bei wiederkehrendem gegebenem Anlass auch wieder zu kommen. Ausgepackte Geschenke, überall verteilt, zerknülltes schönes Papier und einige wertvolle Schleifen im Raum verstreut, alles so stehen, liegen und wirken lassen.

Wie verabredet, wurden wieder keine Fotos gemacht, auch keine Videofilmaufnahmen. Das Gedächtnis allein sei eine gutgefüllte Schatztruhe für diesen Tag, für Schatzsucher ohne das richtige Zauberwort unaufschließbar.

Das Gesetz ist immer auf ihrer Seite, die Hoffnung auf eine baldige neue Zusammenkunft ebenfalls. Das Paar, gut geübt in eheähnlichen Zuständen wie auch in Trennungsangelegenheiten, ist ganz und gar zufrieden mit sich selbst und seinen Eigenheiten. Über dem Ehebett hängt, anstatt irgendeines schönen Bildes, eine mit weißen Seidenbändern auf schwarzem Samttuch geschriebene, selbst entworfene und gefertigte Handarbeit. Doppelstimmig lesen sie sich die Worte vor:

»Und sie sagte sich los von Angst und Freiheit, verfiel in sorglose Sicherheit. Sie kämpfte nunmehr nur noch auf schon verlorenem Posten, dabei ging es ihr gut und sie fand keinen Grund zur Beschwerde.

Und er riss sich aus die Arme, die in den Himmel griffen, er umschlang die Erde wie ein Fass, das gefüllt war mit Sternen, die aus seiner Stirn gefallen, dabei ging es ihm gut und er suchte kein Firmament mehr ab.

Und sie fanden sich ein aus dem Stand der Sitzengelassenen in die Lage der Schwebenden. Sie hatten eine Gewissheit so nötig wie die Liebe einen Menschen, und dabei ging es ihnen gut wie dem Regen auf den Blättern eines Baumes oder wie den Bäumen in den Augen eines Försters.«

»Liebster«, flüstert die Stimme der Frau, »öffne alle Fenster und bringe mich in unser Bett. Jetzt, da wir feierlich geschieden sind, decke mich zu und schlafe ein neben mir. Es ist vollbracht und es war schöner als bei unserer Hochzeit vor nicht so langer Zeit. Schau, auch die Kinder waren da mit den Ihren und selbst die streitsüchtige Scheidungsrichterin und alle unsere ehemaligen Standesbeamten haben sich wieder her bemüht. Hast du gesehen, wie sie alle miteinander getanzt haben. Und wie heiter wirkten all unsere Trauzeugen. Auch denen haben wir doch einmal die Ehe und auch die Scheidung beigebracht. Sag, wann teilen wir den zuständigen Behörden das Aufgebot für unsere verflixte siebente gemeinsame Heirat mit, wann werden wir unser nächstes Hochzeitsfest feiern?«

Das frisch geschiedene, glückliche Paar umarmt sich schlaftrunken und sie sagen in ihrem alten Ehe- und Scheidungsbett, erneut ihre Münder aufeinander, die Zungen ineinander, wieder einmal Ja zu ihrem Nein.

Verlust am Ende des Weges

Auf einem Fahrrad mit einem Anhänger fährt eine alte Frau die Straße entlang. Die Oktobersonne scheint auf das Himmelblau ihres am Lenkrad befestigten offenen Regenschirmes. Trotzdem kneift sie ihre Augen wie geblendet zu. Diesen Weg kennt sie auswendig, fährt ihn blind. In ihrem Anhänger führt sie einen Blumentopf mit sich. Die Blumen darin blühen in einer Farbe, die aus einer Paarung von rosa und gelb entflammt. Während sie mit jedem Pedaltritt einen Weg weiter altert, fährt sie nach Hause, um ihrem Fensterbrett oder ihrem Garten einen blühenden Besucher, eine sonnengetränkte Blütenfrische mitzubringen. Dabei strampelt sie sich wie täglich nur zurück in den Garten ihrer noch blühenden Erinnerung. Eine Erinnerung an eine verlorene Liebe.

Einmal, vor wie fast nie gewesenen Zeiten, saß sie selbst, wie ein Arm voller rosagelber Blumen, auf dem Rücksitz des Fahrrades ihres Geliebten. Der fuhr sie spazieren auf gemeinsamen Wegen, so wie sie jetzt den Blumentopf umherfährt auf einsamer Straße. Sie fuhren damals so zart, so warm, wie von den Pedalen der Liebe und der Sonne bewegt, in den Garten seines Hauses, das er aber doch nur in seinem Herzen für sie gebaut hatte. Nun am Ende ihres ratlosen Radweges angelangt, trägt die alte Frau den Blumentopf in den Garten, umarmt ihn wie einst ihren Geliebten, fest an ihre Brust gedrückt und die Augen weit geöffnet.

Sie setzt sich mit ihm unter jenen Baum, unter dem sie, wie sie sich erinnert, den Geliebten bei verträumten Versuchen, ihn festzuhalten, verloren hat. Der Geist des Baumes erzählt der alten Frau täglich, wie es mit ihnen ohne den Verlust hätte sein können.

Im Park

Vier teilzeit-alleinerziehende Väter gehen hier mit ihren, also mit vier, zum Teil alleine, aber nicht schlecht erzogenen Kindern spazieren. Sie durchqueren einen Park, in dem viele Alleine-Herrchen oder -Frauchen, ohne angeleint zu sein, ihren Hunden folgen. Die Hunde kennen sich allesamt. Die Väter, die Frauchen, die Kinder, die Herrchen und die jeweiligen Umstände kennen sich auch nicht übel. Sie begegnen sich fast jeden Tag. So gut das Wetter eben, solange ihre Zeit, diese frei gezwungene, es ihnen erlaubt.

Der Freizeit- und Familienpark genannte Ort inmitten einer Großstadt ist beliebt, von Hunden bekackt und von den Kindern aller Art durchgeschrien. Bäume träumen mit Papierdrachen als Gefangene in den hohen Ästen von Kinderbeinen und -händen, die auf ihnen herumklettern. Die Kinder träumen von den Wegen, welche die gefangenen Drachen, wenn sie frei gewesen wären, hätten nehmen können. Die alleinerziehenden Väter träumen von neuen guten Frauen, die allein nur für sie da wären. Die Herrchen der Hunde träumen von alleinerziehenden Frauen in anderen Parkanlagen, dort dürfen aber keine Hunde unangebunden hinein. Die ungebundenen Frauchen der abgeleinten Hundeweibchen träumen von Männern, die auch Hunde mögen.

Man trifft sich an den Wochentagen mit Überraschung in den Gesichtern, man verabredet sich nicht mit noch etwas mehr bestimmender Miene für die Wochenenden. An den Wochenenden wird Familienleben geplant und ausgeführt, immer woanders mit anderen, auch nicht eleganter gelösten Bedürfnispflichten.

Die allein am Wochenende erziehenden Mütter, verhätscheln oder therapieren ihre wie sie sagen, vom Vater im Recht, aber dennoch schlecht verzogenen Kinder. Es gibt einen Verein für solche aus der Mutterschaft hinaus und emporgekommene Frauen. Es gibt Kinder aus ehemals guten Ehen. Es gibt traurige, frohe, liebe, aber auch gewalttätige und sich über ihre Lage nicht beschwerende Kinder und auch Hundehalter.

Es gibt Neuigkeiten zum Austauschen. Die Kinder erzählen keine Märchen, sie erleben manchmal Schlagzeilen reife Alltäglichkeiten. Eine vom Rechtstaat um ihr Kind betrogene Mutter stürzt sich zuerst in den Alkohol, danach aus dem Fenster in den Hinterhof. Sie hat es überlebt, das Kind darf seine Mutter im Krankenhaus besuchen. Der Vater des Kindes steht derweil mit einer netten Hundehalterin im Gespräch vor dem Krankenhaustor.

Das Kind erzählt seiner Mutter märchenhafte Geschichten. Die Mutter kann nicht sprechen, aber sie würde ihrem Kinde gerne sagen, dass alle in Bäumen gefangenen Drachen nur deshalb nicht entkommen, weil die Seelen von toten Tieren, die zwar laufen, aber nicht fliegen konnten, sie festhalten. Natürlich sei das ungerecht, wie eben so vieles im Leben. Es steht aber in machen Zeitungen auch kleingeschrieben: Alleinerziehendes Elternteil sucht das Glück bei einer neuen besseren Abhilfehälfte.

Die Kinder der Parkanlagen spucken auf die Hundehaufen der Parkanlagen. Den größten Hundehaufen, auf ein großes Blatt geschoben, tragen die Kinder, den Erzieheraugen entgehend, gemeinsam zu dem Baum, der den schönsten Drachen gefangen hält. Sie erzählen dem Baum eine Geschichte. In der Geschichte lebt ein Hund ohne Leine und Halter glücklich auf den Bäumen und springt frohgebellten Mutes von einem Ast zum anderen. Der Hund in der Geschichte bekackt die Bäume nicht, er zielt immer treffend auf den Boden. Die Kinder legen ihre Opfergabe, den schönen großen Haufen, an den Fuß des Baumes und sie besingen in Pinkelzügen, plätschernd so den Baum begossen, seine Krone.

Solch ein Kind

Das Kind wird nicht vom Baume fallen, es wird nicht unter ein fahrendes Auto geraten, es fliegt nicht von der Schaukel herab auf den Kopf oder mit einem Flugzeug in den Abgrund. Das Kind wird niemals geschlagen von fremder oder verwandter Hand, wird nicht gezwungen, Dinge zu tun, von denen es noch nicht weiß, dass man sie nicht mit ihm machen darf. Das Kind wird nicht Hunger, nicht Durst erleiden. Es wird nicht krank und bleibt nicht unwissend. Es wird nicht seines Lebens beraubt, nicht zu früh einschlafen, um nicht wieder aufzuwachen. Das Kind wird nicht verfolgt und gejagt und bedroht in ein Erdloch gesteckt und vergessen. Es wird nicht eingefangen und umgebracht. Dem Kind wird nichts abgeschnitten, weder von seinem Körper noch von seinem Geiste. Dem Kind wird nichts genommen, weder die Familie, die Freunde noch sein Lieblingsspielzeug oder seine Freude.

Das Kind gerät nicht auf die schiefe Bahn und wird nicht andere Kinder zublute quälen. Dem Kind geschieht nichts Böses, keine Naturkatastrophe wird es treffen, kein Unglück wird ihm eingeredet oder angetan. Dem Kind wird das Lachen nicht vergehen. Es wird nur weinen aus kindlich fröhlicher Lustigkeit. Und ein bisschen aus Trotz. Das Kind wird nicht vom Dache springen, nicht aus dem Fenster fliegen, nicht im Keller ertrinken. Es wird nicht zu Tode erschreckt. Der Atem wird ihm nicht genommen und auch nicht die Hoffnung auf Zukunft. Das alles nicht.

Das Kind springt jauchzend und bewegungsgierig auf der Stelle auf und ab. Es hebt seine Arme, lacht und schreit in den Himmel. Es rennt vor und zurück und auf der Stelle. Kein Weg ist ihm ohne Geheimnisse, die noch zu entdecken wären. Dem Kind werden keine Fragen gestohlen oder von der Zunge gerissen, keine Antworten werden ihm in den Kopf geklopft oder mit Gewalt hinein gesteckt oder ins Herz gedrückt.

Das Kind ist niemals dumm. Gerade aus der Mutter hinaus gekrochen oder herausgeholt, weiß es: *Jetzt bin ich.*

Dem Kind werden weder all die Farben ausgehen noch die Töne, die es gibt, alle Lichter, die es benötigt, ebenfalls nicht. Die Nahrung, die aus Sonne wächst, wird das Kind gedeihen lassen. Und das Wasser, das in die Sonne verliebt ist, wird es nicht verderben. Das Kind wird redend, singend und rufend alles in seiner Welt hören können.

Die Augen des Kindes werden leuchten, nein, nicht wie Sterne oder die Sonne selbst, auch nicht wie die Lichtfluter in einem Riesenstadion, wo Kinder sich zum Kinderfestefeiern versammeln, sondern wie Staubkörnchen im Blitzlicht. Seine Seele wird nicht ungütlich angetastet werden, sie wird berührt sein von Glück.

Viel Neues sieht das Kind in der flimmernden Luft, die es so leben lässt. Es streckt seine Nase in die Luft und entdeckt einen neuen Geruch. Da schwebt es gerade mal, als hätte es ein Luftkissen unter den Füßen. Es schwebt gar lange, aber nur ein wenig hoch, gerade mal eine Handbreit über dem Boden. Und keiner sieht es. Keiner hört das Schweben oder fühlt es als einen Hauch von Glück, einen kleinen Temperaturunterschied von vorher, jetzt und danach. Das Kind wird niemals denken, es sei ja nur ein Kind. Es weiß, es ist das Leben. Später weiß es dann selbst nicht mehr, wie es das Fliegen verlernt hat. Es wird das Sichselbstbelügen auswendig lernen von Kindes Beinen an, nun bodenfest.

Ich schwöre, ich bin geschwebt und geflogen. Ja, solch ein Kind, ein wahres, bin ich, war ich, will ich sein und alles andere ist erfunden und erlogen, wird das Kind dann sagen.

Der Gabentisch

Auf dem Stuhl saß ein winziger Junge, der hatte einen schönen Namen: Er hieß Mortis. Der Name mochte bei der Bestimmung für den Jungen den Eltern etwas nicht Überwundenes oder etwas groß Ersehntes sein, wie auch immer, der Junge war entzückend. Er wartete auf ein Wunder. Jungen im Alter von acht Jahren warten täglich auf Wunder. Die kommen auch manchmal auf leisen Sohlen und fast unerkannt daher. Das Wunder für Mortis kam laut und hörbar schlürfenden Schrittes, mit Geschepper im Gelenk und Geheule im Gesicht daher. Mortis will verstehen. Lieber Mortis, der du bist, sei wachsam. Deinen Namen, so schön er klingt, wird mancher Mund zwischen den noch eigenen Milchzähnen mit Hohn verlautbaren. Die hochgezogenen Augenbrauen und die rollenden Augen anderer Mütter werden nicht dich, aber deine Eltern verspotten. Und du wirst sein, was du bist: ein wunderbarer Junge mit viel Hoffnung auf Morgen. Du wirst deinen Namen leben. Er ist dir gegeben wie ein Geschenk auf dem Gabentisch. Nimm voller Hände dir davon! Nimm unersättlich! Das ist dein Recht. Wenn du so genannt bist, ist dir die Erlaubnis zu allem gegeben.

Mortis, sei schlau, denn ich liebe dich. Du kannst mir die Haare vom Kopf weg, die Seele von der Stelle fressen. Du bist ein gutes, aber nicht mein Kind. Deshalb bist du immer mehr als das, was ich dir jemals gegeben hätte. Kinder sind gut, egal wie sie heißen. Und du trägst einen Namen mit Verantwortung. Vergiss es schnell, lieber Mortis, was du von mir vernommen. Ich backe dir eine Erdbeerrolle.

Kinder lieben auch den Kuchen, der da heißt: falscher Hund. Ich belle in deiner Sprache, Mortis. Du gefällst den Göttern. Sie werden sich bei ihren Gesprächen über die Welt einmal Einhalt gewähren und aussagen, dass Du, Mortis, es gut haben wirst. Mit diesem Namen, noch nicht geboren, ihn erkämpft bereits im Mutterleibe. Mortis, du lebst nebenan, du bist mein Nachbarkind, du bist mir nicht fern, du gehst mir nahe.

Kinderschwund

Die Frau des Metzgers kommt sich fragen, wo ihr Kind denn sei. Die Frau des Bäckers hinterher. Die Frau des Schusters macht sich keine Sorgen, sie hat sich umgedreht und geht der Frau des Gemüsehändlers voraus. Die kommt mit offenem Mund und hat schon gefragt, wo ihr Kind denn sei, gleich mit den anderen Frauen, die dann noch kommen.

Die fünfundzwanzig Kinder der Kindergärtnerin überkreischen die Kreuzung und locken den anderen Frauen die Tränen aus den Augen und ein: »Wo bist du, mein Kleines?«, aus dem Blick. Kinder haben kurze Beine.

Heute kommt die Kindergärtnerin ganz alleine und kreischt. Fünfzig kleine Beinchen sind ihr abhanden gegangen. Heute kommt sie nur einkaufen: beim Bäcker das Weckmehl, beim Metzger die Knochen, beim Schuster den Leim und dem Gemüsehändler handelt sie etwas Grünes ab. Heute kocht sie aus Wut und rührt sich um. Die Kindergärtnerin ist kinderlos, so steht es seit heute an der Wand, an der sie vorbeiläuft voller Angst. Sie will sich fragen, wo denn seit gestern alle sind.

Ab morgen sind alle Läden geschlossen, Fleisch, Brot, Schuh und Obst verkommen, solange es nur die Kinder nicht tun. Aber seit gestern leuchtet allen Ampeln Immergrün. Eine Fahne hängt sich suchbereit bis auf den Boden und die Fahnenträger sind fleischesmüd und brotbeklommen, haben Barfüße im Kopf und Petersilienstängel im Mund, haben Augen groß und Zähne aus den Gesichtern gepresst, haben Stangen, soweit die Arme ragen. Und die Frauen singen von innen ihr klagelautes Lied vom Kinderschwund.

Sondergebar

Auf den Straßen spielen manche Erwachsene mit ihren Ängsten. Die einen schauen den Hunden nach und bellen in sich hinein. Sie wollen gerne zubeißen, doch bellen, das könnten sie nicht. Die anderen fürchten um ihre Hunde, weil sie wissen: Es gibt solche Menschen, die diese Hunde zu gerne umbringen wollten, tatsächlich.

Eltern, die um die Sicherheit ihrer Kinder fürchten. Die armen kleinen Mädchen und Jungen in der Hand von Lustmolchen und Schändern. So viele geschlossene Türen und verdunkelte Fenster, an denen fast keiner wirkliches Interesse zeigt. Das bisschen Böse, das bisschen Ahnung hier und da hat keinen nahen Freund zur Seite, der Mut heißt, um ganz eigenhändig Hunde oder Kinder zu retten.

Rette dich doch selbst, dann ist jeder gerettet. Das ist das Motto der Zeit. Katastrophen und Unglück, Leid und Qual. All das bitte gerne erfahren, aber nicht selbst erleben müssen. Die Nachrichten aus aller Welt sind ja bereits eine Strafe an sich für die Menschen dieser Zeit.

Aber auch Schönes gibt es doch und Lachen gibt es, gute Worte und Taten, die auf sie folgen. So vieles, was Herz und Augen erfreut, gibt es. Schöne Geschichten gibt es. Doch scheint den Ohren das Interesse daran verloren gegangen. Die Ohren hören zu gerne das Böse, das Schlechte, das Unglück, das natürlich immer nur den anderen widerfährt. Niemand liebt wirklich die Ohrenschändung, welche das Martinshorn begehen kann, aber die Neugier, wem es denn zur Rettung brüllt, ist jedem gegeben. Doch da gibt es ein kleines Kind, das gefragt wurde: »Was willst du denn einmal werden«, und es antwortete »Oh, ich will furchtbar gerne die Sirene eines Feuerwehrautos werden«.

V. Nehmen und Geben

Im Einkaufspalast

Im Einkaufszentrum ist es kühl. Auch deshalb ist es schön, dort im Hochsommer bei schwüler Hitze und hohen Temperaturen draußen die Einkaufsbummelzeit drinnen im Einkaufszentrum länger als gewollt oder benötigt zu verbringen. Es wird wieder ein langer Kassenzetteltag und jeder möchte Ausschau halten nach den Dingen, die billig zu ergattern oder gewünscht teuer zu kaufen sind. Nur kein Gedrängel bitte, keine Hetze, nur nicht die angestaute Ruhe verlieren.

Kostbare Freizeit gewissenlos und mit mehr oder weniger ungeduldigem Ausgabegeld in der Tasche vor den Schaufenstern zu beäugen, das ist eine Beschäftigung, die von beinahe niemanden getadelt wird, nein, selbst der Staat ist darauf angewiesen, damit der Rubel rollt, wie man so schön sagt. Die ungeschriebenen, aber ausgeübten Gesetze des Einkaufens wie die Regeln der Verschwendungssucht sind selten unangenehm.

Kleinkindnörgelei und Babygeschrei wird nicht geduldet, die Einkaufsruhe hat vor aller Eltern- und Kinderliebe Vorrang. Die Eltern müssen eben zu Hause per Katalog oder Online-Bestellungen die Besorgungen für ihre ganz Kleinen erledigen. Die Kinder unter sechs Jahren werden vor den Eingängen der Einkaufspaläste angebunden. Sie werden unter Aufsicht der Kaufhaushunde und ihrer Aufseher, die in der Regel aus von Amts wegen verpflichteten Arbeitslosen bestehen, still gehalten, solange die Eltern ihren Einkaufspflichten nachgehen.

An den Ausgängen werden die Kinder nach einer Kassenzettelkontrolle, wobei es darauf ankommt, dass eine bestimmte Summe ausgegeben worden sein muss, den Eltern wieder übergeben. Ist der vom Einkaufssenator vorgeschriebene Mindestbetrag nicht erreicht, werden die Eltern zurückgeschickt, um noch mehr einzukaufen. Dieser Mindestbetrag wird übrigens jeden Tag neu in den Nachrichten vermeldet. Pech für jene, die nicht rechtzeitig genug Bescheid wissen.

Die ehemals per Fingerabdruck am Computer an den Eingängen überprüfte Kontostandspflichtauskunft der Kunden wurde nach längeren Streitereien zwischen der Kundengewerkschaft und der Stiftung Kundentest wieder aufgehoben. Das heißt, dass jetzt auch so genannte Scheinkunden mit sehr geringem Kontostand in den Einkaufspalästen umherschlendern können, ohne die Absicht oder die Möglichkeit zu haben, den festgelegten Geldbetrag auszugeben. Sie dienen zur Dekoration, sie füllen die nicht so gern besuchten Abteilungen wie Kunst und Literatur oder die Heimwerker- und Do-it-yourself-Abteilung. Die Lebensmittel-Feinkost-Etage oder die Schmuckabteilung müssen sie aber meiden. Das ist die Abmachung.

Das wiederum veranlasst manchmal Auseinandersetzungen und einen Stau bei der Kassenzettelkontrolle. Doch das allgemeine Schamgefühl der Sparsameren oder gar weniger Guthabenden nebst den mitleidigen oder oft schadenfreudigen Blicken und Äußerungen der Geldhabenden, denen sie im Moment der Kontrolle ausgesetzt sind, verringern die Anzahl solcher peinlichen Situationen.

Die Gesichter der einkaufswilligen Kunden spiegeln sich in den auf Hochglanz gebrachten Waren. Glückliches Frauengesicht auf einem verchromten Samowar, verzücktes Männerauge in der Linse einer Superkamera. Feuchte Hände in den Hosentaschen, die Hände kaum zurückzuhalten von den Befehlen des Gehirnes, das sagt: »Kaufen, etwas kaufen, alles haben wollen.« Besonders in der delikaten Lebensmittelabteilung kommen oft peinliche Szenen zu Tage. Verarmte, reiche Leute mit gutem Geschmack, aber keinem Geld fallen zeitweise in Ohnmacht oder werden wegen Mundraubes von Kaufhausdetektiven verfolgt und bedrängt. Diese Leute werden möglichst unauffällig aus dem Kaufhaus durch einen Sonderausgang hinausbefördert. Man nennt sie die Ungenießbaren oder die Unreifen.

Kinder über sechs Jahre bekommen in den entsprechenden Abteilungen Extraführungen vom dazu speziell ausgebildeten, höchst aufmerksamen und äußerst kinderfreundlichen Kinderkunden-Servicepersonal. Bei unwilligen Eltern, die ihren Kindern das ihnen vom Personal aufgenötigte nicht kaufen wollen, schreitet ein so genannter Scharfmacher ein. Der verteidigt das Sollgehabewolle dieser Kinder und kritisiert die Eltern in ihrer Kinderliebe. Wenn die Kinder endgültig scharf geworden sind auf das bestimmte Produkt und greinend über ihre Eltern zu schimpfen beginnen, kommt ein Einkaufspsychologe dazu und versucht die Eltern mit gezielten Einwänden davon abzuhalten, ihre Kinder unglücklich zu machen. Das wirkt fast immer und geht meistens für die Kaufhauskasse gut aus.

Andere Kinder, die sich aus Angst vor den Eltern oder auch aufgrund einfacher Klugheit und Bescheidenheit nichts aufdrängen lassen vom Kinderkundenservicepersonal, werden fotografisch registriert und manchmal am Betreten der Einkaufspaläste behindert, sei es durch einem kleinen vorbereiteten Unfall, der nur zum Nach-Hause-gebracht-Werden dient oder durch andere Maßnahmen, durch die dem Kind plötzlich übel wird, sodass es ärztliche Hilfe benötigt. Das übernimmt der Kunden-Unfallservice gratis. Die Diagnose des Arztes empfiehlt den Eltern, ihr Kind eine gewisse Zeit nicht mehr zum Einkaufen mitzunehmen. Dabei werden die Eltern mit einem kleinen Gutschein getröstet, der ihnen erlaubt, beim nächsten Besuch im Einkaufsparadies ein postergroßes Foto ihres Kindes in der Abteilung »Eltern allein unterwegs im Glück« abzuholen. Das kommt gut an und hilft bei der Bewältigung des nächsten langen Kassenzetteltages.

Es gibt einige Menschen, die scheuen nicht davor zurück trotz der Gefängnishaft, die sie nach solchen Abenteuern erwartet, die Nächte versteckt, etwa in Schränken oder unter wunderschönen Betten, im Kaufhaus zu verbringen. Solch eine Nacht mit allem, was gut und teuer und schmackhaft dazu ist, und das An-und-Ausziehen von Samtenem und Seidenem und das Schlafen inmitten der traumhaften Waren entschädigt sie für die Strafe, die sie bekommen, wenn sie morgens entdeckt werden. Einigen besonders Fähigen gelingt es, nicht entdeckt zu werden, und sie zehren lange danach noch von diesen Nächten im Palast der Träume.

Einkaufsverweigerer, die es ablehnen, solche Paläste überhaupt auch nur zu betreten, werden durch Spezialagenten registriert und beobachtet, dingfest im Sinne des nicht Anwesendseins gemacht. Die Betroffenen werden generell irgendwie krank oder erleiden undurchsichtige Unfälle, sterben dürfen sie dabei nicht. Sie werden durch Medikamente, die sie unbemerkt verabreicht bekommen, einkaufswillig gemacht. Und wenn ihr Kontostand es erlaubt, werden sie später nicht selten zu guten Kunden.

Besonders an den Tagen, wenn es draußen sehr kalt ist oder furchtbar stark regnet und die Luft mit Begierde gefüllt, die nur durch Kaufen zu stillen ist, werden die Blicke der Kunden warm und willig auf den Waren ruhen. Glückliche Kunden, die sich am Glück in den Augen der anderen mit Zufriedenheit wieder erkennen. Himmelsglockentöne, zu hören bei jeder Registrierkasse, bei jedem Öffnen ihrer Geldausgabepforten, bei jedem Fuß, der sich bereitwillig mit Kaufeslust hineinbegiert.

Gehet und kaufet, was euch gefällt, was euch glücklich zu machen verspricht, was ihr schon immer haben wolltet. Gehet und kaufet das, was euch in Werbungen ans Herz gelegt, in die Köpfe gestopft und heiß empfohlen wird. Gehet hin und kaufet euch alles, was euch mit Neid in der Seele schon lange ins Gemüt gefressen hat. Das, was die anderen bereits gekauft haben. Das, was des Bürgers Pflicht ist zu besitzen. Kauft den Ohrwurm, der in euch nagt. Kauft alles, alles, alles. Und rettet den Staat und somit seine Staatsbürger und damit auch des Staates Staatsgelder. Es wird euch auch gedankt mit mir nichts und dir nichts guten Verkäufermienen. Kauft, Leute, kauft, es klingen die ebenfalls verkaufbaren Fanfaren, es jubeln die verkauften Marktforscher. Hoch oben im Kaufrauschwind wehen die uns heiligen Kaufhausfahnen.

Nicht unerschwinglich

Du kannst dir alles kaufen, was du willst. Du wirst es so oder so bezahlen. Nicht nur das Geld ist eine Währung, mit der du bezahlen musst. Du kannst auch mit deinem Körper bezahlen, deiner Gesundheit, deinen Nerven, deinen Ideen und Vorschlägen, die vielleicht irgendwem etwas Wert sind. Du kannst mit Zeit bezahlen, dein Leben lang oder auch nur für Sekunden, in denen du etwas gibst, wovon du selbst keine Ahnung hattest, es zu besitzen. Du kannst mit Verzicht bezahlen, mit Geduld oder mit Gier. Unersättlich bleibt aber das ewige Habenwollen von Dingen oder Zuständen oder Gefühlen, die du noch nicht hattest.

Geh bummeln und schau dir an, was auf dem Markt geboten wird. Und wenn du dich selbst irgendwo in einer Auslage liegen oder stehen oder sonst wie gut angepriesen siehst, dann rechne dir aus, ob du dich haben willst, ob du dich dir leisten kannst, ob du dich mit dir bezahlen kannst.

Die Zeit für Einkäufe und Verkäufe war nie besser als jetzt. Das Angebot war nie größer, die Preise nie so gut. Ob sie dir nun billig oder teuer erscheinen, das entscheide selbst. Aber überleg dir vor allem gut, ob du für dich selbst auch nur einen Penny ausgeben würdest, einen Gedanken oder ein Gefühl verschwenden wolltest.

Vielleicht schaust du bei den so genannten Second-Hand-Geschäften nach. Vielleicht befindest du dich dort längst in einem Regal oder einer Vitrine oder angepriesen im Schaufenster. Mach deinen Preis. Bezahl aber auch, wenn du dir selbst nicht gestohlen bleiben willst. Oder glaubst du etwa von dir selbst, du wärest ein Geschenk wert? Und wenn ja, wem wolltest du dich schenken?

Blickrichtung

Die alten schönen Münzen: aus den Ruinen der Zeit geborgen, in Sicherheit gebracht und in Museen ausgelegt. Damalige Zeichen und Köpfe der Macht, fragwürdige Prägungen in altem Metall und Gedächtnisgut.

Neue Köpfe auf den neuen Scheinen. Alles für die Notwendigkeit und die Gier des Habenwollens. So können sie sich krumm machen und verbiegen, die Arbeitshände, die Staatspranken und die digitalen Kontobewegungen. Hände, die wie Fächer aufgefaltet, einstecken, was wie ein Geschenk des Himmels sich nähert. Selbst wenn es unverdient und schmutzig und heiß ist, das, was da ankommt. Hände, die sich damit eine Seelenkühlung verschaffen. Der Blick ganz trübe vom Wasser, in welchem das Geld gewaschen wurde. Der Blick ganz fixiert auf ein wertvolles Objekt der Begierde. Der Blick willig am Lavieren vom Gutgehabe zum bösen Gebesoll.

Da kommt der Unwille ins Schleudern und ins Schielen angesichts der von hohler Stelle verordneten Bescheidenheit. Nein, das steht mir zu, das habe ich mir verdient. Das werde ich fest im Blick behalten, dieses Abbild meiner Augen, die in der Öffentlichkeit mit Blickrichtung auf Scheine und Bares so bildschön aussehen. Das werde ich mir hübsch und teuer einrahmen lassen.

Kolonnenstraße

Morgen werde ich mich überwinden und mich mit dem Hammer in der Hand aufmachen. Ohne Mucks und wie ein Mäuschen auf die Straße gehen.

Ich brauche mich weder suchend umzuschauen noch erfinderisch weiter zu laufen.

Ich hole aus und mache einen Schritt, dann einen Tritt mit dem Fuß und einen Schlag mit dem Hammer. Ich reiche nicht aus, die Straßen sind zu lang und der Autos zu viele.

Auch ein wenig Angst vor der Obrigkeit lässt mich den Hammer fallen lassen und meine Beine in die Hände nehmen. Außer Atem, aber unerwischt stehe ich zu Hause am Fenster, ich lausche und warte auf das Martinshorn oder auf die zu späte Meldung in den letzten Nachrichten an diesem Tage.

Ich öffne das Fenster und gebe dem Lärm und dem Staub am Stau Einlass. Ich bin kein Fahrer und kein Besitzer, doch dem Lenkrad meiner Idee sind jetzt schon die Hände zu klein. Ich bin wohl auch kein Überläufer und meine Beine sind vorläufig dem Weg zu bang.

Mich rädern Gedanken, die so frei sind. Sie lassen mich der rasenden Augenblicke wegen nur bei gelungenem Wildwechsel auf dieser Durchfahrt stoßweise applaudieren.

Die Kolonne frisst ihre Straße und es gibt mehr Autos als Straßen. Kein Warnschild ist zuvorkommend zu erfinden. Karambolage in einer Kolonnenstraße. Der Himmel wird sich deswegen noch lange nicht und gar so schnell wie eine Schildkröte in Zeitlupe auf den Rücken drehen.

Ich bin der Stau an sich, ich schließe das Fenster wieder und mache mir Vorstellungen, wie es wäre, wenn in jeder Straße jemand stünde mit einem Hammer in der einen Hand und in der anderen ein Lenkrad.

Durch mein leise geschlossenes Fenster und die Schließfolge meiner Augen mache ich mir das Draußen noch lange nicht dicht.

Wolkenreich

Lustige Trinker, friedliche, gemäßigt erlaubte, geduldete, zahlende Gäste oder solche, die nicht einmal eine Flasche Wein mitbringen, wenn sie zum Essen eingeladen sind. Versteckte Heimliche oder auf offener Straße Umherirrende. Alleine oder nur in der Masse mit Lust und Übung Trinkende. Alpha, Beta, Gamma und ohne mit der Zukunft rechnende.

Ernsthafte Trinker. Denker, redlich bis zum Endlosgeschwätz, lauthälserne Brüller und grölende Aufmüpfe. Aggressive Mäuler, die sich mit den Ellenbogen an den vollen Hälsen anderer Säufer abstützen.

Not- und abwehrvolle, so nüchtern schlaflose und traurige wie verzweifelte, sich nicht mehr an sich selbst erinnernde Trinker. Nur auf Kosten anderer sich nicht mit einer Mühsal Beladende.

Der Wein, der schmeckt, das Bier erweckt, der Schnapf macht ps, schnapserne Nasen, zittrige Hände, wackelnde Köpfe und Augen, die nicht nur der trunkenen Liebe wegen verdächtig glänzen.

Wer liegt in meinem Bettelein, wer hing an meinem Fläschelein? Watte im Kopf, Gebrumme im Schädelgedröhn, Katzenjammer und Durst. Wasser – Wasser!

Der Mensch besteht vorwiegend aus Wasser, doch allzu häufig, da besteht er auf Alkohol ohne Maß. Der Mensch lebt in Gefahrenzonen zu früh, zu oft, zu lange. Die Verniedlichung bei der Einladung auf ein kleines Bierchen oder noch ein Weinchen oder Schnäpschen, weltweit beliebte Betäubung. Nicht wer trinkt, ist des Teufels, und nicht, wer nicht trinkt, ist es. Die Freiheit liegt darin, beides zu dürfen und keines zu müssen.

Hinter-Fenster-Helden

Von hinter den Vorhängen oder den auf Sehen, aber nicht Gesehenwerden gedrehten Jalousien aus schaut die Bewohnerschaft dieses Mietshauses in den Hinterhof. Es ist ein noch frischer Sommerabend, der sich aber der Bewölkung wegen anschickt, schon eher zu dunkeln. Jene Bewohner, die auf Fensterbekleidung verzichten, halten sich gewöhnlich drei Schritt hinter den Scheiben in Gehör- und Habacht-Sicherstellung auf. Keine einzige Beleuchtung lässt erahnen, dass jemand zu Hause ist und zu Hilfe eilen könnte. Wer schickt sich oder einen anderen an, den Retter in der Not zu spielen? Jeder fürchtet sich davor oder ist verhindert und könnte jämmerlich viele Entschuldigungen, Ausreden oder schlimmer noch: das große Schweigen dazu vorbringen. Alles Fensterhelden.

Da unten im Hinterhof krümmt sich ein Rücken, Füße gleiten aus. Eine Stirn berührt unsanft den steinernen Boden, zwei Arme strecken sich und rudern noch in der Luft, bis sie dann niederfallen, links und rechts neben den hilflosen Körper. Keine Schreie, keine lauten Geräusche, keine Hilferufe waren zu hören.

Was war geschehen, welcher Nachbar weiß etwas? Erst als der Körper völlig still da liegt und nicht einmal mehr das kleinste Zucken im Gesicht verbleibt, rührt sich an den Fenstern etwas. Lichter gehen an, Köpfe hängen hinaus, Rufe erschallen, alle Vorhänge und Jalousien werden eiligst aus dem Blickfeld gezogen, also um ihre Bestimmung gebracht. Im Treppenhaus ist ein Gedrängel, jeder will einmal nachschauen, was es da unten zu sehen, zu erfahren und zu bestaunen gibt. Eine Taube wagt sich als erste, Mut gurrend, im Kopfwackelgang an den so danieder liegenden armen Körper heran. Achtung Taube, die Nachbarn kommen!

Was ist denn geschehen, ruft es aus einem aufgerissenen Fenster heraus. Wer kennt den Mann da unten? Hat einer gesehen, wer ihn geschlagen hat? Oder war dort niemand außer ihm? Ist er krank, der Arme? Lebt er denn noch? Oder ist er etwa schon...? Ruft doch die Polizei und auch einen Arzt herbei! Und natürlich auch den Hausmeister!

Noch ist es nicht Nacht. Doch inzwischen ist etwas geschehen, einfach passiert. Oder etwa kurz vor der Finsternis einfach vollbracht?

Ein kleiner Regenschauer wäscht nebenbei auch die Fensterscheiben ab, die noch geschlossen sind. Manche sind auch von innen feucht. Dahinter kleben die Gesichter immer noch wie Fliegendreck. Und auch das gibt es, dass mit einer Träne, die innerhalb abrollt, ein Regentropfen außerhalb um die Wette läuft. Abwärts bis zum Fensterrahmen. Als ob es hieße: »Hier drinnen ist mein Heim, dort am Fensterrahmen hört es auf. Das dahinter, das ist nicht meins.« Allesamt Fensterhelden.

Und einige Stimmen finden sich, um zu sagen: »Warum ist denn niemand eingeschritten, aufgestanden, um zu helfen?«, um zu sagen: »Dieses Pack!«, um zu sagen: »Diese Nachbarn, dieses feige Volk!« In den Fensterscheiben spiegeln sich die Gesichter der Bewohner, spiegeln sich auch die vielen Fernsehprogramme. Die meisten schauen sich gespannt einen Kriminalfilm an. Darin geht es um einen im Hinterhof beinahe zu Tode geprügelten Hausbewohner, der gerade noch rechtzeitig von seinen Nachbarn gerettet wird. Alles vor sich hin nickende Fensterhelden.

Erinnerung an eine scharfe Soße

Soßen, so unterschiedlich sie sein können in ihrer Erfindung und in ihrer tatsächlichen Zubereitung, so unterschiedlich sind sie auch in der Beurteilung ihrer Verkoster. Soßen können verkorkst werden, können mit Gold aufgewogen werden. Sie sind manchmal unglaublich extravagant und unbezahlbar. Ebenso können sie aber auch ganz einfach und preiswert sein in ihrer Zubereitung, und dennoch vorzüglich schmecken. Soßen machen das banalste Gericht zu einem Geschmackswunder. Eine traumhafte Soße, leidenschaftlich vom Finger geleckt, ist ein Gaumenfest für die Zunge.

Der dicke bräunlich lächelnde Soßenrest auf dem Keramikmesser, das den vorzüglich gelungenen Braten geschnitten hatte, schmeckte so gut, dass die sich daran erinnernde Zunge im gierigen Mund nicht widerstehen konnte. Diese herzhafte Steinpilzrahmsoße musste jetzt ganz schnell, weil gerade keiner zusah, abgeleckt werden. Denn es ist unschicklich, vor Publikum an Messern zu lecken. Dennoch schnitt das eilscharfe Messer, weil ihm blinder Zugriff gegeben war, ein gutes Stückchen der Zungenspitze ab. So konnte nur noch das Blut mit der Soße, in die der Mund sich die Zunge eingebrockt hatte, ausgelöffelt und hinuntergeschluckt werden. Schmerz und heiße Tränen und mit Tatütata ins Krankenhaus. Mit dem Appetit war es vorbei. Niemals an scharfen Messern lecken, vermeldete das Gehirn. Zu spät die Einsicht für diesen Abschnitt.

Dieser Unfall, oder besser gesagt dieses Missgeschick, war an einem Abend mit Gästen geschehen, für die ein Rehrücken gebraten worden war, um ein Ereignis zu feiern, wobei eine Menge Geld zuerst mit dem Verkauf eines Objektes verdient worden war und ein wenig davon mit diesem Fest für Freunde ausgegeben werden sollte.

Dies war nun schon einige wieder heilende Jahre her und die Zunge war damals von einem Chirurgen gerettet und einigermaßen wieder hergestellt worden.

Sie hat aber trotz ihrer bewahrten Spitze kein Spitzgefühl mehr. Das tut ihrer Ästhetik zwar keinen großen Abbruch, aber ihrer Beweglichkeit im Mundraum mehr als etwas an. Kein Zungenkuss ohne darauf folgende Fragen, keine Mahlzeit ohne die Erinnerung an eine scharfe Soße, die an und für sich als Soße, nicht gebrannt hat. Eingebrannte Messerschärfe. Keine Gabel kann sich ohne besondere Vorsicht in den Mund wagen. Löffel sind gern gesehene und herein gebetene Gäste. Also gibt es sehr selten Fleischgerichte. So wird man zum Eintopf- und Suppenliebhaber. Auch Breiiges ist willkommen, wenn keine Gäste erwartet werden. Ebenso haben die Zungentastfähigkeit und die Geschmacksempfindsamkeit daran gelitten. Dafür ist die Lust am Kochen gestiegen. Braten für andere. Das ist es jetzt.

Bücherwurm Soso

In manchen Büchern ist ein unsichtbarer Messwerterfasser integriert, eine Art technischer Kontroll-Bücherwurm. Nur eine geheime hohe Behörde und ihre ranghöchsten Bediensteten wissen, in welchen Büchern das so ist. Das Suchen nach dem Sensor ist folglich sinnlos, denn er ist nicht zu erahnen, geschweige denn zu sehen, zu erspüren und zu entfernen.

Der Messfühler tastet die Intelligenz des Lesers ab, besonders seine Fähigkeit zum Genuss literarischer Texte.

Er stellt fest, ob der Leser überhaupt versteht, was er liest. Aber auch den Selbstbetrug des Lesers, der meint, er verstünde das Gelesene, kann der Sensor überprüfen, speichern und an eine geheime Zentrale weiterleiten. Selbst ob der Leser neugierig oder unkonzentriert ist, ob er sich langweilt, freut oder ärgert, kann der Messfühler erkennen, und er registriert auch, ob der Text nur mit den Augen überflogen wird oder aber zum Hineinversinken geführt hat.

Und noch vieles Andere kann der winzige Apparat ermitteln, etwa ob es für den Leser die erste Lektüre des Buches ist. Wenn es die zweite oder gar dritte ist, dann weiß der Sensor auch, ob der Leser sich daran erinnert, dies schon einmal in dem Buch oder gar von einem anderen Autoren geschrieben, woanders gelesen zu haben, und wie es damals gelesen wurde. Die Speicherkapazität des Lesergehirnes vermittelt dem Sensor all diese Information.

Der Messwerterfasser ist eine Errungenschaft der Nano-und-Gen-Technologie und er trägt den Namen seines Erfinders. Er heißt Soso.

Lesen Sie also bitte weiterhin mit den besten Grüßen von Soso und der zuständigen Behörde. Wir sind auf Ihre freundliche Mitarbeit angewiesen.

Für die Füße

Aus den Augen, aus dem Sinn, Füße haben es schwer, auch wenn sie leichten Schrittes daherkommen, als wären sie Ursache für das Glück der von ihnen Getragenen.

Sie weinen manchmal ein wenig, und wenn sie viel weinen, dann wird es feucht in den Schuhen, die Strümpfe kleben an ihnen und aus lauter Zorn und Traurigkeit stinkt ihnen dies elende Leben.

Bei einer Fußreflexzonenmassage in einer ruhigen Kammer, wo sie uns ganz nahe sind, werden sie ausdrücklich bedacht. Doch beim Treten nach einem Ball auf einem lauten Feld, worauf die ganze Welt voller Freude oder Ärger schaut, werden sie nur ungenügend bedacht. Als Inhalt schöner Schuhe kommen sie eher mal in Betracht. Aber wenn sie wund sind, jucken, brennen, wehtun wird heftig an sie gedacht, auf sie hinabgeschaut mit schmerzlich verzogenem Gesicht.

Barfuß im Sommer auf frischem Gras oder in warmen Sand gegraben, sind sie gerne gesehen und geben ein wohliges Gefühl. Vielleicht mit Lack bepinselte Zehennägel oder ein Kettchen am Fußgelenk lassen ihnen Aufmerksamkeit angedeihen. Oder wenn eine Ameise darauf herumläuft, werden die Füße genauer in Augenschein genommen.

Ob mit Frostbeulen im Winter oder Sonnenbrand im Sommer, ob mit schmerzenden Blasen oder mit heißgeliebten und geküssten Stellen, je nachdem, wie viel Schwergewicht sie ertragen oder wie leichtfüßig sie unbelastet tanzen, Füße haben Anspruch auf eine tragende Hauptrolle in unserem mehr oder weniger dramatischen Leben.

Füße wollen nicht nur schön für Strumpf und Schuhe herhalten. Könnten Füße sprechen, sie würden den ganzen Tag schimpfen und jammern über all das, was sie tragen, im besten Falle einen jeden sein Leben lang, um dann mit ihnen vorneweg aus der Türe getragen zu werden.

Liebt eure Füße und seid gut zu ihnen, badet sie in warmem Wasser mit Salz, salbt sie ein mit wohlriechenden Essenzen und erzählt ihnen schöne Geschichten. Dabei drückt sie wohlig und massiert sie, das geht bis in die Nervenspitzen im Kopfe. So angenehm wollen sie ihr Dasein haben. Also kümmert euch um die Kummervollen. Es soll ja vorgekommen sein, dass Füße aus lauter Gram und Leid von ganz alleine einfach auf- und davongelaufen sind.

Angezogene Gedichte

Meine Verkleidung ist mein Gedicht. Mein Gedicht ist meine Bekleidung, oftmals bin ich gut, manchmal schlecht angezogen. Ich ziehe mich an und aus, wie es mir auf der Zunge klebend beliebt. Ich dichte das, was ich zu dichten habe, und nicht das, was mir gut zu Gesichte stünde. Mein lumpigstes Gedicht schreibe ich samtbezogen. Mein samtenes lumpenverhüllt. Seidenworte sind mir zu eng, und in Leinen bin ich besser. Bei Wolle rupfe ich mir die Worte hautwund und Schönworte sind mir noch immer keine Warmmacher. Kunststoffbekleidete Gedichte sind teuer im Witz, darin wird manch Wunderliches ausgeschwitzt.

Baumwollverhüllt gut angekommen, vergesse ich, woher ich gerade noch kam, wohin mit den Worten ich eben noch wollte. Und ausgerechnet nackt gesagt, bin ich zu durchsichtig für das, was unter der Haut ist, falsch angezogen und verhüllt wie richtig aufgeschnürt und ausgepackt. Meine Haut sieht aus wie ein leeres Blatt, das mit Adern und Flecken versehen ist, mit Dellen und wulstigen Pölsterchen bestückt, gar nicht mehr so blank und ebenso wenig zur eigenen Errettung schön zu sprechen. Meine Schamesfreude ist stellenweise sichtbar angebracht, ohne Druckknöpfe, nahtlos wie feine Mikrofaser. Nur ein Klettverschluss am Mund könnte mich, wenn er geöffnet wäre, darüber sprechen lassen.

So zieht es mich aus, das Wort. So lange, bis ich staunend friere, was Worte alles vermögen. Ich entgleite meinen Worten, bin beinahe buchstabenverloren. Nur noch ganz locker, wie an den Fingerspitzen hängend, bin ich bei mir. Und schüttle ich sie ganz locker, die Hände, oder kommt ein mutiges Lüftlein daher, so falle ich ab von meinen Fingerspitzen und gehe abhanden.

Innere Unruhe oder die Ordnung auf dem Schreibtisch

Soll sie ihren Schreibtisch aufräumen oder soll sie etwas schreiben?

Über äußerliche Widrigkeiten will sie sich nicht äußern. Sie verschweigt nur das, was sie selbst nicht weiß, und sie reibt sich gedankenmüde die Augen mit den zu Fäusten geballten Händen. Fest, aber angenehm drückt sie sich die geschlossenen Lider. Nichts rührt sich da drinnen hinter der Stirn. Aber als hätte der Schreibtisch nur darauf gewartet, nutzt er die kurze Blindheit aus und es bewegt sich die Unordnung darauf, ohne gesehen zu werden.

Der Radiergummi ist schon lange sehr verliebt in den ach so spitzen Bleistift. Und er jagt ihm nach, über den Spitzer stolpert er ungeduldig in seiner Gier. Dabei bröselt er ganz unbeabsichtigt und nimmt dadurch an Größe ab. Nur gut, dass der Radiergummi keinen Schutzgummi benötigt. In seinem Dasein gibt es keine Körperdingflüssigkeiten.

Der Locher schaut dem bewegten Geschehen sehr interessiert zu. Hat er doch ausdrücklichere Erfahrung bei dieserlei. Er kennt selbst diese Jagd nach seinem begehrten Papier. Angestachelt durch die Rage des Radiergummis schreit er: »Drück mich, drück mich, drück mich«.

Gelangweilt von diesem Bild, gähnt die Schere und knurrt einen Haufen beschriebener Papiere an. Die rascheln unzufrieden mit ihren weißen Untertönen und reizen die Schere zum Anbiss.

In einem durchsichtigen Schächtelchen erwacht eine Handvoll Heftklammern. Doch sie kommen trotz größter Anstrengungen nicht voneinander los und auch nicht aus der Schachtel heraus. So schauen sie beleidigt zu, wie ein Lineal sich breit macht, es schleicht sich wie ein Spion an den Kanten des Tisches entlang, misst schon zum zigsten Male, wie spazierend, Länge, Höhe und Breite des Tisches.

Ein Paar Filzstifte halten leise fluchend Ausschau nach ihren Deckeln, einige von ihnen, schon alt und ausgetrocknet, sind am eifrigsten auf der Suche. Sie haben es satt, so oft links liegen gelassen zu werden.

Mehrere Kippen in einem überfüllten Aschenbecher hüsteln und die Streichhölzer, die verbrannten, tauschen kalt lächelnd heiße Blicke aus.

Zwei Pinzetten, die sich schon wieder duellieren, unterbrechen kurz ihren Kampf, sie klatschen mit ihren Spitzen fünf Buntstiften, die sich zu einer Farbenmodenschau aufstellen, zuerst auf den Buntstiftpopo und dann Applaus.

Inzwischen hat der geile Radiergummi sich auf die Spitze des Bleistiftes gespießt und fängt auf der Stelle an, ihn zu rubbeln, dabei bröselt er sich stöhnend schwarz. Der Bleistift hat aber auch sein Vergnügen dabei und hinterlässt die Spur dieser Begegnung auf einem weißen Blatt Papier. Das streckt sich aus wie ein Laken, auf dem geliebt wurde, und freut sich, gezeichnet zu sein.

Die fünf Buntstiftmodels, alle in rot, nur in der Tönung unterschiedlich, stolzieren, sich drehend, mit den Köpfen auf der Tischoberfläche und versuchen, den Bleistift auf sich aufmerksam zu machen. Aber der ist schon erschöpft, will sich neue Kraft beim Spitzer holen. Der Spitzer, eigentlich des Bleistifts eifriger Untertan, ist gleich zur Stelle und verspricht den Models, mit ihnen dasselbe zu tun, wenn sie sich sofort in einer Reihe anstellen.

Da staunt das Lineal über die roten langen Linien auf dem Tisch. Es fängt sogleich an, sie abzumessen. Das Lineal fragt sich, woher die Linien kommen und wohin sie wohl gehen. Das fällt ihm aber reichlich schwer, denn diese Linien sind Kreise, und vor denen hat es Angst. So legt es sich, maßvoll müde geworden, ein wenig zum Ausruhen hin. Ja, ein roter Buntstift war entjungfert worden und hat, mitnichten in Verzückung geraten, es somit unterzeichnet, nun endlich in jene Kreise aufgenommen worden zu sein.

Die Schere gähnt noch immer, sie rafft sich auf und läuft ein paar Schritte zum Munterwerden. Da stößt sie versehentlich an einen Punkt, den sie bestimmter Erfahrungen wegen eigentlich nicht mag, und ein Surren ertönt aus einer alten Schreibmaschine. Erschreckt hüpfen die zwei Pinzetten auf den summenden Kasten. Sie lösen damit, auf verschiedene Tasten fallend, ein hässliches Klappern aus. Die Models fallen auf der Stelle in Ohnmacht. Und der Bleistift zieht sich, in seinen schönen Absichten gestört, zwischen die Seiten eines Taschenkalenders zurück. Nur die Heftklammern freuen sich, sie gackern und verhaken sich noch stärker in der Sicherheit ihrer durchsichtigen Schachtel. Haben sie doch dem allem zugesehen und sich wohlig daran ergötzt.

Das Lineal springt mit einem Hochsprung auf und fällt vom Tisch. Das wiederum löst Panik im Aschenbecher aus, die Kippen drücken sich verängstigt näher zusammen. Der Spitzer hört abrupt zu rotieren auf, gibt sich das Aussehen, als sei nicht das Geringste geschehen. Unschuldslamm geübt das Blinken seines Messers. Der Locher ergreift die Gelegenheit der Geräuschkulisse und drückt sich selbst, sich selbst, sich selbst.

Das Klappern hört auf, alles ist still und in innere Ruhe versetzt. Hände befreien die Augenlider, sie nehmen die Schere, die aufgespreizt auf der Schreibmaschine liegt, und legen sie in eine geräumige Schublade des Tisches. Dort fragen einige ganz andere Dinge wie Klebstoff und Feuerzeug und Stempel und Kaugummi und Briefumschläge und Überweisungsformulare und diverse Visitenkarten und Briefmarken und noch viele andere Dinge sofort ganz neugierig die Schere flüsternd: »Was ist da oben geschehen, och, erzähl doch!« Die Schere sagt nur ganz leise: »Ich glaube, *sie* hat mal wieder etwas besonders Unsinniges und Unnötiges geschrieben.«

Jetzt stürzen wie Schneewechten vornüber Häuserdächer ab. Unten aufgeprallt ist in den Köpfen der nochmals gerade so Davongekommenen, aber doch nicht so glücklich Angetroffenen schon wieder Sommer. Immer den Blick nach oben zum Selbstschutz, einen Blick zur weiten Glückssicht, einen zur Messstelle für Höhe. Oben ist gut Himmel, ist gut bewölkt, ist gut Engel und gut Gottlob. Doch sind die eigenen Gedanken und das dazu noch nicht Gesagte wirklich gut genug, um derart, wie gewünscht, von wo oben auch immer für etwas wie pure Anwesenheit belohnt zu werden?

Der eine wünscht sich neuen Schnee auf neuen Dächern. Ein anderer wünscht sich hitzefrei durch neue Sonnen, die meisten wünschen sich kostenlos verbotene Freuden. Die wenigsten wünschen sich den Beginn oder das Ende eines Lebensabschnittes, der scheibchenweise anbricht. Immer genau mittendrin in einem der schönsten will man sein. Das hält nicht lange an, nicht lange aus, nicht lange fest. Ungefähr nur so lange oder so kurz wie eine Schneewechte sich festhalten kann an der Sicherheit der Kälte auf einem Dach.

Zitiert aus einem lange Zeit davor schon einfach so daher gekommenen Lebensabschnitt: »Jetzt bin ich, jetzt, da das Wasser gefroren ist und jemand sich wünschte, auf dem Eis zu laufen, zu tanzen und sich zu drehen ohne die Angst, das Eis könne brechen, jetzt, da es wieder weiße Flocken schneit und man sich wünschte, der Schnee solle nicht tauen in den Händen und nicht, nur um über sich selbst zu trauern, zu einer Flüssigkeit werden, die einem naturgegeben jetzt davon fließe.«

Für meine Nase

Liebe Mutter, ich danke dir dafür, dass du mich mit einer guten Nase auf diese Welt gebracht hast. Ja, stell dir vor, ich wusste zwar nicht immer und in jeder Lebenslage, was gut oder schlecht für mich oder andere war, aber ich roch es. Ich bin auch sehr gut damit vorangekommen, bisher jedenfalls.

Ist es nicht seltsam, dass mein wunder Punkt an meinem Körper ausgerechnet meine Nase ist? Zwei Nasenoperationen habe ich bereits hinter mir. Die Behebung einer Verkrümmung der Nasenscheidewand war das eine. Da konnte ich schlecht durch die Nase atmen. Da war ich kurz vor meiner Volljährigkeit. Dann achtzehn Jahre später die zweite Operation. Die, so sagte man mir, war nötig wegen meiner chronischen Entzündung der Nasennebenhöhlen. Da haben sie mir doch tatsächlich Löcher, *Fenster* nannten die Ärzte das, irgendwo da drinnen in der Nase gebohrt. Wegen der besseren Durchlüftung, so sagten sie. Jetzt zieht es da schmerzlich, besonders an kaltwindigen Wintertagen. Mein Naseninneres ist jetzt so empfindlich geworden, dass ich mir bei sehr kalten Temperaturen zum Schutze die Nase zuhalte. Nur so kann ich an eisigen Wettertagen über Brücken gehen. Dort weht bekanntlich der kälteste Wind.

Nun, meine chronischen Entzündungen in den Nasennebenhöhlen sind mir seit meiner Jugendzeit dennoch geblieben. Treu und unverwüstlich. Ich arbeite daran mit Nasenspülungen, zeitweise auch mit Medikamenten.

Ich habe immer ein Taschentuch bei mir, im Ärmel, wenn keine Tasche zur Verfügung steht, oder eben in einer Tasche: Hosentasche, Hemdtasche, Rocktasche, Handtasche. Schade, dass es nicht auch Beutelmenschen gibt, so wie das Känguru. Ich wäre gerne ein Beutelmensch, dann hätte ich immer eine Aufbewahrung für meine Taschentücher bei mir.

Die letzte Handlung, bevor ich das Haus verlasse, ist immer der Kontrollgriff in irgendeine Tasche. Hauptsache, ich habe wo immer ich auch bin, ein Taschentuch griffbereit. Sie sind auch gut verteilt in meinem Zuhause. Eine Großpackung aufgemacht, werfe ich die kleinen Päckchen alle paar Tage mit sicherem Schwung auf das Bett, auf meinen Schreibtisch, auf den Küchentisch, in meine Erholungsecke, im Badezimmer auf die Ablage und zudem verstaue ich vorsorglich in allen meinen Handtaschen ein angebrochenes oder neues Päckchen. Denn wo käme ich hin ohne sie? Nicht weit, auf jeden Fall gehe ich gerne noch mal Wege zurück, wenn ich bemerke, dass ich keine Taschentücher bei mir habe.

Liebe Nase, ich bedanke mich bei dir für deine guten Riecher, auch wenn du mir mit deinen ständigen Entzündungen lästig bist. Ja, ich pflege und hege dich wie ein rohes Ei im Gesicht.

Mutter, ja, ich weiß, wie du riechst. Natürlich in erster und Hauptlinie nach *meiner* Mutter. Du duftest selbst aus der Ferne in meiner Nase nach Mutterliebe und Muttersorge. Welche Mutter wollte ihre Kinder nicht in ihrer Nähe haben, um sie ihrerseits in Riechnähe zu wissen. Gut für beide Seiten, wenn sie nicht zu nahe beieinander sind. Das ist das Gesetz der Natur, Kinder in die Welt zu entlassen, auch wenn es eine ganz andere Welt ist, in die sie sich hineinschnüffeln und bewegen. Aus der Nase, aus dem Sinn? Nein, das funktioniert nur mit den Augen.

Warum ich so nasenfixiert bin, frage ich mich oft selbst. Menschen, die zum Beispiel den Geruch von in Butter oder in Olivenöl angebratenen Zwiebeln nicht mögen, finde ich sehr suspekt. Menschen, die beim Erschnüffeln von frisch gebackenem Brot oder frisch gemähtem Gras nicht in Nasenverzückung geraten, finde ich suspekt. Menschen, die sich weder vor dem Geruch von Obrigkeitsgehabe noch dem von Machtgier ekeln, finde ich suspekt. Menschen, die sich niemals mit dem Geruch der eigenen Wahrheit Lügen strafen, finde ich suspekt. Menschen, die die Nase rümpfend und erhobenen Hauptes Tiere nicht für fähig halten, sich über das Menschleinsein zu erheben, finde ich suspekt. Menschen, die beim Geruch von Einsamkeit und Verzweiflung, Leid und Unglück der anderen, in Ohnmacht fallen, weil sie froh sind, nicht selbst getroffen zu sein von dieser Schmach, finde ich suspekt. Menschen, die Erbarmen und Verzeihen nicht mit den Flimmerhärchen in ihrer Nase erspüren wollen, finde ich suspekt. Menschen, die den eigenen Geruch von Unglauben nicht riechen, wenn sie alles abgeben und sich dabei selbst nichts wegnehmen, finde ich suspekt. Menschen, denen es wohl ergeht mit dem Geruch der puren Eigenliebe, finde ich suspekt. Menschen, die das Meer, das Wasser und das Licht der Sonne nicht als alle Gerüche kennenden Entstehungshort erkennen, finde ich suspekt.

Suspekt, wer sich selbst nicht gerne riechen mag, weil ihm das ganze Leben an sich stinkt. Menschen, die den Geruch der ersten Ausscheidung eines Neugeborenen als Übel wahrnehmen, finde ich suspekt. Menschen, die beim Anblick eines Neugeborenen nicht das Verlangen haben, es mit der eigenen Nase einzuatmen, weil es Liebesbedarf und großes Glück ausdünstet, finde ich suspekt. Menschen, denen es schlecht wird, wenn sie das Glück der anderen riechen, finde ich suspekt.

So viel gibt es noch zu erriechen und so viele Gründe, um sich die Nase zu zuhalten. Noch gibt es mehr Düfte, als Platz ist in einem einzigen Nasenleben.

Danke, Nase, dass ich dich mit deinen Innen- und Außenreisen, deinen Innen- und Außenansichten habe. Und danke, dass du dich nicht dazu äußern kannst, ob du dankbar bist, mich zu haben. Danke, Nase, dass du mir bisher nur in kleiner Dosis den Geruch des Unglücklichseins gegeben und mehrfach den großen Geruch des Glückes erlaubt hast.

Rodica Draghincescu
Sag nie wieder...
Gedichte
Aus dem Französischen von Rüdiger Fischer
ISBN 978-3-89930-239-4
»Um die zu sein, die ich nicht bin, schreibe ich«, sagt Rodica Draghincescu und bringt auf den Punkt, warum Menschen Literatur verfassen.
Draghincescu, geboren 1962 in Buzias, gehört zur Generation der nicht konformistischen Autoren Rumäniens. Als zweisprachige Autorin veröffentlichte sie Gedichte, Romane und Essays auf Französisch in Frankreich, Kanada und in Belgien und auf Rumänisch. Übersetzungen ihrer Werke erschienen auf Englisch, Italienisch, Schwedisch und Deutsch. Sie wurde mit dem »Géo Bogza« Preis für neue anvantgardistische Lyrik, dem Großen Preis der Union Rumänischer Schriftsteller und der Schriftstellervereinigung Bukarests, und 2006 mit dem Lyrikpreis »Le Lien« in Metz ausgezeichnet, wo sie heute lebt. Rodica Dranghincescu ist Herausgeberin der Internationalen Revue für Information und kulturelle Bildung Levure littéraire.

Adrian Pais
In den Wolken
Erzählung
Aus dem argentinischen Spanisch von Simone Reinhard
ISBN 978-3-89930-186-1
Berlin in den frühen Neunzigern: Ein Bericht aus dem zwischen Lebenshunger und Lebensmüdigkeit oszillierenden Untergrund der Stadt und gleichzeitig aus den Tiefen des Ich-Erzählers. Techno, Clubszene, eine abgeklärte Fahrt durch das nächtliche Berlin, Begegnungen mit Musik, Sex, Drogen, anderen Melancholikern und Entgleisten, Liebeserklärungen am Telefon und das Spiel des Erzählens im multimedialen Raum. Eine Nacht- oder gar Traumnovelle, die von gesteigerten Sinneswahrnehmungen erzählt und dabei die Welt der Ideen nicht aus den Augen verliert.

Zehra Çırak
In Bewegung
Gedichte und Prosaminiaturen
ISBN 978-3-89930-210-3

»Çırak durchstreift das Erfahrene nach Symbolräumen. Leben und Sprache halten Schritt, die aufzeichnende Hand ist behutsam und genau. Wortsuche bleibt Sinnsuche.« *Jürgen Verdofsky*

»Zehra Çırak denkt auf bemerkenswert unangestrengte Weise in Gegensätzen. Es ist, in vielen ihrer Texte, zugleich Ruhe und rasende Bewegung, Flugtraum und Bodenhaftung, Wartezeit und blitzschneller Augenaufschlag.« *Joachim Sartorius*

Tzveta Sofronieva
Diese Stadt kann auch weiß sein
Erzählungen und Geschichten
ISBN 978-3-89930-329-2

Die Adelbert-von-Chamisso-Preisträgerin Tzveta Sofronieva, die in verschiedenen Kulturen ganz selbstverständlich unterwegs ist, umreißt mit einer klaren poetischen Sprache ein Panorama von gesellschaftlichen Spannungen und Wirrnissen der ihr eigenen, selbst erfahrenen Lebenswelt. Im Eis des Übungshügels zum Führerscheinerwerb spiegeln sich (alp)traumhaft viele alltägliche Unterschiede der Kulturen. In der Suche eines kleinen Jungen nach Trost im tiefen Schnee des Balkangebirges verbirgt sich die Geschichte eines Jahrhunderts. Auf der trüben Kulisse einer Metropole im Winter entfaltet sich das Bild einer Wissenschaftlerin, die gern selbst bei kalter Witterung Weizenbier trinkt – und sich dabei Gedanken über die Netzwerke der Welt macht. Und eine Blumenverkäuferin lässt ihren Atem nicht einfrieren, auch wenn sie ihren Fahrradhändler verlässt.

www.schiler.de

www.schiler.de